Richard Wunderer

Die Saat der Liebe

Richard Wunderer

Die Saat der Liebe

Roman

rosenheimer

Titelbild: Michael Wolf, München
Druck und Bindung: GGP Media, Pößneck
Printed in Germany

ISBN 3-475-53232-8

Mitten in der Nacht brach ein Toben los, wie wenn der Wilde Jäger mit seiner Meute über den Hohen Röthenstein gehetzt wäre. Um die Felsnadeln der Zinken heulte ein mächtiger Föhn, durch den Sattel wälzte sich Nebel, der im Bannwald unterhalb der Dresselwand hängenblieb.

In einer Wiesenmulde, hoch über dem Tal, näher am Fels als beim Dorf, duckten sich zwei Berghöfe zusammen. Der Föhn riß an den mit Feldsteinen beschwerten Dächern und prallte ohnmächtig gegen die steinernen Hauswände. Die beiden Bauern waren schon als Schulbuben unzertrennliche Freunde gewesen; jetzt hausten sie als Nachbarn in der Einschicht: der Andreas Sommer und der Robert Pirker. Vor beinahe zweihundert Jahren von den Altvordern gebaut, sollten die Höfe wenigstens ebensolang durchhalten wie die Freundschaft zwischen den Bauern. Also für die Ewigkeit.

In ihrer Schlafkammer stöhnte die Sommer Traude: „Ich halt's nicht aus, mir würgt es die Luft ab."

Sie schlug die Tuchent zurück und riß ihr Nachthemd am Hals auf. Diesseits der Berge hatte der Sturm schon die Wolken zerfiedert, so daß Mondschein durchs Kammerfenster auf die junge Bäuerin fiel. Um sie zu beruhigen, schob der Andreas den rechten Arm unter ihren Nacken und zog sie an sich. „Du bist so schön", sagte er fast andächtig.

Gleich zerrte sie das Hemd über der Brust wieder zusammen, schob seine Hand weg und klagte zornig: „Wenn's mir noch so elend geht, du hast kein bissel Gefühl. Der Berg bringt mich noch um!“

Im nächsten Augenblick brach ihre Kraft zusammen, und sie ließ den Kopf an seine Brust sinken. Voll Mitleid schloß der Andreas sie in die Arme. Als er spürte, wie ihr Körper unter seinen Händen zitterte, zog er die Tuchent wieder höher herauf. Dabei redete er ihr tröstend zu: „Du kommst halt aus dem Flachland, aber einmal wirst auch du dich bei uns eingewöhnt haben.“

„Ist es in zwei Jahren nicht besser geworden, bleibt es allerweil so. Mein Gott, das ganze Leben!“

Um sie ein wenig abzulenken, versuchte er es mit Lustigkeit. „Schon deine Mutter hat dich vor mir gewarnt: Wir Bergbauern sind halt harte, gefühllose Burschen, die dich im Eis erfrieren und im Südwind ersticken lassen. Traude, bin ich auch zu dir hart und wild?“

„Eh nie“, flüsterte sie schon ruhiger und zog sogar seinen Arm um ihre Schultern. „Du bist der beste Mann, den sich eine Frau nur wünschen kann. Aber ...“

„Aber was?“ drängte er sie, denn beim Reden ging es ihr besser. Sie schüttelte nur den Kopf, nachher lagen sie eine Weile still beisammen.

„Es wird schon wieder ärger“, klagte sie und wischte mit einem Zipfel der Tuchent das Gesicht ab.

Er streichelte ihr übers Haar, das sich seidig wie ein Schleier anfühlte. „Jetzt fangt die schönste Jahreszeit an, aber zum Frühling gehört halt auch der Föhn.“

Plötzlich sprang sie aus der Bettstatt, stellte sich ans

Fenster. Über die Schulter zurück sagte sie so zornig, als träfe daran ihn alle Schuld: „Ich bin einundzwanzig, aber was bringt mir schon der Frühling? Noch mehr Abrackerei mit dem Vieh auf der Alm und auf den Wiesen. Die letzten drei Wochen bin ich grad' einmal ins Dorf hinunter gekommen!"

Er wollte sie bestimmt nicht noch mehr aufreizen, eher beruhigen. Darum versprach er ihr: „Morgen ist Sonntag, da gehen wir nach Laab in die Kirch', nachher vielleicht zum Heuberger. Ich auf eine Maß, und du trinkst einen Roten."

Ohne sich umzuwenden, spöttelte sie feindselig: „Geh, was du nicht sagst, Andreas! Krieg' ich ein ganzes Achterl oder nur ein halbes? Für eine so großartige Einladung lohnt sich leicht der Weg ins Dorf: fast eine Stunde hinunter und mehr als eine Stund' zurück."

Er setzte sich im Bett auf. Besonders weh taten ihm die Vorwürfe seiner Frau nicht, denn er hielt sie für ungerechtfertigt. Damit hatte sie zu bald nach der echten Liebesheirat angefangen, und deshalb kannte er längst alle auswendig. Um wieder Ruhe fürs Schlafen zu bekommen, schlug er ihr vor: „Wir könnten auch ein bissel wandern und bei der Gelegenheit zur Almhütte schauen. Wenn der Sturm dort Schaden angerichtet hat ..."

„Herrlich!" tuschte sie ihn nieder. „Bei dem Schmelzwasser soll ich durch den Wald über die Wiesen latschen! Nie hätt' ich mir für einen Sonntag etwas Schöneres gewünscht, als an einer alten Hütte herumzuzimmern. Aber wer bin ich schon für dich? Eine Dirn, nicht viel besser als die Gerti. Wenn ich nachher zehn Jahr' auf deinem Hof abgedient hab', machst du mich zur Großdirn, und dann bin ich soviel wie die Burga! Falls ich bis dahin nicht vor lauter Übermut und Lebensfreud' aus der Felswand gesprungen bin!"

Somit prallten die Vorwürfe härter als sonst auf den Andreas, doch seine Ruhe verlor er deswegen noch lang nicht. Als er merkte, daß er ihr helfen mußte, stieg auch er aus der Bettstatt, trat zu ihr und legte von hinten her die Arme um sie. „Traude", sagte er, „du fühlst dich halt in der Einschicht zuviel allein. Bestimmt wird für dich alles beim ersten Kind anders."

Sie warf sich herum, stemmte die Hände gegen seine Brust, so als hätte er ihr Gewalt antun wollen, und schrie ihm verzweifelt entgegen: „Mein Gott, Andreas, ich red' und red', aber du verstehst noch allerweil kein Wort! Was weißt du eigentlich von mir? Kannst du dich kein bissel in mich hineinfühlen? Statt daß du mir hilfst, willst du mich akkurat mit einem Kind anhängen, damit ich noch viel weniger vom Hof weg kann! Nein, mein Lieber, einmal mußt du mich auch leben lassen! Denk nur daran, was du gestern über die zwei Katzen gesagt hast!"

„Was?" Er wußte nicht gleich, worauf sie anspielte.

„Beim Robert in der Stube sind doch zwei Katzen im Korb gelegen. Du hast gesagt: ‚Schau, wie lieb die Kleine ist. Und die Alte, das ist die Mutter!'"

„So sagt man halt", redete er sich aus und bemerkte, daß langsam auch er zornig wurde.

„‚Sagt man halt!'" spottete sie ihn wütend nach. „Gelt, aber ich denk' nicht daran, schon die Alte zu werden, bevor ich jung, richtig jung gewesen bin!"

Sie wandte das Gesicht wieder zum Fenster hin und brach in Schluchzen aus. Eine Weile wartete der Andreas zu, dann legte er die Arme um sie. Mit der Zeit ließ das Weinen nach; sie schmiegte sogar den Kopf an seine Schulter. „Ist alles gut, wenn ich dich so halt'?" fragte er, beinahe stolz darauf, daß er sie hatte beruhigen können.

Sie drängte ihn nicht mehr weg, und unvermittelt sagte sie beinahe fröhlich: „Schau, beim Pirker-Hof geht schon das Licht an. Der Robert kommt aus dem Haus und geht mit einem Knecht zum Stadel."

Auch er sah den Freund und Nachbarn. „Dem hat vielleicht bei der Nacht der Sturm ein schlecht verriegeltes Tor ausgerissen", vermutete er.

Die Traude lachte, doch man merkte ihr nicht an, ob sie ihre Worte tatsächlich als Lob meinte. „Gelt, so etwas könnt' dir nicht passieren. Du bist in allem und zu jeder Stund' der bessere Bauer. Für dich ist auf der Welt nichts wichtiger als der Hof mit dem Vieh ... Ob der Robert sein Geländeauto für eine Fahrt ins Dorf richtet?"

Darauf antwortete ihr der Andreas nicht mehr, drängte sie ins Bett zurück, und sie schlief noch eine Stunde lang in seinen Armen.

Am Morgen war der Spuk verflogen, der Sturm hatte sich gelegt, nur noch ein lindes Frühlingslüfterl hauchte von den Felswänden herunter. Bis auf die Eisplatten am Waldrand waren über Nacht die meisten Schneeflecken von den Wiesen verschwunden.

Als die Traude Sommer in die Küche trat, lächelte sie ihrem Mann freundlich zu. Wäre sie nicht vor ein paar Stunden über die Einsamkeit und Langeweile auf dem Einschichthof so verzweifelt gewesen, hätte sie der Andreas für glücklich gehalten. Wenigstens für zufrieden. Jetzt warnte ihn manchmal noch ein unsicheres Flackern in ihren Augen oder ein Herunterzucken der Mundwinkel.

Alle vier Dienstleute hockten schon um den Tisch: die Großmagd Burga Wendner, die Magd Gerti Schauer sowie die Knechte Toni Böck und Hannes Schlegel. Am Herd werkelte, tief vorgekrümmt, die alte Berta herum. Auch wenn sie gerade noch für leichte Arbeiten getaugt hätte, kriegte sie beim Sommer Andreas lebenslang ihr Brot. Für alle Zeiten stand sie so hoch in seiner Gunst, als wäre sie für ihn eine zweite Mutter gewesen.

„Kannst nicht die Eisenringe aus der Herdplatte nehmen? Nachher geht's gleich schneller!" drängte die Gerti das alte Weiberl, das bald in den Töpfen umrührte, zwischendurch Butterbrote strich und dann wieder die Reisigglut durchs Ofentürl anblies.

„Wirst es auch noch erwarten!" keifte die Alte giftig. „Mit achtzig muß ich nicht mehr springen, und beim Südwind brennt halt das Feuer nicht besser."

Der Schlegel Hannes nutzte die Gelegenheit zum Flachsen: „Mußt nicht gleich bös werden, Berta-Mahm, aber bei einer neunzehnjährigen Dirn brennt alles schneller als wie bei dir!"

Die vier Dienstleute lachten und hielten sich nur aus Rücksicht auf die Bäuerin die Hände vor den Mund. Weniger Hemmungen kannte die Berta, die zornig zurückschnabelte: „Ihr müßt gar nicht so lachen! Ich weiß genau, wo's bei der Gerti brennt. Alt bin ich, aber noch lang nicht blind und deppert!"

Um einen Streit zu verhindern, wollte der Bauer vermitteln: „Komm, Berta, hock dich zu uns an den Tisch. Soll sich doch die Gerti mit dem Feuer abärgern und zeigen, daß sie's besser macht."

„Ha?" Die Mahm hielt sich die Hand wie eine Hörmuschel ans Ohr. „Spinnst, Anderl? Solang ich noch kriechen kann, lass' ich keine an den Herd! Hat dir bisher nicht alles geschmeckt, was ich koch'? Alsdann mußt du mich auch nicht verjagen, nur weil die Gerti so schön mit dem Hintern wackelt! Wie ich jung gewesen bin . . ."

„Paßt schon!" beruhigte der Andreas sie schnell.

Die Berta war auch nur eine Magd und mit ihm nicht einmal über zehn Ecken verwandt, aber schon zu Lebzeiten der Eltern hatte sie zur Familie gezählt. Darum durfte sie manchmal zurückschnabeln und ihn, den Bauern, mit „Anderl" anreden. So wie es früher die Mutter getan hatte.

An diesem Morgen beklagte sich niemand darüber, daß in der Kaffeesuppe eine Haut schwamm. Sie schluckten alles hinunter, um möglichst bald fortzukommen. Die Berta schaute ihnen mit zusammengekniffenen Augen nach und keifte: „So eilig haben sie's in die Kirch'? Oder was! Nichts als Sündhaftigkeit im Schädel! Lotterleben! Aber der Krug geht so lang zum Brunnen, bis er bricht!"

Diesmal unterbrach sie der Andreas doch: „Geh weiter, gönn ihnen die Freud', laß sie in Frieden!"

Was er nicht gewollt hatte, seine Frau stimmt ihm diesmal zu: „Die sind halt noch jung und wollen ein bissel Glück. Auch ihre Zeit wird mit jeder Stund' kürzer."

Von ihrer Verzweiflung in der Nacht gewarnt, schlug er ihr schnell vor: „Gehen wir in den Wald hinauf? Das Wetter ist schön geworden."

„Gehen wir halt", fügte sich die Traude ohne besondere Anzeichen von Freude.

Um sich verständnisvoll zu zeigen, fragte er sie noch: „Oder hast du einen besseren Vorschlag?"

Sie schaute an ihm vorbei. „Nein, was könnten wir sonst anfangen? In der frischen Luft wird wenigstens mein Kopfweh vergehen."

Sie zogen hohe Stiefel an und legten Wetterflecke um. Als sie aus dem Tor traten, fuhr gerade der Pirker Robert mit dem Geländeauto vom Hof. Er stieß einen Jauchzer aus, einen echten Alpenschrei, und rief ihnen schon von weitem zu: „Der Frühling ist da! Sakra, Teufel, eini noch mal! Gleich merkt man die frischen Lebensgeister!"

Auch wenn ihm der Andreas nur recht ruhig dankte, fragte der Robert: „Wollt ihr mit mir nach Laab hinunterfahren? Dort steht nicht nur die Kirch' im Dorf, sondern nachher feiert man beim Heuberger-Wirt im ‚Adler' die Zwölfermesse!"

Nur der Traude zuliebe zögerte diesmal der Andreas mit der Absage, doch da entschied sie ohnehin an seiner Stelle: „Lieber nicht, Robert. Du kennst doch meinen Mann: Wirtshaushocker ist er keiner, Rauschzapfen kann er nicht ausstehen, das Herumhupfen auf dem Tanzboden langweilt ihn. Wie wir erst unlängst, vor zwölf Wochen, auf dem Neujahrsball gewesen sind, hat er zuerst die Literleistung seiner Rindviecher nachgerechnet, nachher ist er mir am Tisch eingeschlafen. Wozu sollten wir nach

Laab fahren, wenn wir es uns in der Stille zu zweit nicht weniger gaudig machen."

Dem Robert war so ein Reden der Traude recht unangenehm, denn sie hätte ihren Mann nicht gerade in seiner Gegenwart so hinstellen müssen. Darum machte er einen anderen Vorschlag: „Hast recht, Andreas, am Sonntag kriegt man vor lauter stinkerten Pfeifen im ‚Adler' keine Luft, der Heuberger schenkt schlecht ein, und die Kellnerin hupft grad' nur um die Großschädlerten vom Stammtisch herum. Ich fahr' also gleich nach der Kirch' wieder herauf. Wenn ihr wollt, komm' ich auch auf die Alm. Wir bringen in Ordnung, was zu machen ist, nachher fahr' ich euch mit dem Auto heim. Gilt's?"

„Tät' mich freuen", stimmte ihm der Andreas zu.

„Schön", sagte die Traude, in deren Augen plötzlich wieder mehr Lebensfreude schimmerte.

Der Weg hinauf wurde für sie und den Andreas tatsächlich wenig unterhaltsam. Gleich wo sie von der Leiten in den Wald abbogen, überquerten sie den Röthenbach auf einer Holzbrücke. „Aufpassen!" warnte der Andreas seine junge Frau und legte vorsorglich eine Hand um ihre Hüften. „Das Holz ist glitschig, wie wenn die Berta-Mahm mit ihrer Schmierseif' drübergegangen wär'. Fall mir nicht in den Bach!"

Sie hakte sich bei ihm unter, lachte und fragte doch mit einem ernsten Unterton: „Wär's dir also leid, wenn ich ertrinken tät'?"

Er fühlte, wie ihm das Herz schon wieder weit wurde. Am liebsten hätte er sie umarmt und ihr etwas recht Liebes gesagt. War sie auch nur ein bissel froh, so fühlte er sich gleich glücklich. Bestimmt kam das auch vom Frühling. Nachdenklich schaute er dem armseligen Rinnsal nach, das oberhalb der beiden Höfe den Abhang überquerte und mit weitem Bogen ins Tal hinunter floß. „In der Lacken könntest du gar nicht ertrinken“, sagte er. „Das paßt mir überhaupt nicht.“

„Daß ich nicht ertrinken kann?“ versuchte auch sie einen lustigeren Ton.

„Ich mein’, daß der Bach nicht mehr Wasser führt. Auch im Wald sind die meisten Schneeflecken weggeschmolzen. Von der Alm und aus dem Fels . . . Traude, wo bleibt das Wasser? Da sollt’ ich was tun.“

Sie zog die Augenbrauen zusammen, so daß sich dazwischen eine steile Unmutsfalte bildete. „Mit mir sollst du wandern!“ verlangte sie recht scharf. „Oder ist das schon die ganze Sonntagsfreud’ gewesen? Du verwöhnst mich wieder einmal, Andreas!“

Einstweilen sprach er ihr nicht dagegen, aber auf dem Weg durch den Bannwald hinauf wurde er noch schweigsamer als sonst. Zweimal überhörte er sogar, daß die Traude auf ihn geredet hatte. Ohnehin nichts Wichtiges, nur von der nächsten Tanzerei beim Heuberger-Wirt. Dann lenkten ihn die Bruchschäden im Wald von den anderen Sorgen ab. „Da müßt’ ich bald ausholzen und aufforsten“, sagte er, und als ihm diesmal die Traude nicht antwortete, befahl er sich selbst: Gefahr rechtzeitig erkennen! Vorbeugen ist wichtiger als jede Versicherung. Dazu noch billiger.

Sie war schon mit schnellen Schritten vorausgegangen. Auf dem Almboden lag eine fast geschlossene Schneedecke, weshalb die Traude auftrumpfte: „Da hast du die

Erklärung dafür, warum der Röthenbach kein Hochwasser führt. Weiter heroben hat der Föhn den Schnee nicht weggeputzt!"

Dann schauten sie bei der Sennhütte nach dem Rechten. Über den Winter war manches verwittert oder verrottet, ein Fensterladen hing nur noch schief in der Angel. Hingegen war die Küche in Ordnung. Ein paar Kupferhäfen und die große gußeiserne Pfanne zum Schmarrenkochen hingen an der Wand. Als der Andreas in die Schlafkammer der Sennerin ging, schaute ihm die Traude über die Schulter. Sie lächelte verträumt: „Weißt du's noch, da haben wir einmal übernachtet. Drei Wochen vor unserer Hochzeit! Damals sind wir so glücklich gewesen." Unausgesprochen klang es mit: Jetzt waren sie es nicht mehr sosehr. Zumindest *sie* nicht. Nach zwei Jahren Ehe!

„Sehr glücklich", sagte er und tätschelte flüchtig ihre Wange. „Gelt, die Birgit ist eine tüchtige Sennerin gewesen, die könnten wir auch heuer wieder nehmen ... Wenn ich nur wüßt', warum der Röthenbach so wenig Wasser hat!"

Sie hörten Motorenlärm. Dem Andreas paßte es gar nicht recht in den Kram, daß der Robert schon um diese Jahreszeit mit seinem schweren Geländeauto über den Almboden heraufkam. Tief ausgefahrene Furchen in der nassen Wiese störten ihn, aber seine Traude stieß einen geradezu kindlichen Jubelschrei aus. „Er kommt, der Robert!"

Also ging er hinter ihr nach, versperrte sorgfältig die Hüttentür und legte den Schlüssel wieder oben auf den Türstock. Es gab allerweil wieder Leute, die in Not geraten waren, verletzte, verirrte Bergsteiger. Als sich der Schammer Peter damals den Fuß gebrochen hatte, war er in der Hütte untergekrochen, bis ihn der Jäger gefunden hatte. Auch Landstreicher kannten das Schlüsselversteck, aber noch nie hatte einer hier etwas gestohlen.

Versteht sich, daß die Traude den Beifahrersitz neben dem Robert beanspruchte. Der Andreas zwängte seine langen Beine auf der hinteren Bank zusammen. Bevor der Pirker losfuhr, drehte er sich um und sagte: „Vorhin ist mir aufgefallen, daß der Bach so wenig Wasser führt. Bei dem Tauwetter müßt' er nur so dahinrauschen. Ich fürcht', da hat's was!"

Noch bevor der Andreas dazu seine Meinung sagen konnte, jammerte die Traude komisch übertrieben: „Jetzt fangt mir der auch noch damit an! Ihr wollt mir nur die Sonntagsfreud' verderben. Geh, Robert, fahr lieber zur ‚Fischerhütte' hinunter. Der Andreas hat gesagt, daß er uns alle zu einem guten Mittagessen einladet."

Damit ihr der Pirker gehorchen sollte, drückte sie ihm sogar spaßhalber ein Bussel auf die Wange. Dem Andreas blieb keine Wahl, er bestätigte: „Wenn du uns hinbringst, mußt du dich von mir einladen lassen. Es ist wichtig, damit sich die Traude mit mir leichter tut, und ich hab's ihr heut in der Nacht versprochen."

Zur Gaudi stieß der Robert einen frechen Pfiff durch die Zähne und schnalzte vielsagend mit der Zunge, aber die Traude beteuerte mit einem lustigen Lacher: „Denk dir nichts, Robert! Ich hab' beim Föhn in der Nacht wieder einmal das heulende Elend gehabt, und da hat mich der Andreas recht lieb getröstet. Mein Gott, worauf wartest du noch? Fahr doch endlich los, bevor es sich der mustergültige Sommer-Bauer wieder anders überlegt!“

An diesem ersten frühlingswarmen Sonntag im März herrschte in der „Fischerhütte“ reger Betrieb. Der Ausflugsgasthof lag eine Viertelstunde Gehen über einen Wiesenweg von Laab entfernt. Tagsüber packten den Weg aus dem Dorf her auch ältere Ehepaare, aber nach dem Hereinbrechen der Abenddämmerung kamen eher junge Liebesleute heraus. Die machten Station bei den sieben offenen Heuhütten, manche setzten sich auch gleich ins Gras, und nur die ganz glücklichen eroberten ein Platzerl im Bootshaus am Weiher. Dirndl fanden halt das Schaukeln in den festgebundenen Booten besonders aufregend. Jung und alt waren sich darüber einig, daß der Steindl-Wirt in der „Fischerhütte“ den besten Wein ausschenkte, ganz ohne Weiherwasser. Die Küche der Steindl Maria bot alle Köstlichkeiten, von der hausgeräucherten Rheinanke bis zum Hecht, vom fetten Karpfen bis zum gegrillten Steckerlfisch. Einige Gäste kamen eher der Dori Steindl wegen. Die war nicht so klein und mickrig wie ihr Vater, der Lois, aber auch nicht so üppig wie ihre Mutter, die Maria. „Grad’ handfest“, urteilte der Zögel-Schmied, was bei der Größe seiner Pratzen allerhand besagte. Daß er damit wirklich Maß genommen hatte, glaubte ihm doch niemand, denn die Dori galt auch mit einundzwanzig noch als eiserne Jungfrau. Im Wirtshaus „Fischerhütte“ war sie herangewachsen wie die Lilie im Sumpf. Wenn man über den Wirt spöttelte oder ihm gar beim Speisentragen ein Haxl stellte, lachte er gutmütig und setzte dem Gast die doppelte Zeche auf die Rechnung. Ging's aber um seine Dori, so erinnerte er sich plötzlich wieder daran, daß er in jüngeren Jahren ein schneidiger Rangler gewesen war. Im Vorjahr hatte das zaundürre Mandl ihretwegen einen Stadtfrack auf den Misthaufen geschmissen und sogar dem Bürgermeister Beppo Reitner ein blaues Auge geschlagen.

Schon wie nun der Pirker-Bauer mit seinem neuen offenen Geländeauto vorfuhr, schauten die Dorfleute voller Hochachtung auf die beiden Bergbauern. Von allen Seiten her grüßten sie. Stielaugen kriegten sie erst, als die Sommer Traude ausstieg. Die stellte sich nämlich im Auto auf und ließ sich vorsinken, so daß der Pirker sie in seinen Armen auffangen mußte. Ihr Mann, der Andreas, lachte dazu gutmütig. Zum Zornigwerden hätte er weder Ursache noch Zeit gehabt, denn schon hakte sich seine junge Frau auch bei ihm unter und ließ sich von den zwei Freunden in die „Fischerhütte" führen. Sie lachte fröhlich, antwortete überallhin schlagfertig auf Scherzworte und wurde kein bissel befangen. Der Steindl Lois begrüßte diese Gäste besonders herzlich, denn auch wenn sie aus der Einschicht vom Berg kamen, gehörten sie zu den reicheren Bauern. Mit mustergültiger Nachbarschaft und Freundschaft meisterten sie alle Schwierigkeiten im bäuerlichen Alltag. Auch jetzt bestellten die drei das gleiche: Kartoffelsuppe, Forelle blau und dazu einen Veltliner.

„Die haben in allem denselben Geschmack", flüsterte der Zögel Franz seinem Nachbarn mit einem schmalzigen Lächeln zu. Dafür hätte er sich beinahe vom Wirt eine Grobheit eingehandelt.

Seit der Bürgermeister wegen ein bissel Gaudi mit der Steindl Dori ein blaues Auge bekommen hatte, duldete er keine zweideutigen Reden mehr, grüßte besonders freundlich zum Tisch der beiden Bergbauern hinüber und zischelte dem Schmied zu: „Lustigsein ist noch lang nichts Unanständiges! Nur der Lump denkt wie ein Lump!“

Die Traude zerlegte ihre Forelle so kunstvoll, daß keine Gräte im Fisch stecken blieb. Dann sagte sie recht lieb zu ihrem Mann: „Komm, ich helf' dir. Du säbelst herum wie an einem Ochsen. *So* macht man das, aber ich fürcht', du lernst es nie.“

Er schaute ihren geschickten Händen zu und lobte sie: „Zum Glück hab' ich eine tüchtige Frau. Ich bin halt kein Fischer, sondern bleib' allerweil ein Bauer.“

„Nix als Ausreden!“ wies sie ihn sanft zurecht. „Schau dir den Robert an! Der ist auch kein schlechterer Bauer als du, aber der bemüht sich, und darum gelingt ihm alles.“

Der Robert wies zuviel Lob bescheiden zurück: „Das größere Glück hat allerweil noch dein Andreas!“

„Nur arbeitet er zuviel, ist allerweil ernst und kennt keine echte Fröhlichkeit“, beklagte die Traude sich über ihren Mann. Dann lächelte sie dem Robert zu. „Du verstehst etwas vom Leben, mit dir kann man auch einmal feiern. Dafür beten dich alle Dirndln an.“

Der Robert fühlte sich gar nicht mehr so gut, strich unwillig eine schwarze Locke aus der Stirn und spielte den Verlierer. „Während ich nichts als Blödsinn getrieben hab', ist es dem Andreas gelungen, das schönste Dirndl aus dem Flachland nach Laab am Berg zu holen.“

„Dank' dir für so viele Blumen!“ Ihr schmachtender

Seufzer gehörte zum Spiel, und voller Stolz streichelte der Andreas ihre Hand.

Die Steindl Dori kam an ihren Tisch. „Noch einen Liter?“ fragte sie, denn der Weinkrug war leer geworden.

„Ich nimmer!“ wehrte der Pirker ab und hob die Hände. „Wer mit dem Auto fährt, darf höchstens an einem Achterl nippen. Aber du, Andreas?“

Das freundliche Lächeln der Wirtstochter ging dem Andreas gut ins Herz. Große grüne Augen hatte sie. Mit dem recht kurz geschnittenen Haar hätte man sie von hinten auch für einen Burschen halten können, aber von vorn betrachtet, blieben keine Zweifel offen. Das leinerne Dirndlmieder schloß knapp unter der Brust, in der weißen Leinenbluse mit bauschigen Ärmeln zeichneten sich feste, junge Formen ab. Unwillig, beinahe eifersüchtig oder neidisch, ermahnte die Traude ihren Mann: „Wenn du die Dori nur anhimmelst, hilft ihr das gar nichts. Ein Wirt lebt von der Zeche seiner Gäste, und seine Tochter wartet auf die Bestellung. Sag's halt ich: Dori, für uns noch einen halben Liter Weißen, denn gar so bald bringt man mich heut nicht ins Gefängnis zurück. Ich kost' es aus: einmal wieder unter Leuten lustig sein dürfen!“

Sie war so fröhlich, daß ihr bald die jüngeren Mannsbilder von den Nebentischen Scherzworte zuriefen. Das weckte sogar im Bürgermeister die alten Geister, so daß er seinen Ruf als berüchtigter Steiger hinter jedem Weiberrock verteidigte. Sein Glas in der Hand, fragte er: „Pirker, darf ich mich zu euch setzen?“

Der antwortete: „Reitner, da mußt du nicht mich, sondern den Sommer-Bauern fragen. Der zahlt heut die Zech'!“

„Versteht sich, Herr Bürgermeister, hock dich zu uns!" lud ihn der Andreas schnell ein. Ihm taugte es wenig, daß alle Gäste auf ihn schauten, es war ihm sogar schon unangenehm, daß die Traude so viele Blicke auf sich zog.

Bürgermeister Beppo Reitner schickte die Dori mit dem Krügerl Weißwein zurück und trug ihr großartig auf: „Einen Liter Roten! Sagst aber deinem Vater: Für den Bürgermeister einen Edeltropfen, keinen Sauerampfer, wie er ihn sonst auf den Tisch stellt!"

Da kam auch schon der Doktor Friedl Oberndorf zu ihnen her und sagte: „Wenn man die ganze Woche allerweil nur Jammern hört, tut einem wenigstens am Sonntag ein so bezauberndes Lachen gut. Traude, falls du eines Tages deinem Mann weglaufen willst, komm zu mir als Wunderheilerin. Mit deinem sonnigen G'schau machst du die meisten Kranken schon im Wartezimmer gesund. Ich muß weniger Medizin verschreiben und hab' nur noch zufriedene Patienten."

„Ich merk' dich vor, Herr Doktor!" versprach sie und schaute ihn gleich noch viel glücklicher an.

Eine Frau drängte sich zu ihnen an den Tisch. Mit ihrer Fülligkeit wirkte sie beinahe breiter als hoch. In jungen Jahren hatte die Zeling ihre Berufslaufbahn als Amme begonnen und erst später auf Hebamme gelernt. Seit ihrer Zeit besannen sich auch die jungen Bäuerinnen von Laab am Berg wieder darauf, daß ihre Großmütter alle Kinder gesund mit Hausgeburten auf die Welt gebracht hatten. Nicht *ein* Neugeborenes war am Kindbettfieber gestorben. Hilfsbereit schob der Schmied einen Stuhl hin, und als sich die Zeling darauf setzte, krachten drei von seinen vier Beinen. Mit ihren kleinen, schwarzen Knopfaugen zwinkerte sie der Sommer-Bäuerin zu und erkundigte sich: „Wenn schon der Oberndorf bei dir hockt, kann man sich was denken. Krank schaust du nicht aus, also muß es eine bessere Ursach' haben. Traude, wenn's bei dir so weit ist, brauchst keinen Doktor, denn ich bin noch allerweil so tüchtig wie die Gstudierten. Flüster's mir ins Ohr: wann?"

Das war halb ernst, halb gescherzt, aber das Lachen der Traude erstarb. Geradezu eisig sagte sie es der Hebamme hin: „Noch lang nicht! Erst möcht' ich was vom Leben haben, bevor ich mir Kinder an die Kittelfalte häng'! Such dir anderswo Arbeit!"

Die Steindl Dori verhalf der Zeling, über ihren Ärger hinwegzukommen, denn sie kündigte ihr an: „Deine Doppelportion Kasnocken steht drüben auf dem Tisch. Gleich essen, Hebamm', damit sie nicht kalt werden!"

„Recht hast du, Dori, ich spür' ohnehin schon, wie mir die Galle aufsteigt!" Und im Weggehen zahlte es die Zeling der Traude noch einmal heim: „Gelt, in der neuen Zeit muß eine Frau keine Kinder mehr kriegen, wenn sie dazu keine Lust hat. Doch umkehrt ist auch gefahren: Manche tät' nachher für ihr Leben gern Mutter werden, aber da geht vielleicht nichts mehr. Mit der Hebamm' sollt' sich halt jede gut stellen!"

Die Traude zog sich mit einem unfrohen Lacher zurück: „Ich werd' rechtzeitig meinen Mann nach dir schicken!"

In der Gaststube war es stiller geworden. Der Andreas redete schon wieder mit dem Robert über die bevorstehenden Frühjahrsarbeiten. Die mußten sie zusammenstimmen, damit sie einander helfen und somit besser wirtschaften konnten. Das wurde dem Bürgermeister langweilig, weshalb er schon überlegte, an welch anderen Tisch er wechseln sollte. Da schellte neben der Schank das Telefon.

„‚Fischerhütte'", meldete sich die Dori, und nachher: „Ja, der ist da."

Der Gendarm suchte nach seinem Bürgermeister. Zwar seufzte der Reitner wie ein vielgeplagter Mann, doch er meldete sich freundlich. Das Lächeln in seinem Gesicht erlosch. „Was? Stotter nicht so herum! . . . Alarm für die Feuerwehr! Ich komm' auch, aber ich bin zu Fuß da." Er warf den Hörer in die Gabel und schrie ins Gastzimmer: „Leut', der Röthenbach hat plötzlich Hochwasser! Alle mit zur Brücke, dort könnt' es kritisch werden!"

„Ich hab's gewußt", murmelte der Andreas. Für ein paar Augenblicke sah er seine Frau so feindselig an, wie wenn sie an allem schuld gewesen wäre. Er hätte nachforschen wollen, wo das Wasser geblieben sei. „Aber die Gaudi im Wirtshaus ist halt allerweil noch wichtiger als die Sorge um den Hof!"

Das war kein guter Abschluß eines wunderschönen Tages. Gerade wollte die Traude hart zurückreden, da rief der Pirker Robert: „Ich fahr' mit dem Geländeauto! Reitner, du kommst mit uns! Zwei Leut' mehr kann ich noch ins Auto quetschen!"

Er packte die Traude an der Hand, rannte mit ihr ins Freie. Der Andreas drängte sich mit den anderen hintennach durch die Tür. An der Schank jammerte der Steindl-Wirt: „Dori, schreib alles auf, was getrunken worden ist!

Maria, dir sag' ich die Essen an! Nichts als Schaden und Ärger! Allerweil trifft akkurat *uns* das Unglück!"

„Am Weiher vorbei!" befahl der Bürgermeister dem Pirker, wie wenn der nicht auch den kürzesten Weg zur Brücke gekannt hätte.

Der Andreas schrie dem Robert zu: „Wenn's uns nur nicht die Wiesen vermurt!"

Sieben Leute im fünfsitzigen Geländeauto mußten sich zusammendrängen. Um seine Frau zu schützen, legte der Andreas seinen Arm um sie, und darum spürte er, daß die Traude vor Angst zitterte. Oder auch nur vor Kälte im Fahrtwind.

Kaum zweihundert Meter vom Wirtshaus sahen sie beim Bootshaus, wie sich der Röthenbach als lehmiggelbes Wildwasser in den Weiher stürzte. Auch wenn der Reitner protestierte, hielt der Robert, sprang aus dem Auto und war mit ein paar Sätzen an der Tür. Er riß den Riegel auf. Im Inneren schlugen zwei schwere Fischerkähne im bewegten Wasser gegen den Bootssteg. Gefahr bestand keine. Ein Liebespaar hatte auf einem Stapel von Netzen seine Decke vergessen. Als der Robert aus der Hütte rennen wollte, prallte er gegen die Traude. Sie war ihm nachgekommen. Gerade noch im letzten Augenblick konnte er zupacken, sonst hätte er sie vom Steg ins Wasser gestoßen. In ihrem Schrecken klammerte auch sie sich an ihn, und so konnten sie einander nicht gleich wieder loslassen. Für Augenblicke vergaßen sie sogar das Hochwasser und die Gefahr für die Wiesen des Sommer-Hofes. Mit einem Blick auf die Netze flüsterte sie: „Diese jungen Leut'! Ich bin mit dem Andreas nie hier gewesen und hab' gar nicht gewußt ..."

„Du bist auch nicht aus unserem Dorf", sagte er und drängte sie durch die Tür ins Freie. Als sie eilig ins Auto stieg, spielte um ihre Lippen ein Lächeln. Während der Fahrt zog sie wieder den Arm des Andreas um sich und bat: „Halt mich fest, damit mir nichts geschieht! Der Robert ist ein ganz schneidiges Mannsbild. Wie der die Straße hinaufteufelt!"

„Und?" drängte der Andreas sie zum Reden. „Wie schaut's aus in der Hütte? Ist das Hochwasser arg gestiegen?"

Sie zuckte gleichmütig mit den Schultern. „Wird schon nicht so gefährlich sein." Dann kam sie mit den Lippen nahe an sein Ohr und flüsterte: „Daheim muß ich dir was vom Bootshaus erzählen."

An der Holzbrücke, die vom Dorf zu den weiter nördlich gelegenen Feldern und zum Wald hin führte, drohte die Gefahr recht eindrucksvoll. Gelb, dunkelgrün und gischtweiß warf sich das Wildwasser gegen die Pfeiler. Das allein hätte sie noch nicht wegreißen können, aber da staute sich ein ganzes Netz von Astwerk auf, in das jetzt sogar Baumstämme krachten. Das Feuerwehrauto raste von Laab her. Bürgermeister Reitner schrie seinen Leuten, die Äxte, Stangen und Seile mitgebracht hatten, zu: „Burschen, das packen wir noch!"

Der Pirker Robert bot sich an: „Bindet mich an, nachher steig' ich ins Wasser."

„Spinnst!" beschwor ihn der Andreas. „Da arbeiten leicht zwanzig Mannsbilder, bei uns oben ist vielleicht niemand! Wenn unsere Wiesen vermuren, haben wir ausgespielt! Los, Robert, fahr zu, es geht um unsere Höfe!"

Das sah auch der Bürgermeister ein. Schon ließ der Pirker den Motor wieder aufheulen. Der Wagen raste so wild schleudernd davon, daß sich die Traude mit aller Kraft am Griff festklammerte. Durch den Fahrtwind schrie sie dem Andreas zu: „Du denkst halt allerweil an deinen Hof!"

„An *unseren* Hof!" verbesserte er sie, denn ihren Worten hatte er mehr Feindseligkeit als Anerkennung entnommen.

„An unsere Höfe!" überschrie der Robert alle und schaltete den Vierradantrieb dazu.

In halsbrecherischer Fahrt erreichten sie am Berg die Senke, wo die beiden Anwesen standen. Der Wiesengrund oberhalb davon war von einem breiten, schaumigweißen Band durchschnitten. An zwei Stellen schwappte das Wildwasser schon über die Ufer und grub in die Leiten tiefe Rinnen. Erst jetzt verriet der Andreas seine ganze Sorge mit einem Stöhnen, aber der Robert beruhigte ihn: „Unsere Leut' sind schon am Arbeiten!"

Der Andreas beruhigte sich, überschaute alles und bestimmte: „In die G'schicht' müssen wir Ordnung bringen, denn einstweilen rennen sie durcheinander wie aufgescheuchte Ameisen!"

Schon stürmte er auf die am meisten gefährdete Stelle hin. Einmal tuschte es ihn nieder, so daß ihm das Blut übers Gesicht rann, aber er rappelte sich rasch wieder auf. Wie wenn er schon immer solche Arbeit geleistet hätte, stellte er Gruppen zusammen. Dann holten er und der Robert Schubraupen von ihren Höfen. Binnen einer halben Stunde hatten sie das Bachufer verstärkt.

„Jetzt!“ schrie der Andreas. „Aber aufpassen, daß dich das Wasser nicht packt und über die Leiten hinunterschwemmt!“

Gleichzeitig stießen sie zum Bach durch. Im nächsten Augenblick waren sie auf ihren schweren Maschinen von einer tobenden gelben Flut umschlossen, die sich in den neuen Graben ergoß, den weichen Wiesenboden unterwusch und weiter unten in eine Schlucht stürzte.

Plötzlich neigte sich der Traktor des Pirker-Bauern seitlich. Das bedeutete für den Robert Lebensgefahr, aber schon war der Andreas mit seiner Schubraupe zur Stelle und stützte ihn ab.

„Wir haben's derpackt!“ brüllte der Pirker. Schweiß vor Anstrengung und Angst rann ihm von der Stirn in die Augenhöhlen, doch er strahlte vor Glück.

Übermütig antwortete der Sommer: „Allein hätt' jeder einen Schmarren ausgerichtet. Zusammen sind wir stärker als Föhn, Sturm, Wildwasser, Blitz und Hagelschlag!“

Sie fielen einander um den Hals. Einige Dienstleute schauten zu ihnen. Der Böck Toni tippte sich an die Stirn und sagte: „Jetzt haben unsere Bauern vor lauter Schrekken den Verstand verloren!“

Dafür machte ihn der Schlegel Hannes humorlos nieder: „Nur nicht deppert reden! Echte Bauern vom alten Schlag – mit jungem Blut! Solang die beiden Freunde bleiben, müssen wir uns um das Dach über den Kopf nicht sorgen.“

In diesem Jahr fiel der einundzwanzigste März auf einen Sonntag. Gleich nach dem gemeinsamen Frühstück mit den Dienstleuten führte der Sommer-Bauer seine Frau an der Hand die Hausleiten hinauf. Der Röthenbach war wieder ein zahmes Wasserl geworden. Erst sprach der Andreas darüber, dann hielt er der Traude die Hand entgegen und ermunterte sie: „Komm, wenn ich dir helf', kann dir nichts geschehen!"

Er fing sie in den Armen auf, hielt sie fest und busselte sie geradezu frech. Eine Weile hielt sie still, bis sie ihn plötzlich von sich drängte. „Geh weiter, paßt sich so etwas für ein altes Ehepaar?"

Er gab sie nicht frei, im Gegenteil, er hielt sie noch enger. „Zwei Jahre Ehe, und du redest von einem alten Paar? Dabei feiern wir heut etwas!"

„Ja?" Traudes Augen leuchteten auf. „Ich hab' schon gemeint, du hättest darauf vergessen."

„*Ich* doch nicht!" Er zog sie weiter. „Erst gehen wir auf die Alm, denn nirgendwo anders ist die Welt heut so schön."

Als er allerweil nur von der Sonne, dem wolkenlosen Himmel und dem starken Geruch der Erde redete, drängte sie ihn ungeduldig: „Sag schon, was wir feiern!"

Im steil ansteigenden Hohlweg fragte er sie: „Hast du vorhin auf der Wiese gar nicht die blauen Flecken gesehen? Lauter Leberblümchen am Waldrand! Schneerosen gibt es nur noch in der Schlucht. Schau dir diese Blütensterne an, weiß, mit goldenen Herzen! Wie könnt' ich's da vergessen? Heut feiern wir Frühlingsanfang!"

Noch zwang die Traude sich zu einem Lächeln, aber mit einem ärgerlichen Schnaufer fragte sie: „Sonst fallt dir nichts ein?"

„Langt das nicht?“ Er stürmte so schnell weiter, daß ihr keine andere Wahl blieb, als murrend hinter ihm nachzurennen. Erst als sie beim Almboden aus dem Wald traten, drückte er sie an sich. Noch immer verärgert, wollte sie sich losreißen und an ihm vorbeigehen, doch da packte er sie so besitzergreifend, wie er das als Bauer und Ehemann für sein gutes Recht hielt. „Da bleibst, Traude!“ herrschte er sie an, fügte aber mit zärtlicher Stimme hinzu: „Alles Liebe zu deinem Geburtstag, deinem Zweiundzwanziger. Das da schenk' ich dir!“

Er zog ein Etui aus der Jankertasche und ließ es aufschnappen. Im blauen Samt funkelte ein kostbares Halsband aus Altsilber, mit echten Rubinen besetzt.

„Mein Gott, Andreas“, flüsterte sie vor lauter Freude, „das ist doch der Schmuck deiner Mutter!“

Er nickte. „Nach zwei Ehejahren bin ich mir schon sicher, daß dieses Glück unser Lebtag halten wird. Also kann und will ich dir das schenken.“

„Allerweil werd' ich dich liebhaben“, gelobte sie mit hochroten Wangen. Sie wußte, was der alte Erbschmuck für den Andreas bedeutete. Erst in ihrer Sterbestunde hatte ihn die Mutter in Andreas' Hände gelegt. Für die nächste Sommer-Bäuerin.

„Für *meine* Sommer-Bäuerin“, sagte er. In seiner Stimme zitterten Rührung und Aufregung mit. „Damit du allerweil daran denkst, daß du die Bäuerin auf dem Hof und meine Frau bist. Bis ans Lebensend'!“

Geradezu feierlich zog er ihr das Busentüchl aus dem Mieder, um ihr den Schmuck anzulegen. Ein Sonnenstrahl fiel durch die Fichtenkronen und ließ ihr braunes Haar beinahe ebenso rötlich aufleuchten wie die Rubine. Zum Schluß drückte der Andreas der Traude ein Bussel auf den Ansatz ihrer Brüste, stopfte das Tüchl wieder in den Ausschnitt und sagte zärtlich lächelnd: „Diese Schmuckstükkel muß außer mir niemand sehen!"

Noch einmal umarmte sie ihn voller Glück, aber um ihr Halsband zeigen zu können, zog sie das Tuch wieder ein wenig auseinander und spöttelte fröhlich: „Bist 'leicht jetzt auch schon auf die Bäum' eifersüchtig?"

Er legte den Arm um ihre Mitte und ging zur Almhütte hinauf. Die Winterschäden waren in den letzten Tagen von zwei Zimmerleuten aus Laab behoben worden. Eine Dirn hatte alles durchgeputzt und sogar aufgebettet.

„Andreas, was denkst du dir?" forschte die Traude, um das seltsame Leuchten in seinen Augen zu ergründen. „Du, wirst du mir ganz spinnert? Wir zwei in einer Almhütte?"

Diesen Verdacht wies er von sich und erwiderte ehrlich: „Hast recht, das haben wir nicht nötig. Alte Eheleut'! Komm!"

Daß er eine ganz andere Überraschung für sie bereit hatte, merkte sie ein paar Minuten später. Als nämlich die Traude in die Rauchkuchl zurückging, stieß sie einen leisen Freudenschrei aus: „Nein, das hätt' ich mir nicht erwartet!"

„Alles Liebe zum Geburtstag!" sagte dort der Robert Pirker und drückte ihr feierlich drei winzige Leberblümerln in die Hand. „Mehr hab' ich nicht abreißen wollen . . . weil ich zu faul bin. Dafür hab' ich noch eine Kleinigkeit. Andreas, darf ich?"

„Versteht sich. Unter Freunden ist das so üblich." Er

lachte gutmütig, denn schon lange nicht mehr hatte er mit so viel Stolz gefühlt, daß die Traude ihm allein gehörte.

Mit genau berechneter Umständlichkeit fischte der Robert einen kleinen schimmernden Gegenstand aus dem Uhrentascherl. Die Traude fragte ungläubig: „Geh weiter, doch keinen Ehering!"

Darauf antwortete er mit traurig klingender Stimme. „Mein Ehering käm' um wenigstens zwei Jahre zu spät. Leider!" Diese Worte ließ er so wirkungsvoll nachklingen, daß die Augen der Traude aufleuchteten. „Das hier ist nur ein Freundschaftsring. Du sollst halt nie, auch nicht in den schlechtesten Zeiten, vergessen, daß wir Freunde sind. Wir drei."

Er steckte ihr den Ring an. Am besten paßte er auf ihren Ringfinger, gleich über dem Ehering. Vor Rührung konnte sie eine Weile kein Wort herausbringen. Also drückte sie ihm einfach ein Bussel auf jede Wange. Nachher sagte sie: „Somit hab' ich heut zwei Geschenke fürs ganze Leben bekommen. Von dir, Robert, einen Freundschaftsring, vom Andreas den Familienschmuck der Sommer-Bäuerin. Schau her!"

Stolz zog sie das Busentüchl auseinander und zeigte das kostbare altsilberne Halsband mit den Edelsteinen. Erst als es ihr bewußt wurde, daß der Robert nicht nur das Geschmeide bewunderte, schob sie das Tüchl langsam wieder zusammen. Sehr langsam.

Auch am Abend auf dem Hof trug sie das Halsband. „Nur heute", bat sie den Andreas. „Weil doch mein Geburtstag ist."

Seine bewundernden Blicke spürte sie wie Streicheln. Vor den Dienstleuten machte sie den Ausschnitt ohnehin nur so weit auf, daß man nicht mehr als gerade den Silberschmuck sehen konnte. Akkurat die alte, kurzsichtige Berta-Mahm entdeckte ihn auf den ersten Blick, schaute aber noch ein zweites Mal hin, als könnte sie es nicht fassen. Dann keifte sie leise auf ihren Bauern: „Bist spinnert g'worden, Anderl! Ausgerechnet *der* hast du den Schmuck deiner Mutter umgehängt? Das kann doch nicht wahr sein!"

Vor der Traude war dem Andreas so eine Unverschämtheit der Dirn peinlich. Er tat aber, als hätte er nichts gehört und riet ihr so ruhig, wie er gerade noch konnte: „Wünsch deiner Bäuerin gleich alles Gute, denn heute hat sie ihren Geburtstag. Dafür hab' ich ihr das Halsband geschenkt. Es steht ihr zu, denn sie ist jetzt die Sommer-Bäuerin."

„Hab' ich auch schon merken müssen", greinte die Mahm feindselig und zog sich auf die Herdbank zurück.

Nach diesem zweifach schönen Tag wollte die Traude am Abend nicht herumstreiten. Darum stellte sie drei Gläser mit Rotwein auf den Tisch. Eines davon schob sie in Richtung zur Alten hin und sagte: „Da, trink! Laß mich lang und gut leben, denn ich bin für den Hof ganz gewiß keine schlechte Bäuerin. Von der Arbeit versteh' ich was, und ich drück' mich auch nicht vor der ärgsten Plag'. Hast du dich schon einmal über mich beklagen müssen? Nein? Alsdann, trink!"

Zwar schielte die Berta recht lüstern auf das rotfunkelnde Glas, aber ihre feindseligen Gefühle waren stärker, und so jammerte sie: „So spät noch? Da krieg' ich vom Wein allerweil Sodbrennen, wie wenn ich das höllische Feuer geschluckt hätt'! Nehm' ich das Glas halt mit für in der Früh. Morgen geht die Arbeit wieder an. Gute Nacht, Anderl!" Und mit einem versöhnlicheren Lachen zur Bäuerin hin sagte sie: „Gelt, wir Weiber brauchen noch allerweil unsere acht Stunden Schönheitsschlaf!"

Dabei huschte sie schon mit so kleinen, hurtigen Schritten zur Tür hinaus, daß es ausschaute, als schwebe sie über dem Boden. Zum Glück ärgerte sich die Traude nicht lang wegen der narrischen Alten, die ihr kein bissel entgegenkommen wollte, sondern sagte nur hinter ihr her: „Sie mag halt niemanden, der dich lieb hat. So ein eifersüchtiges Weibsbild!"

Nachdem sie ihre Gläser leer getrunken hatten, zog der Andreas seine Frau zärtlich an sich und wollte es noch einmal hören: „Hast du mich wirklich lieb?"

„Viel zu lieb", beteuerte die Traude und hatte auch nichts dagegen, daß er ihr schon das Busentüchl ganz aus dem Dirndlmieder zog. Silbrig und blutrot schimmerte das Halsband auf ihrer seidigen Haut.

„Du bist viel zu schön für einen Bergbauern in der Einschicht", sagte er.

Dafür umarmte sie ihn, schloß ihm die Lippen mit einem immer wilder werdenden Bussel und flüsterte ihm zu: „Ich will doch eh nur ganz allein für dich schön sein, Andreas. Mit dir bin ich glücklich, nur …"

Das letzte kleine Wörterl war eines zuviel, aber sie konnte es nicht mehr ungesagt machen. Er hatte es gehört. Ohne sie aus der Umarmung freizugeben, Wange an Wange geschmiegt, fragte er: „Was: ‚nur'?"

„Nichts sonst ...“ Das ließ der Andreas nicht gelten, also gestand sie nach einer Weile: „Einsam fühl’ ich mich schon manchmal auf dem Hof. Bei den Eltern daheim ist es viel lustiger hergegangen. Mitten im Dorf, links und rechts Wirtshäuser, in den Hügeln hat jeder Bauer einen Weinkeller mit Ausschank gehabt. Du kannst dir gar nicht vorstellen, wie gaudig es bei solchen Kellerpartien war. Wir haben alle zusammengehört, aber in Laab find’ ich keine Freundschaft.“

„Der Robert?“

Sie richtete sich auf, ließ aber die Arme um seinen Nacken gelegt. So, als müßte sie nun jedes Wort genau abwägen, sagte sie bedächtig: „Der Robert ist mir ein wirklicher Freund. Auf den kann ich mich allerweil verlassen. Wenn ich einmal recht traurig bin ...“

Das war es. In dieser glücklichsten Stunde meinte der Andreas, zwischen ihm und seiner Frau sei ohnehin alles in Ordnung. Das Herz ging ihm über, und so kam ihm einmal mehr über die Lippen, was ihm auf der Seele brannte: „Gelt, wir gehören zusammen. Nur das letzte Stückl fehlt noch allerweil, damit aus uns beiden eine Familie wird. Traude, wenn wir halt schon ein Kind hätten ...“

„Nein!“ fuhr sie auf und drängte ihn weg. Das Lächeln auf ihren Lippen war erstorben. Sie blickte ihn kalt und feindselig an. „Bild dir das nicht ein! Für ein Kind wär’s noch lang nicht Zeit! Das liegt wahrscheinlich daran, daß ich zu jung geheiratet hab’.“

„Aber mit einem Kindl ...“

„Mit einem Kindl wär’ alles noch schwerer!“ schnitt sie ihm hart die Rede ab. „Wenn ich mir vorstell’, daß ich unförmig und schwerfällig, grad' wehrlos werden müßte, wird's mir heiß vor Angst. Nein, Andreas, ich bitt' dich!"

„Paßt schon!" Er fügte sich eher enttäuscht und traurig als unwillig. Schon gar nicht im bösen. Aus Liebe zu seiner Frau würde er auf ein Kindl im Stubenwagen noch warten.

Wie jedes Jahr, sprang auch diesmal die Frühjahrsarbeit den Bauern geradezu auf die gekrümmten Rücken. Monatelang waren sie untätig von Eis und Schnee umschlossen gewesen, jetzt sollten sie womöglich alles auf einmal erpacken. Die Wirtschaftsgründe der beiden Höfe in der Einschicht zeigten ihre von den Muren aufgerissenen Wunden. Steine im Wiesenboden krachten in die Maschinen und brachen Eisen wie Glas. Rinder stolperten in unterwaschene Erdlöcher, Schafe drängten so unvernünftig in die lang entbehrte Freiheit, daß sich ein paar von ihnen beinahe ihre zarten Beine gebrochen hätten. Schreiend trieb der Toni Böck fünf Hühnerscharen vom Waldrand zurück zum Hof. „So depperte Viecher!" schimpfte er atemlos und hetzte herum wie ein Hüterhund. „Im Obstgarten gibt's schon die fettesten Larven. Aber nein, fortrennen müssen sie! Grad' so, als wollten sie, daß der Fuchs sie frißt!"

Als der Knecht zum Haus zurückkam, streute ihnen die alte Berta Körndln. „Bieberl, Bieberl!" kreischte sie mit hoher Stimme. Und zum Toni hin keifte sie: „Bist halt auch ein deppertes Mannsbild, das nichts versteht. Hendln sind Weiber, und die glauben allerweil, weit weg vom Hof finden sie das bessere Futter. Angst vor dem Fuchs haben sie keine.“ Dabei schaute sie mit bösen Blicken ihrer Bäuerin nach, die zum Nachbarhof hinüberging. „Sie putzen sogar noch ihre Federn auf, das taugt ihnen!“

Die Traude Sommer hatte ihr helles Dirndlkleid mit dem hautengen, recht tief ausgeschnittenen Mieder angelegt, aber sie trug auch eine Leinenbluse. Das Haar steckte sie ohnehin nicht wie die anderen Bergbäuerinnen an den Kopf, sondern ließ es offen bis an die Schultern fallen. Jeder Sonnenstrahl, der darüberschmeichelte, ließ es goldbraun, beinahe rötlich schimmern. Lachend winkte sie und rief dem Pirker Robert schon von weitem zu: „Nicht wegfahren, wart auf mich! Bringst mich ins Dorf hinunter?“

Der Pirker stellte sogar den Motor noch einmal ab und stieg aus seinem Geländeauto. Die hintere Bank hatte er umgeklappt und mit allerhand Zeug beladen. Betont herzlich versprach er: „Dich nehm’ ich allerweil mit, wohin du willst. Einem schönen Dirndl kann ich selten nein sagen.“

Im selben lustigen Ton erinnerte sie ihn: „Leider bin ich kein Dirndl mehr, sondern eine eisern verheiratete Frau!“

Als er daraufhin das Gesicht zu einer traurigen Grimasse verzog, bewies sie ihm, daß die Zurückweisung gar nicht so tragisch gemeint gewesen war. Sie drehte sich nämlich vor ihm rasch im Kreis, hatte jedoch bestimmt nicht beabsichtigt, den weit geschnittenen Rock bis hoch hinauf um ihre Beine fliegen zu lassen. Dennoch genoß sie eine ganze Weile lang seine bewundernden Blicke. Erst als sie merkte, daß ein paar Dienstleute von beiden Höfen herübergafften, wurde sie verlegen und wies den Robert zurecht:

„Alsdann, herunterschauen darfst du mir nichts von meiner Schönheit! Ich gehör' noch allerweil nur dem Andreas."

Beim Losfahren seufzte er: „Manchmal tut's mir richtig leid, daß der Andreas mein bester Freund ist und ich kein Lump bin."

„Und ich werd' überhaupt nicht gefragt!" Das klang ernsthaft zornig, aber gleich darauf redete die Traude unbefangen weiter: „Heut komm' ich nur mit, weil ich beim Bergler eine Menge kaufen muß und wenig Lust hab', das Zeug auf den Berg zu schleppen."

Als sie auf der Waldstraße bergab rollten, lenkte er lässig mit einer Hand, schaute links und rechts in die Landschaft und sagte: „Wie du so neben mir sitzt, spür' ich den Frühling. Deinetwegen könnt' ich sogar Lust aufs Heiraten kriegen."

Sie verzieh ihm, daß er sie auch wieder recht frech bewunderte, und beschwor ihn: „Tu mir das nicht an! Deine Frau könnt' auf mich eifersüchtig werden, und ich freu' mich doch allerweil, wenn du mich einmal in der Woche nach Laab hinunter mitnimmst. Da komm' ich wenigstens unter die Leut' und muß mir nicht dauernd vom Andreas das Sorgengejammer um den Hof anhören. Schön, daß wir dich zum Freund haben!"

Beim Weg zur „Fischerhütte" bog der Robert ab und zählte auf: „Zwei geräucherte, luftgetrocknete Schinken, fünf Schock Eier von Bodenhendln und einen Ziegel Butter liefere ich heut. Der Steindl rechnet damit, daß weiterhin die Kassa klingelt. Seit dem Katastrophentag bei der Schneeschmelze kommen wir Einheimischen recht oft zu ihm. Anfang Mai hofft er beim Kirtag auf das große Geschäft. Den ‚Adler' frißt schon der Neid, denn eigentlich hat er im Dorf auf dem Hauptplatz den besseren Stand. Dafür wieder ist es für die eiligen Liebespaare von der ‚Fischerhütte' nicht so weit bis ins Heu!"

„Du sollst vor mir nicht so reden!" schimpfte die Traude, weil der Robert zu seinen Worten gar so zweideutig lachte. „Ihr Mannsbilder denkt allerweil schlecht, einer wie der andere!"

Jetzt schilderte er besonders genüßlich: „Wenn's im Sommer zu spät finster oder bei Schlechtwetter im Freien zugig wird, schätzen die Romantischen die Gaudi im Bootshaus am Weiher. Da schaukeln die Boote so schön, und eine Decke auf dem Haufen Netze . . ."

„Robert!" Sie wurde ernstlich zornig. „Nur wenn der Andreas in der Nähe ist, spielst du das Unschuldslamm!"

Das Auto hielt, der Steindl Lois kam aus seinem Wirtshaus. Klein, dünn und steifbeinig. Hinter ihm drängte die Maria nach, seine Frau, und die war unübersehbar fest gestellt. Die Dori machte gerade den Hausputz und rief beim offenen Fenster heraus: „Grüß dich, Robert!"

Schon war der Pirker-Bauer bei ihr, ließ den Wirt und dessen Frau die gekaufte Ware allein ins Haus schleppen und scherzte übermütig mit deren Tochter. „Hätt' ich mir auch nicht gedacht, Dori, daß ich bei dir so bald zum Fensterln komm'!"

Dabei streichelte er flüchtig über ihre Arme, die bloß und rund aus dem Arbeitskittel hervorkamen. Sie aber streifte nicht nur seine Hände weg, sondern warnte ihn flüsternd: „Spiel dich nicht, wenn du die Sommer Traude im Auto sitzen hast! Die schaut schon her, wie wenn sie mich fressen wollt'!"

Das alles war von beiden nur so zum Spaß hingesagt. Jetzt stieg auch die Traude aus und kam zu ihnen. „Laßt mich hier ein bissel mitspielen", verlangte sie. „Unter der Woche hab' ich ohnehin nicht viel zu lachen. Gelt, Dori, bei dir geht's bestimmt allerweil hoch her. Wie du ausschaust, machst du manches Mannsbild narrisch. Grüne Augen: häßlich, aber unvergeßlich!"

„Mir gefallen sie!" stichelte sie der Robert an.

Dafür packte ihn die Traude spaßhalber besitzergreifend am Arm und säuselte: „Brich mir nicht das Herz! Ich lass' dich auf keinen Fall da. Nicht, daß ich futterneidisch wär', aber ich brauch' einen, der mich heut mit meinen Einkäufen in die Verbannung zurückbringt."

Der Robert stellte sich reuig. „Nachher halt auf ein anderes Mal. Ich werd' an dein Kammerfenster klopfen!"

Zum Abschied warnte die Dori ihn noch: „Laß dich nicht erwischen, sonst kriegst du's mit dem Stecken!"

„Komm' ich auch bei dir um zwei Jahre zu spät?" jammerte der Robert. Diese Anspielung sollte nur die Traude verstehen. Dann ging er in die Gaststube, um gleich das Geld für die Lieferung zu kassieren.

Inzwischen setzte sich die Traude schon wieder ins Auto. Als die Sonne beinahe frühsommerlich herunterbrannte, fächelte sie sich mit ihrem Schneuztüchl, das gut nach Lavendel duftete, Kühlung zu. Der Robert stieg ein, doch bevor er weiterfahren konnte, flüsterte sie ihm lächelnd zu: „Mein Gott, ich hab' gar nicht mehr gewußt, daß die Steindl-Tochter so häßlich ist. Das Haar abgebissen, wie wenn ihr Mäus' drübergekommen wären. Und die vielen Sommersprossen im Gesicht, auf den Armen und erst im Ausschnitt!"

„Akkurat dort hab' ich nicht hingeschaut", gab der Robert eher grantig als gaudig zurück. Erst als sie schon den Kirchenplatz überquerten und beim „Goldenen Adler" hielten, lachte er plötzlich auf. „Traude, mir scheint, du bist auf die Steindl Dori eifersüchtig! Nachher hätt' ich doch Hoffnung, daß ich eines Tages sogar mit dir ..."

„Jetzt hast du dein letztes bissel Verstand verloren!" tuschte die Traude ihn ehrlich zornig nieder.

Am nächsten Wochenende trieben der Sommer- und der Pirker-Bauer ihre Kühe auf die Alm. Eigentlich gehörte die Sennerei dem Andreas allein, aber er hatte sich mit seinem Freund zum beiderseitigen Vorteil geeinigt: beider Herden durften oben bleiben. Eine Sennerin stellte der Andreas, einen Knecht und den Hüterbuben der Robert. Dazu holte der Andreas wieder die Birgit Berghuber aus dem Nachbardorf. Zu den Leistungen des Robert zählte es, zweimal wöchentlich mit seinem Geländeauto Milch, Butter und Käse von der Alm nach Laab hinunterzubringen. Das bedeutete auch, daß künftig die Traude Gelegenheit bekam, mit ihm zumindest an zwei Wochentagen ins Dorf zu fahren. Die alte Berta wurde vor lauter Gift beinahe ernsthaft krank. Auch wenn sie deshalb kaum mehr die ganze Küchenarbeit erpackte, hielt sie so die Bäuerin nicht im Haus. Also mußte die Schauer Gerti stundenweise für sie einspringen. Der taugte das, denn unter diesem Vorwand konnte sie sich von einem Teil der

Stallarbeit drücken und mehr um den Bauern herumtanzen. Das verursachte der Berta zusätzlich Gallenschmerzen. Hätte sie nicht das Haus überwachen müssen, wäre sie sogar gern für ein paar Tage im Bett geblieben. So aber hockte sie wie eine Spinne im Winkel auf der Ofenbank und belauerte alle, die ihrem Anderl in die Nähe kamen.

Gegen zwölf hob die Gerti die Deckel von den Töpfen und Reindln, kostete, war zufrieden und wünschte sich: „Hoffentlich schmeckt's dem Bauern von mir auch so gut wie von seiner Frau." Zur Berta-Mahm keifte sie hin: „Mußt mich gar nicht so bös anschauen, ich red' vom Essen! Mein Gott, mit deinen achtzig denkst du allerweil schlecht und bist auf deinen Anderl eifersüchtiger als ein Dirndl auf seinen Schatz!"

„Red keinen solchen Schmarrn!" bellte die Alte wütend wie ein Kettenhund, schaute der Dirn genau auf die Finger und greinte: „Schneid das Fleisch kleiner, die Flachsen kann ich schon lang nicht mehr beißen!"

„Besser eine Laus im Kraut als gar kein Fleisch." Die Gerti lächelte friedfertig, denn sie wußte genau, wie groß der Einfluß der Berta auf ihren Bauern war. Erst unlängst hatte ihr die Wendner Burga, die Großmagd, gesagt: „Gerti", hatte sie gesagt, „wenn überhaupt einer, so führt der Weg in die Schlafkammer vom Sommer Andreas über die alte spitznaserte Hex'!"

Das Gesicht der Gerti leuchtete auf, so als wäre sie plötzlich in den hellen Sonnenschein getreten. Der Bauer kam nämlich an diesem Tag noch vor seiner Frau heim. Schnell zerrte sich die Dirn die Schürze herunter und stopfte ihre Bluse straffer in den Rocksaum. Aber der

Andreas schenkte ihr keinen Blick, sondern fragte die Mahm: „Ist die Traude noch nicht zurück?"

Die Berta zog ihre Mundwinkel schief, schaute von unten her zu ihm auf und keifte: „Was du dir einbildest! Mit so einem neumodischen, stinkerten Geländeauto kommen die nicht so schnell weiter wie du mit den Roß aus dem Wald. Gerti, hol mir schon meinen Most aus der Speis, denn mit meinem schwachen Magen vertrag' ich ihn nicht mehr so kalt."

Sie befahl im Ton einer Altbäuerin. Eine Weile schaute der Andreas durchs Küchenfenster, bis er mit einem Seufzer sagte: „Kommen schon. Der Robert bringt die Traude sogar bis zu uns her. Ich helf' ihr gleich abladen."

„Oder was!" schrie ihn die Berta zurück, und der Gerti, die soeben mit dem Most kam, schaffte sie: „Hast nicht gehört? Hinausgehen sollst, und deiner Bäuerin den Korb hereintragen! Schau nicht so langsam, oder soll die Arme alles allein schleppen?"

Verärgert stolperte die Dirn durchs Vorhaus auf den Wirtschaftshof hinaus, wo aber ohnehin der Pirker Robert ein Körberl aus dem Auto hob. Wie eine Ratte war die Mahm zum Fenster getrippelt, äugte hinter dem Vorhang hinaus und zischelte: „Anderl, da willst du stören? Wie deine Frau deinen Freund ansüßelt!"

„Sei still mit deiner Giftspritzen!" Manchmal konnte der Andreas das Sticheln der Berta gegen seine Frau nicht mehr hören. Dennoch warf er über ihre Schulter einen Blick hinaus und sagte in versöhnlicherem Ton: „Was du dir zusammendenkst! Bedanken muß sie sich, wenn er sie mitgenommen hat. Ist das auch schon etwas Schlechtes?"

An diesem Tag kannte die Alte kein Nachgeben und geiferte: „Du bist ein gutgläubiger Depp, Anderl! Wie der sie anglotzt, könnt' er sie gleich abtatscheln!"

Das langte dem Andreas. Er wollte die Berta an den Schultern vom Fenster wegziehen, aber die hängte sich daran fest. Also sagte er nur noch: „Auf den Robert kann ich mich verlassen."

Daraufhin hechelte die Mahm vor Feindseligkeit beinahe atemlos: „Er oder sie – ein Bund Hadern! Oder schaut ihr nicht schon der Teufel aus den Augen?"

Im nächsten Augenblick kam die Sommer-Bäuerin in die Küche. Ihre Wangen waren vom Fahrtwind gerötet, ihr Haar roch nach frischer Luft. Sie nickte dem Andreas zu. „Gelt, ich zieh' mich vor dem Essen schnell um, denn mein schönstes Gewand mag ich mir daheim nicht anpatzen."

„Traude!" fuhr es dem Bauern zu hastig über die Lippen. Als sie sich erstaunt fragend zu ihm umdrehte, suchte er etwas in ihren Augen. Keine Spur von sündigem Funkeln oder schlechtem Gewissen. Rasch erklärte er: „Nichts Wichtiges! Ich red' lieber später mit dir, nach dem Essen. Wir kommen nämlich mit der Arbeit nicht mehr recht zusammen, wenn du so oft . . . Das heißt, ich hab' mir überlegt, ob wir noch eine Dirn aufnehmen sollten."

Dienstleute polterten in die Küche, die Burga, der Toni und der Hannes. Diesen Wirbel nutzte die Mahm, zog ihren Bauern am Jankerkragen zu sich herunter und zischelte: „Die dünne Leinenbluse ist für dich viel zu schad', die taugt besser fürs Autofahren. Grad', daß man nicht durchsieht, aber ausmalen kann man sich viel."

Ärgerlich ließ sich der Andreas Sommer auf seinem Platz am Tisch nieder. Während ihm dann die Gerti den Bierkrug hinstellte, neigte sie sich zu ihm und fragte leise: „Willst was von mir, Bauer?“

Er deutete an, was er sich schon vorhin überlegt hatte: „Könnt' sein, ich schick' dich statt der Birgit auf die Alm. Ich möcht' allerweil genau erfahren, was der Pirker dort oben ... ich mein', wie's mit dem Vieh geht.“

Die Gerti kriegte leuchtende Augen, seufzte und gab hauchend zurück: „Auf mich kannst du dich allerweil verlassen.“

Wie der Andreas die Gerti nun kritischer anschaute, erwachten in ihm Zweifel. „Hoffentlich wird's dir dort oben nicht langweilig. Einem Tanzkittel wie dir!“

Sie verteilte Teller und Bestecke auf dem Tisch, wobei es halt geschah, daß sie sich recht eng an seine Schultern drückte. „Schaust halt öfters nach, Bauer“, schlug sie ihm vor.

So eine narrische Urschel! dachte er gerade, doch sie würde zu ihm halten. Da kam die Traude in die Küche zurück. Noch einmal versuchte er, in ihrem Gesicht zu lesen, doch da fand er nichts Verdächtiges. Sie sah gleichmütig drein; ihre Wangen hatten sich abgekühlt. Nicht zuletzt deshalb ließ er die Gerti bis auf weiteres auf dem Hof.

Um vier in der Früh, als es vor dem Kammerfenster noch finster war, schlug der Andreas seine Tuchent zurück und streckte die Beine aus der Bettstatt. Das Gewand hatte er am Vorabend auf einem Stuhl zusammengerichtet; er mußte es jetzt nur nehmen. Gerade als er nach der Türklinke griff, regte sich die Traude. „Was hat's?" fragte sie schlaftrunken. „Heut ist doch Sonntag! Leidet's dich da auch nicht im Bett?"

„Tut mir leid, wenn ich dich aufgeweckt hab'. Ich geh' nicht zur Arbeit, sondern bergsteigen. Du weißt es doch."

Sie streckte sich, knipste die Nachtkastellampe an und blinzelte auf den Wecker. „Mitten in der Nacht! Spinnst? Aber meinetwegen, werd' ich halt nach dem Kirchgang ein bissel mit dem Robert in den ‚Adler' gehen."

Zwar kam er noch einmal zurück und drückte ihr ein Bussel auf den Mund, aber da klang beinahe Schadenfreude mit: „Nix wirst du mit dem Robert! Hast du alles verschlafen? Der geht doch mit mir. Zu zweit packen wir heut den Kamin und nachher die Dresselwand."

Schlagartig wurde die Traude wach, setzte sich stocksteif auf und befahl ihm: „Nur nicht die Dresselwand! Die ist um diese Jahreszeit noch allerweil gefährlich!" Schon fühlte der Andreas sich gerührt und wollte sie beruhigen, sie müsse sich gar nicht um ihn sorgen, als sie etwas zu früh weiterredete: „Du weißt, daß der Robert am Berg nicht ganz so gut ist wie du. Halt zu schneidig. Also mußt du auf ihn Rücksicht nehmen!"

Um wegzukommen, beruhigte er sie: „Keine Angst um den Robert! Wir gehen am Seil, und wenn's ihn da aus der Wand tuscht, flieg' ich mit. Alsdann, kannst du dich darauf verlassen, daß ich ihn sicher führen werd'." Da klang beinahe ein bitterer Unterton mit.

Noch ein Bussel, dann war sie ruhig, drehte sich wie ein Kind zur Seite und legte die Hände unters Gesicht.

In der Küche erlebte der Andreas eine ungute Uberraschung. Schon um vier in der Früh hockte die Berta-Mahm auf der Ofenbank und ließ auf ihn einen Wortschwall los, bis er sie barsch unterbrach: „Dank' dir herzlich, aber meine Predigt hab' ich ohnehin von der Traude gekriegt. Gib mir ein Häferl heiße Milch. Dafür sag' ich es auch dir: Du mußt dich nicht sorgen, der Robert und ich gehen am Seil."

Jetzt jammerte sie erst recht los: „Anderl, der schmeißt dich aus der Wand!"

Um einem so dummen Gerede auszukommen, ohne die Alte zu kränken, wäre der Andreas beinahe ohne Essen fortgerannt. Er trank die Milch in einem Zug aus, würgte einen Ranken Butterbrot hinunter, dann steckte er den Proviant ein. Die Berta verstellte ihm sogar die Tür, aber das Gezeter der Alten unterbrach er mit einem zornigen Lacher. „Grad' wie ein Meuchelmörder schaut mir der Robert auch wieder nicht aus. Mein bester Freund!"

„Bester Freund!" Die Mahm klatschte sich mit der dürren Hand auf die Stirn. „Daß er dich umbringen will, trau' ich selbst *dem* nicht zu. Aber bestimmt fehlt ihm die richtige Kraft fürs Bergsteigen. Einer, der wegen der Weiber nicht zum Schlafen kommt, taugt in der Wand keinen roten Heller! Anderl, glaub's mir, heut bei der Nacht hab' ich grauslich geträumt!"

Nur damit sie im guten auseinandergingen, fragte er sie, als wollte er es wirklich hören: „Wovon?"

Auf genau diese Frage hatte die Mahm gewartet, und wie aus einem Wildererstutzen krachte ihre Antwort: „Vom Sterben, Anderl, vom Sterben! Sogar noch später, wie ich wach gelegen bin, ist mir gewesen, als wär' einer ums Haus geschlichen. Der Tod!"

Der Andreas warf sich den Rucksack über die Schulter, nahm das Seil und drängte sich neben ihr durch die Tür. „Hast du jemanden gesehen?" fragte er doch zurück, denn plötzlich sorgte er sich um den Hof. „Vielleicht hat sich so ein Lotter um die Dirndlkammern geschlichen. Wenn er nur nicht mit offenem Feuer im Heu zündelt!"

„Ha?" kreischte die Berta. „Nicht nur die Mannsbilder, noch viel eher die Weiber sind die Schlechten! Denk ans Paradies! Aber dir kann eh keiner Hörndln aufsetzen, denn du schlafst brav jede Nacht neben deiner Traude. Paß nur gut auf, Anderl, daß sie dich die ganze Zeit an deinem Finger festhält!"

Dazu konnte er nur mehr den Kopf schütteln. „Pfüat dich, Berta!" sagte er lachend, aber soviel Bosheit von der alten Mahm ärgerte ihn sogar.

Weil er schon spät dran war, schritt er kräftig aus und kam nach wenigen Minuten zum Marterl, aus dem der heilige Christophorus gütig auf die Wanderer blickte. Der Pirker-Bauer trat dahinter hervor. Mit einem breiten Lacher scherzte er: „Hätt' ich mir denken können: Wer sich von einer so lebenslustigen Ehefrau verabschieden muß, braucht lang. Hoffentlich reicht's bei dir mit der Kraft noch für die Dresselwand."

Sonst lachte der Andreas über jeden gepfefferten Witz, aber zweideutiges Reden über seine Traude gefiel ihm wenig. Am allerwenigsten vom Robert. Die Berta hätte ihm halt nicht so ungute Gedanken einimpfen dürfen! Um die loszuwerden, rannte er unvernünftig schnell bergan.

Zwar konnte der Robert gerade noch mithalten, aber er schimpfte hinter ihm atemlos her: „Recht lieb kannst du heut zur Traude nicht gewesen sein, denn in dir ist noch zuviel Kraft!"

Nachher schreckte er zusammen, weil ihn der Andreas unerwartet hart niederpfauchte: „Gut, wenn du dich um deinen Schmarren kümmerst. Meiner Frau geht bestimmt nichts ab!"

Langsam dämmerte der Morgen herauf. Die Felsbrokken auf dem Steinfeld unterhalb der Wand schimmerten bleich wie mächtige Totenschädel. Um sich zu beweisen, daß ihn der depperte Traum der Berta nicht erschreckt hatte, befahl der Andreas barsch: „Direkte Linie durch die Wand. Oder hast du Angst?"

Das hätte er auch nicht so fragen müssen. Zwar lachte der Robert, aber heimlich musterte er seinen Freund mit kritischen Blicken. Der kam ihm ungut verändert vor, so feindselig und rechthaberisch, wie das sonst nicht seine Art war. Darum beschloß er, noch jetzt unter einem Vorwand umzukehren. Er suchte Streit und spielte den Gekränkten: „Auch keine Gaudi, mit so einem Spinnerten in die Wand zu gehen!"

Zwar sagte der Andreas nichts dagegen, aber er blieb unfreundlich und sagte: „Zum Spazierengehen hab' ich heut keine Lust. Dafür such dir lieber ein Frauenzimmer. Wir gehen bis zum Kamin, durchsteigen ihn, nachher packen wir die Dresselwand. Wenn wir nicht herumtrödeln, können wir bis Mittag zurück sein."

„Die Zeit wird nicht langen", versuchte der Robert noch zu flüchten. „Wenn wir ein anderes Mal . . ."

„Was ich mir vornehm', führ' ich aus!" schrie der Andreas wütend. „Vielleicht schau' ich manchmal patzweich aus, doch 'bald es sich lohnt, kann ich hart sein. Zu mir selbst, wenn es sein muß."

„Eh klar", beruhigte ihn der Robert. Von nun an spürte er die Angst schon in der Magengrube. Zumindest wußte er, daß nichts so gefährlich war, wie wenn einer mit Wut kletterte. Als ihn der Andreas ans Seil nahm, kriegte er Schweißtropfen auf die Stirn.

Wie eine Gams rannte der Andreas über Grate, Platten und Rinnen. Manchmal blieb er stehen und rief: „Was hat's, Robert? Bist 'leicht schon müd? Ein bissel mehr Schwung, damit ich nicht allerweil auf dich warten muß!"

An einem überhängenden Felsen wußte er Haken und zog sich frei hängend über den Abgrund. Sobald er drüben einen sicheren Stand gewonnen hatte, schrie er: „Komm nach, Robert! Mehr Schneid, ich lass' dich bestimmt nicht aus der Wand fallen. Mußt mir genauso vertrauen wie ich dir. Oder hast du die Hosen voll?"

„Ich und Angst?" Mit einem verzweifelten Lacher glitt der Robert am Seil vor und zog sich unter dem Fels durch. Einige Minuten schwebte er über dem Abgrund, ganz in der Hand seines Freundes. Ein paar Sekunden, dann verliert einer im Sturz ohnehin das Bewußtsein . . .

Hart packte der Andreas zu und zerrte den Freund das letzte Stück zur sicheren Felsplatte hinauf. Als er den Knoten des Seils gelöst hatte und der Robert ungesichert vor ihm stand, sagte er: „Wie du vorhin zu mir herübergeschaut hast, hätt' ich meinen können . . . Schmarrn! Auf dem Berg soll der Mensch frei werden. Schauen wir lieber übers Land. Robert, von da heroben sieht man erst, wie nahe beisammen unsere Höfe liegen. Ein Schritt, und man ist von einem beim anderen drüben." – Da genügte vielleicht sogar ein Frauenschritt!

Diese Worte schien der Robert nicht gehört zu habe. Er lehnte sich mit dem Rücken gegen den Fels und fragte leise: „Ob es sich lohnt, daß man um sein bissel Leben soviel Angst hat?"

Als der Andreas auf diese Frage keine Antwort fand, fuhr er den Freund zornig an: „So redest akkurat du, der allerweil lustig ist, sich wenig Sorgen macht, keine Gaudi versäumt und nichts anbrennen läßt?"

Der Robert Pirker vergrub sich immer tiefer in seine Gedanken. „Wenn's mich jetzt aus der Wand schmeißt, hab' ich mir gedacht, weil ein Haken nicht hält, ein Karabiner bricht oder das Seil einen Fehler hat – nachher weint mir niemand lang nach. Keiner da, der den Hof übernehmen könnt'. Aus wär's, Andreas, und ich sag' dir: Ein Bauer, der ohne Frau und Sohn stirbt, ist wirklich tot. Vor ihm hat es eine lange Reihe von Familien gegeben, die auf dem Hof gelebt haben. Nach jeder ist wieder eine gekommen, nur das Leben vom letzten Bauern ist für nichts gut gewesen."

Um sich von gefährlichen Gedanken loszureißen, rief der Andreas plötzlich: „Komm weiter! Hundert Meter bis zum Einstieg in den Kamin. Dort halten wir Brotzeit!"

Seit zwei Stunden lauerte die Traude Sommer bereits am Stubenfenster. Als um fünf nachmittag die beiden Bergsteiger noch immer nicht zurück waren, wurde sie ernsthaft zornig und schimpfte: „Auch schon ein Sonntag, wenn mich gleich alle zwei allein da hocken lassen!“

Freundlich wie selten, ermahnte die Berta-Mahm ihre Bäuerin: „Renn nicht hin und her wie eine Henn’, der die Entenwuserln ins Wasser gegangen sind! Er wird bestimmt wieder heimkommen, der deinige!“

„Wer?“

Die Traude hatte zwar die Worte der Alten nicht ganz verstanden, aber die ergriff voller boshaftem Glück die Gelegenheit, sich ihre Angst von der Seele herunterkeifen zu können. „Geh weiter, Bäuerin“, brabbelte sie, „du wirst dich hoffentlich noch auskennen, welcher der deinige ist! Oder weißt du nicht mehr, daß du auf dem Sommer-Hof lebst und der Andreas Sommer ...“

Noch bevor die Traude der feindseligen Alten über den Mund fahren konnte, wurde ihr Blick starr vor Angst. Sie deutete zum Waldrand und schrie auf: „Ich hab’s geahnt, ich hab’s gewußt! Da ist ein Unglück geschehen. Geb’s Gott, keine Katastrophe! Er ist verletzt und kann sich kaum mehr weiterschleppen!“

„Welcher?“ kreischte die Berta und klammerte sich ans Fensterkreuz. Wie gekreuzigt schaute sie aus. Die Traude rannte schon aus dem Haus und hetzte den Wiesenweg hinauf. Tränenerstickt jammerte die Berta: „Wenn ich schon halb blind bin! Herrgott, ich bitt’ dich, laß es halt nicht meinen Anderl büßen! Du mußt einsehen ... Aber ein Unglück hab’ ich dem anderen auch nicht gewünscht!“

Dienstleute und die Traude schleppten den Verletzten zum Hof, wo der Andreas sich auf die Hausbank niedersinken ließ. „Mein Haxen! Wenn er nur nicht gebrochen ist! Schon ein paar Wochen Gips wären bei der vielen Arbeit ein Unglück!"

Die alte Berta warf sich vor ihm auf die Knie. Auch wenn ihr sein Stöhnen wie Messerstiche in die Brust drang, zerrte sie ihm den Schuh ziemlich gewaltsam vom rechten Fuß. „Mein armer Anderl! Aber ein schneller Schmerz geht besser vorbei als ..." Sie konnte es nicht lassen, warf einen Blick auf die Traude. Dann zog sie ihm den dicken Socken aus. Schmerzen trieben dem Andreas das Wasser in die Augen, doch das wollte er sich nicht anmerken lassen. Darum redete und redete er: „Ich hab' gleich in der Früh ein schlechtes Gefühl gehabt und hätt' auf dich hören sollen, Berta. Hätt' mich der Robert nicht im Seil erfangen ... nachher gute Nacht! Dabei hat es mich noch zweimal gegen den Felsen getuscht, daß ich gemeint hab', jetzt wären alle Knochen gebrochen."

„Ist nicht so arg, Anderl", tröstete ihn die Berta in singendem Ton. „Ich hab's geträumt, aber du hörst allerweil auf die anderen mehr als auf mich. Bis zum Kirtag ist dein Haxen wie neu. Du mußt doch tanzen können, sonst ..."

Wieder schaute sie zur Sommer Traude, die beim Pirker stand. Hochrot im Gesicht, mit leuchtenden Augen, sagte sie laut: „Heute hast du meinem Mann das Leben gerettet! Wie ich dir dankbar bin, Robert, so dankbar!"

Tränen kamen ihr in die Augen, sie fiel ihm um den Hals und busselte ihn vor allen ab. Erst auf beide Wangen, dann noch einmal, und zuletzt sogar mitten auf den Mund.

Darauf hin greinte die Berta so leise, daß sie höchstens grad' noch der Andreas hören sollte: „So ein verstauchter

Haxen ist nicht das größte Unglück, könnt' aber gefährlich werden. Geb's Gott, daß da nicht bald etwas viel Ärgeres geschieht. Ich hab' das Böse um den Hof schleichen gehört, und der Tod ist am Ende auch dabeigewesen. Nicht dein Tod, Anderl, denn da wärst du heut nicht mehr lebend aus der Wand zurückgekommen. Nicht dein Tod ..."

Bei der Feldarbeit störte das Hinken und Hatschen den Andreas Sommer weniger, aber es machte ihm Sorgen, daß der Kirtag von Laab am Berg vor der Tür stand. Zerrungen tun manchmal länger weh als ein Bruch. Voller Ungeduld schob die Traude das alte Weiberl zur Seite und bestimmte: „Meinen Mann kann noch allerweil ich selbst am besten pflegen! Umschläg' braucht er, damit die Geschwulst schneller zurückgeht. Hol die Kräutel, die ich dir aufgeschrieben hab'! Wir haben davon genug in der Speisekammer getrocknet. Wenn du nur da herumhockst und ihn anjammerst, hilfst du ihm gar nicht!"

Mit jeder Stunde brach die Feindschaft zwischen der jungen Bäuerin und der alten Magd ärger aus. Tröstete die Traude ihren Mann, man merke ihm beim Gehen fast überhaupt nichts mehr an, so zischelte ihm die Berta giftig zu: „Schonen mußt du dich, Anderl, nur schonen! Deiner lieben Frau geht's doch nur darum, daß sie zum Kirtag auf den Tanzboden gehen kann. Nachher findet sie sowieso den Richtigen für die Gaudi. Aber so sind alle jungen Weiber: Auf dem Tanzboden fangen sie mit dem Herumhupfen an, im Heustadel geht's dann weiter!"

„Ruhe!" unterbrach sie der Andreas. Noch bevor es zwischen seinen beiden Pflegerinnen zu einem Gerangel kam, wer ihm den nächsten Umschlag anlegen dürfe, rettete er sich in den Stall.

Während er die Gabel zornig ins Heu trieb, schimpfte er nur noch mit halber Verzweiflung: „Teufel eini, kann das anstrengend werden, wenn einen gleich zwei so lieb haben!" Und schon mußte er wieder lächeln.

Am Sonntag spürte er beim Aufwachen kein bissel Schmerz im Bein. Auch der Knöchel war nicht mehr geschwollen, und so konnte er sagen: „Ich bin beim Kirtag dabei!"

Um dieser Worte willen fiel ihm die Traude um den Hals, busselte ihn ab und war so zärtlich verliebt wie schon lang nicht mehr. „Gelt, Andreas, meine Kräuteln helfen noch immer besser als die teuerste Schmier vom Doktor!"

Das Busseln ließ er sich gefallen, und er war gescheit genug, ihr nicht dagegenzureden, daß ihm eigentlich die Umschläge der Berta mehr geholfen hatten.

Zwischen den beiden Frauen kam es ohnehin gleich nachher in der Küche zum Streit: Die Mahm wollte ihren Anderl von den Anstrengungen des Kirtags zurückhalten, die Traude pochte auf ihr Recht, wenigstens am Kirtag eine fröhlichere Gesellschaft zu kriegen. Das Unglück kam noch ärger, als auch die Schauer Gerti etwas für ihren Bauern tun wollte und fragte: „Soll ich dir zum Brot ein paar Scheiben Speck abschneiden? Einen gut mageren."

Die Berta kniff die Augen schmal und feindselig zusammen, vergaß den Ärger mit der Bäuerin und bröckelte wütend ihr Brot ins Kaffeehäferl. Als die Traude und die Gerti aus der Küche waren, greinte sie: „Anderl, bild dir nichts ein! Die denken alle nur an sich. Dir kriecht die Dirn vor lauter Freundlichkeit hinten hinein, mir hat sie nicht einmal die Rinde vom Brot weggeschnitten. Nix als Berechnung, und alte Leut' zählen für die jungen lang nicht mehr als Menschen!"

An diesem sonnigen Kirtagsmorgen wollte der Andreas allem Streit ausweichen, aber er mußte noch ein wenig zuwarten, denn die Traude gewandete sich gerade zum Kirchgang. Da duldete sie niemanden, der ihr im Weg stand oder etwas dreinredete. Am allerwenigsten den eigenen Mann. Als nachher die Tür aufging und die Bäuerin in die Küche trat, wurde es ganz still. Bei ihrem Anblick spürte der Andreas, wie sein Herz wieder heftiger schlug. Der Toni und der Hannes wechselten verständnisinnige Blicke, worauf die Berta wie eine zornige Kreuzotter zischte. Immerhin hatte die Sternecker Steffi der Traude das neue Dirndl so eng wie eine zweite Haut geschneidert und das Mieder tief ausgeschnitten. Busentüchl trug die Bäuerin keines vorgestellt, denn sie wollte, daß man das kostbare Halsband mit den Rubinen sehen konnte. Und ruhig noch ein bissel mehr. Darum kriegten die Knechte Stielaugen, den beiden Mägden fiel es schwer, nicht gleich am Tisch mit ihrem lüsternen Tratsch anzufangen. Sogar der Andreas merkte rundum die gewissen Blicke, weshalb er seine Frau drängte: „Tummelst dich mit dem Essen? Wir fahren gleich los, damit wir vor der Kirch' noch zu den Standln schauen können."

An diesem Morgen hatte die Traude den sanften Blick und versprach: „Gleich bin ich fertig. Einen Schluck Kaffee und ein Butterbrot. Nein, Burga, doch keinen Ranken über den ganzen Laib! Nur ein kleines Scherzel."

Auf der Herdbank greinte die Berta vor sich hin: „Eh klar, mehr bringt sie beim besten Willen nicht mehr in den engen Kittel!“ Als ein paar Minuten später schon alle bis auf sie und den Andreas aus der Küche gegangen waren, keifte sie erst richtig los: „Das taugt den Weibern! So nackert sind wir früher grad' noch ins Badschaffel gestiegen! Der Rock ist eine Handbreit zu kurz, das Mieder drückt die ganze Pracht in die Höh'. Man merkt halt gleich, woher eine kommt!“

Damit meinte sie ohnehin nur das Flachland, wo sie in ihrem langen Leben noch nie gewesen war, das sie aber gleich neben der Hölle ansiedelte. Auch der Andreas meinte, die Steffi habe das Kleid recht knapp geschnitten, aber daraus durfte man doch der Traude keinen Vorwurf machen. Deshalb nahm er sie in Schutz und tuschte die Alte ungewöhnlich heftig nieder: „Mußt sie nicht schon wieder hinstellen, wie wenn sie leichtfertig wär'! Heute schimpfen die Alten, aber in ihren jungen Jahren sind auch sie keinen Deut besser gewesen!“

Damit goß er zuviel Öl ins Feuer. In der Berta brannte der Haß ohnehin schon schmerzhaft. Also konnte sie weder vernünftig noch vorsichtig bleiben. Nach Luft schnappend, kreischte sie: „Armer Anderl, dich hat sie schon armselig zugestutzt! Wär's nicht so traurig, müßt' man über dich lachen! Du bist nicht nur blind, sondern auch deppert geworden! Beinah tät' ich sagen: Recht geschieht's dir mit allem, was noch geschehen wird!“

Seine Dienstleute wußten dann nicht, warum der Andreas gar so wütend aus dem Haus stürmte und schrie: „Ihr müßt gar nicht auf die Berta warten, die alte Zangen will heut nicht auf'n Kirtag gehen!"

Inzwischen hatte der Hannes die beiden Pferde schon vor den recht geräumigen Wagen gespannt. Auf dem Sommer-Hof hielt man eben noch mehr auf die gute alte Tradition als auf dem Pirker-Hof, wo der Bauer sogar zur Kirchweih mit seinem Geländeauto fuhr! Nun hob der Andreas seine Frau auf den Kutschbock. Wieder fühlte er es: Schön war sie, die Traude, sein prächtiges, junges Weib!

Übermütig folgte der Hannes dem Beispiel des Bauern, und auch wenn die Burga um einiges reifer war als er, half er ihr doch beim Aufsteigen so frech, daß sie losschimpfte. Bevor auch noch der Toni bei der Gerti hilfreich zugreifen konnte, kletterte die rasch in den Wagen. Allerdings lachte sie dabei so lustig, daß er sich für diesen Kirtag noch einige Freude versprach. Nur der neue Hüterbub, der Loisi, mußte zu Fuß ins Dorf rennen. Auf dem ganzen Weg beklagte er sein Schicksal: Mit sechzehn war einer schon so weit, daß er sich die Dirndl nicht nur von weitem anschauen wollte, aber noch lang nicht weit genug, daß er bei einer auch nur hätte zärtlich hinlangen dürfen.

„Was schaust mich allerweil so an?" stellte die Traude ihren Mann zur Rede, doch sie lächelte wissend.

Der Andreas blieb ernst, blickte ihr wie prüfend in die Augen und fragte zurück: „Sollt' akkurat ich dich nicht anschauen, wenn du . . . dich für mich so schön gemacht hast?"

Vielleicht als Folge dessen, was die alte Berta gekeift hatte, kaufte er ihr gleich beim ersten Kirtagsstand ein Busentüchl. Das hielt er für eine gute Lösung alle Konflikte, aber dann ärgerte er sich noch, weil ihn sogar der alte, zahnluckerte Standler sabbernd fragte: „Gelt, bei so einer Dirn macht einem das Anprobieren richtig Freud'?"

Die Traude hingegen zeigte sich zufrieden wie schon lang nicht mehr. Sie dankte dem Andreas für das sündteure Geschenk mit einem Bussel. Dagegen hätte er nichts einzuwenden gehabt, aber dann schob er sie doch weg und sagte: „Schau, wie unsere Knecht' grinsen!"

„Na und? Ich bin halt in meinen Mann verliebt." Sie drehte sich vor ihm. „Du in mich auch?"

„Narrisch bin ich nach dir", gestand er ihr, „aber deswegen müssen wir nicht jedem Schusterbuben ein Schauspiel liefern." Er zog sie weiter, denn inzwischen wurde es schon Zeit zum Kirchgang.

Die meisten Betbänke waren besetzt, nur in der vordersten blieben zwei Plätze frei. Dort schimmerten die vom Mesner glänzend geputzten Namensschilder aus Messing: „Traude Sommer" und „Andreas Sommer". Sogar beim Beten genoß es die junge Bäuerin, daß Frauen voller Neid und Männer mit dem gewissen Flackern in den Augen auf sie schauten.

Zur vollen Lebensfreude erblühte die Traude erst nach dem Schlußsegen. Vor dem „Adler" begegneten sie dem Pirker Robert, wie wenn der auf sie gewartet hätte. Daß er bei ihrem Anblick mit der Zunge schnalzte, freute die Bäuerin sehr und ärgerte den Andreas kein bissel. Er dachte nur noch flüchtig an die bösen Worte der Berta.

Für den Festtag hatten die beiden Bauern ihren Dienstleuten Geld zugesteckt. Deshalb konnten sie im Wirtshaus unter sich bleiben – der Robert, die Traude und der Andreas. Eine Weile setzte sich sogar der Bürgermeister Beppo Reitner mit seiner Rosa an ihren Tisch, was in Laab am Berg eine Auszeichnung bedeutete, die sonst nur großschädlerten Bauern zukam. Der Heuberger-Wirt schleppte gebratene Gansln mit Rotkraut heran, eine Hilfskellnerin verteilte große Salatschüsseln, und der Josef stemmte ganze Batterien von Bierkrügen, die der neue Schankbursch mit unverschämt hohem Schaum krönte. In dieser Stunde erfaßte alle ein richtig pfundiger Wirbel aus Lebensfreude.

„Prost!“ sagte der Andreas. Auch der Robert hob seinen Krug. Schon lang nicht mehr hatte in den Augen der Traude so viel gefunkelt. „Auf unsere Freundschaft!“

Etliches spielte an diesem Tag zusammen. Im Mai war es hier selten so schwül. Deshalb ließen die Männer ihr Bier schneller durch die Kehlen zischen, die meisten Weiberleut' blieben auch nicht beim Apfelsaft. Gegen den Durst getrunken, machte sogar der Most bald lustig. Als sich die Sternecker-Schneiderin am Nebentisch gleich von drei Knechtln schöntun ließ und dabei gar zu grell auflachte, seufzte der Robert: „Heut muß ich mir bald ein Schatzl finden. Ein fremdes. Als Einschichtbauer trau' ich am wenigstens den Dirndln vom eigenen Hof, denn so eines kriegt man nachher nicht mehr los.“

Daraufhin neigte sich die Traude zu ihm und flüsterte lächelnd: „Kommst halt auf unseren Hof . . . Doch nicht zu mir, du Frechdachs! Wär' die Schauer Gerti nichts für dich? Grad' so schlecht, wie ihr Männer eine haben wollt!“

„Hörst du sie, Andreas?“ klagte sie der Robert an. „Alle Frauen haben ihre Freud' am Kuppeln. Sogar die deine!“

Im Gegensatz zu ihm, gelang dem Andreas selten das Scherzen. Auch jetzt lachte niemand, als er der Gaudi halber fragte: „Traude, mit welcher wolltest du nachher mich verkuppeln?“

Er meinte, aus lauter Liebe würde sie selbst sich ihm anbieten, aber sie überlegte nicht lange. Leise riet sie ihm: „Nimm dir die Schauer Gerti. Wie das Dirndl zu dir herüberschaut, gibt es keinen Zweifel: Ein Fingerschnapper von dir, und sie macht dir die Kammertür sperrangelweit auf!“

Einen Lacher erzielte erst wieder der Robert, indem er sich entrüstete: „Hör sie dir an, Andreas! Uns zwei wollt' sie mit demselben Dirndl zusammenhetzen!“

Ein paar Bier und zwei Schnäpse taten bei der Traude schon Wirkung. Gerade jetzt bewies der Andreas noch einmal, daß er wenig Humor besaß. Viel zu ernst erklärte er: „Kommt mir der Robert in die Quer', so mach' ich es mir mit ihm auf der Blutwiese aus.“

„Und du?“ forderte die Traude den Robert in der Hoffnung auf mehr Gaudi heraus.

Der zog das Genick ein, zwinkerte ihr lachend zu und flüsterte: „Ein wilder Raufer bin ich nie gewesen. Deshalb würde ich ihm die Gerti lassen und mit einer anderen ... ins Heu gehen.“

„Gilt nicht!“ protestierte die Traude und flüsterte ihm etwas ins Ohr.

„Du bist hautschlecht!“ empörte er sich, und beide lachten, ohne daß sie dem Andreas den Grund dafür verrieten. Ihm fiel nur auf, daß die Gerti recht oft zu ihm herschaute. Sie lächelte sogar ein paarmal recht lieb, denn sie ahnte nicht, daß an diesem Tisch die Späße auf ihre Kosten gingen.

Um drei nachmittag, als der Heuberger Franz auch die vom Vortag aufgewärmten Speisen aus seiner Küche verkauft hatte, ließ er eine unglaubliche Botschaft heraus. „Leut', nicht daß ich meine lieben Gäste verlieren wollte", rief er, „aber diesmal haben wir uns für den Kirtag von Laab am Berg etwas Besonderes ausgedacht. Ich bin mit dem Steindl in Güte einig geworden: Nach dem Mittagessen bei mir gehen wir jetzt alle in die ‚Fischerhütte' hinunter. Ich und meine Leut' helfen bedienen. Erstens hat der Steindl den besseren Wein. Zweitens ist der Tanzboden diesmal bei ihm aufgestellt. Und drittens: Für den späteren Abend gibt's gleich in der Nähe sieben offene Heuhütten, drei Schober und das Bootshaus am Weiher!"

Die männlichen Gäste stimmten ein Beifallsgeschrei an, Frauen und Dirndln protestierten zwar lautstark, bekamen aber nicht nur aus Empörung brennheiße Wangen.

„Auf geht's!" drängte die Traude ihren Mann. „Schau, wie deine Dirn rennt! Soll akkurat die Gerti einen besseren Tisch kriegen als ich?"

Eigentlich war der Andreas gleich gegen das Übersiedeln in die „Fischerhütte", denn schon begannen ein paar Rauschige gegen Bauern, Lehrer und Jäger zu stänkern. Solche Bedenken ließ die Traude erst recht nicht gelten. „Somit wird's richtig gaudig, und wenn mir einer deppert kommt, werdet doch ihr zwei mich verteidigen können. Oder? Andreas, wir sollten auch im Mondschein Boot fahren. Wenn sich der Robert nicht bald genug ein Schatzl findet, meinetwegen auch zu dritt."

Die Erwartungen der meisten Festgäste erfüllten sich. In der kühleren Luft rund um die „Fischerhütte" erwachten die Burschen zu neuer Lebensfreude, und die ganz Müden durften sich mit ihren Dirndln in einer Heuhütte, auf der Wiese oder hinter den Haselstauden am Röthenbach ausruhen. Auf dem Tanzboden mußten sich die Paare eng zusammendrängen, was der Stimmung nur gut tat. Verhungern oder verdursten sollte keiner. Der Steindl Lois stellte den Reichen köstliche Schlachtplatten, den Notigen zumindest Bratwürstel auf den Tisch. Zugleich sorgte die Dori Steindl für roten und weißen Wein, der Heuberger schleppte mit seinen Leuten ganze Batterien von Bierkrügen. Nur sehr wenige ganz vorsichtige Dirndln tranken lieber Mineralwasser.

Auch wenn der Andreas mit seinem Haxen noch nicht recht wild tanzen konnte, wurde ihm beim Landler heiß. Schon lang nicht mehr hatte er sich mit seiner Frau so glücklich gefühlt wie an diesem Kirtag. Sie legte die Arme um seinen Nacken und schmiegte sich eng an ihn. Im Gedränge verschob sich das neue Busentüchl im tiefen Miederausschnitt immer wieder. Echte Seide verrutscht halt leicht auf seidenglatter Frauenhaut. „Bei dir muß einer narrisch werden", flüsterte ihr der Andreas verliebt zu. „Wenn du nicht eh schon meine Frau wärst, ging' ich mit dir in die nächste Heuhütte!"

„Darauf wart' ich gerade", gab sie zurück. Ihre langen, braunseidigen Wimpern senkten sich über die Augen, so daß er nicht herauslesen konnte, was sie damit meinte. Erst als die Musiker die nächste Saufpause machten, führte der Andreas seine Frau an den Tisch zurück.

Nach einer Weile kam auch der Robert. Er hatte mit einer Auswärtigen getanzt und nachher geschnapselt. Jetzt noch schwärmte er von ihr: „Das ist eine, sag' ich euch! Wenn man die beim Tanzen fester drückt, hängt sie sich an einen wie eine Klette und wird grad' narrisch!"

Dafür machte ihn die Traude unerwartet zornig nieder: „Mußt du so grauslich reden? Das ist schäbig, so typisch ..."

Beinahe wäre sie mit dem Robert ernsthaft streitend geworden, und nur mit Mühe konnte der Andreas zwischen ihnen Frieden stiften. Die Steindl Dori brachte ein Windlicht an ihren Tisch. Freundlich lächelnd, sagte sie: „Damit ihr euch im Finstern nicht fürchtet."

Der Robert murmelte hinter ihr her: „Mit längerem Haar tät' sie auch von hinten gar nicht so übel ausschauen. Von vorn kann man sie sogar im Finstern mit keinem Schankburschen verwechseln. Aber bei der geht keine Gaudi, und ihr Vater ..."

„Bin ich durstig!" unterbrach die Traude dieses Loblied. „Wenn schon der Andreas kein Herz für mich hat, mußt du mir einschenken, Robert. Jetzt ein Glas Weißwein!" Während der Robert die Gläser füllte, hakte sie noch einmal bei seinem schamlosen Reden von vorhin ein. „Für die Gaudi kann euch Mannsbildern keine Frau schlecht genug sein. Das Unglück ist, ihr fangt jede Schlechtigkeit mit Schöntun an. Erst heißt es, so ein Kirtagsbussel bedeutet gar nichts; nachher schleppt ihr einen ab ins Heu! Da muß dann unsereine erst grob werden, damit der Herr wieder vernünftig wird!"

Der Andreas kam bei solchem Wortkrieg nur schwer

mit und spöttelte unvorsichtig: „Woher weißt du das alles so genau?“

An diesem wunderschönen Kirtagsabend, nach Bier, Wein und ein paar Schnäpsen, ließ sich die Traude am wenigsten von ihrem Mann ungestraft dagegenreden. Mit einem Lacher neigte sie sich zu ihm, pappte ihm spaßhalber ein Bussel mitten auf den Mund, aber nachher rief sie so laut, daß man sie noch drei Tische weiter verstehen konnte: „Mein armer Andreas, ich bin halt auch einmal jung gewesen, bevor ich g'rad dich geheiratet hab'! Dein guter Einfluß hat mich alt und weise gemacht. Aber heut ...“

„Damenwahl!“ rief der Obermusikant und löste damit einen Riesenwirbel aus. Nur damit es noch mehr Gaudi geben sollte, wiederholte er ganz eindeutig: „Menscher, schnell zugreifen! Den langsamen bleiben nur die grantigen alten Mandln! Auf geht's!“

Im nächsten Augenblick stand die Reitner Rosa, die Frau vom Bürgermeister, vor dem Andreas und sagte:

„Den ganzen Tag muß ich schon mit dem meinigen tanzen, das wird mit der Zeit zum Einschlafen. Gelt, Andreas, du gibst mir keinen Korb?“

Der antwortete mit einem Lacher: „Doch nicht dir, Frau Bürgermeister, wenn ich im Herbst die Baugenehmigung für einen größeren Stall brauch'!“

Die Traude packte schnell den Robert an der Hand, denn schon schlichen zwei Dirndln an. Sie zog ihn so übermütig zum Tanzboden, daß sie in dem Gedränge beinahe das Gleichgewicht verloren hätte. Zum Glück schob der Pirker von hinten her die Hände unter ihre Arme und fing sie. Daß sie's nachher beim Tanzen arg trieb, lachte und jauchzte, fiel nicht besonders auf. Um diese Stunde ging's halt schon ausgelassener zu. Wenn aber auch der Wein vom Steindl so gut war!

Sogar die Frau Bürgermeister wollte sich ein bissel austoben und hängte sich recht fest an den Andreas. Dabei flüsterte sie ihm zu: „Sonst bist du allerweil so ernst, aber heut könnte man sich beinah in dich verschauen. Da gibt's nur ein Hindernis: Ich hab' wenigstens um zehn Jahre mehr als du!"

Nur weil das Gedränge so arg war, mußte der Andreas die Reitner Rosa fester halten. Dann reizte ihn die Neugierde, was sie darauf antworten würde, und er fragte: „Was tät' nachher dein Mann zu uns sagen. Ich mein', wenn wir zwei im Heu ..."

Sie seufzte scheinheilig und flüsterte wieder: „Geh weiter, so ein Ehekrüppel ist doch der letzte, der was merkt." Schon im nächsten Augenblick machte sie ihm deutlich, daß alles nur ein lustiges Spiel mit dem Feuer bleiben müsse, denn sie warnte ihn: „Denk dir nichts, Andreas, aber beim Kirtag ist die Gaudi wichtig für die Gaudi! Da legt man auch die frecheren Reden nicht gleich auf die Goldwaage. Hauptsach', man weiß, wo die Grenzen sind. Mein Gott, hat mir jetzt das Lachen gutgetan. Schad', für uns zwei ist die Musik aus."

Im nächsten Augenblick stand die Schauer Gerti neben ihnen und verlangte: „Die Damenwahl gilt noch allerweil. Auch wenn ich keine Dame, sondern nur eine Dirn von deinem Hof bin, Andreas! Laß ihn jetzt mir, Frau Bürgermeister. Er ist *mein* Bauer, aber er hat heute noch kein einziges Mal mit mir getanzt!"

Nein sagen konnte der Andreas auch nicht. Also tat er der Gerti den Gefallen, packte sie um die Mitte und wirbelte mit ihr über den Tanzboden, daß ihr Rock nur so flog. In seinem Bein spürte er keine Schmerzen mehr. Die Gerti meinte, er lächelte sie herausfordernd an, aber er dachte nur daran, daß ihn vorhin die eigene Frau spaßhalber in Gedanken mit ihr hatte verkuppeln wollen. Bald legte sich die Dirn weit in seinen Armen zurück, dann wieder schmiegte sie sich fast zu zärtlich an ihn. Er hatte seine Hände an ihre Hüften, sie die ihren an seinen Nacken gelegt. So drehten sie sich, bis die Bäume, der Mond, die Sterne und die Windlichter im Kreis wirbelten. Sogar als der Andreas die Gerti vom Tanzboden herunterführte, waren sie beide noch schwindlig und mußten sich aneinander festhalten.

„Dort ist ein Tisch frei", sagte die Gerti, wobei sie in eine ganz dunkle Ecke des Gartens deutete. Wie es geschah, wußte der Andreas später nicht mehr. Plötzlich spürte er ein Bussel, wie es ihm lang vor seiner Heirat einmal ein weiblicher Sommergast aus der Stadt gegeben hatte. Für ein paar Augenblicke war er rauschig wie vom besten Wein, aber dann drängte er die Gerti weg. Ein letztes Mal versuchte sie es mit Schmeicheln: „Mir scheint, du bist nur ein stilles Wasserl, aber darin ein wilder Hecht! Dir könnt' so bald keine nein sagen!"

Aber der Zauber war verflogen. Verstohlen wischte der Andreas sich mit dem Jankerärmel über den Mund und befreite sich etwas mühselig von ihren Händen. „Das ist es gewesen, Gerti, und denk dir nichts. Ich hab' heute schon oft genug gehört, so ein Kirtagsbussel bedeutet überhaupt nichts."

Seufzend bat sie: „Nachher gib mir halt noch eines zum Abschied."

Und als er auch dazu keine Lust mehr zeigte, rächte sie sich: „Aus Angst vor deiner Frau mußt du nicht gleich in die Hosen machen!"

Daraufhin widerstand er allen weiteren Versuchungen und ging an seinen Tisch zurück. Die Traude saß nicht dort, wahrscheinlich ließ sie keinen der letzten Tänze aus. Drei Musikanten waren schon rauschig, die anderen zwei wollten heimgehen, aber die Paare gaben nicht so schnell auf. Auch hier war die Traude nicht dabei. Als er den Bürgermeister nach ihr fragte, drohte der ihm mit gespielter Eifersucht: „Das taugt mir: Selbst fremden Ehefrauen schöntun, aber der eigenen keine Freud' gönnen! Suchst sie halt im Gastzimmer beim Schnapseln. Aber stör sie nicht, denn dort geht es allerweil am wildesten her. Du muß dich nicht sorgen, Andreas. Bei uns in Laab ist noch keine Ehefrau auf die Dauer verlorengegangen. Spätestens am nächsten Morgen kriegt jeder die seine wieder zurück!"

Bei der Steindl-Tochter bestellte der Andreas noch ein Viertel Rotwein. Als sie es ihm brachte, sagte er aber: „Eigentlich hab' ich die Lust am Trinken verloren. Das Zeug nimmt einem ohnehin nur den letzten Rest Verstand. Nachher sagt und tut man, was man sonst nie anstellen würde." Er trank das Glas doch in einem Zug leer und fragte die Dori, beinahe schon verzweifelt bittend: „Sag, hast auch du meine Frau nicht gesehen?"

Schon wieder spitzten sie ringsum die Ohren, denn das Dirndl antwortete: „Keine Ahnung. Aber wenn ein

Ehemann sein Weib am Kirtag verliert, ist er selbst schuld."

Damit verdarb sie ihm die Stimmung so gründlich, daß er die Rechnung verlangte. „Heute geht die ganze Zeche auf mich."

Nachdem die Dori eine lange Zahlenkolonne aufgeschrieben und die Posten zusammengezählt hatte, nannte sie eine Summe, die den Andreas sichtlich erschreckte. Nicht daß er ein Armenhäusler gewesen wäre, aber mit soviel Geld hätte er schon vieles für den Hof anschaffen können. „Rechnest halt nach", schlug sie ein bissel angerührt vor und schob ihm den Zettel hin.

„Geh weiter, paßt schon!" Auf keinen Fall wollte er als notiger Neidhammel dastehen. Außerdem verschwammen ihm die kleinen Ziffern vor den Augen. Das letzte Viertel Wein war doch zuviel gewesen.

„Nachrechnen sollst!" wiederholte die Dori mit Nachdruck.

Also schaute der Andreas ihr zuliebe auf die Rechnung. „Zum Weiher hinunter", las er unter der Summe. Erst begriff er nichts, dann dämmerte ihm, daß es Ärger geben könnte. Weil aber auch die Traude gar so gutgläubig war! Er warf das Geld auf den Tisch und murmelte: „Einen Fünfer für dich."

Nur noch von weitem hörte er, daß am Tisch des Bürgermeisters die Gaudi weiterging. Bis weit auf den Weg von der „Fischerhütte" zum Weiher hinüber begleitete ihn das übermütige Lachen. Er hetzte den Wiesenweg weiter und war doch ratlos. Eigentlich befürchtete er nicht wirklich, was er da glauben sollte, doch in ihm wuchs mit jedem

Schritt die Angst vor der Gewißheit. Am liebsten wäre er noch jetzt umgekehrt.

„Traude?“ fragte er halblaut in die Dunkelheit, wo zwei Menschen beim Buschwerk nahe beisammen standen. Deshalb hätte sich keiner etwas denken müssen, denn manchmal kriegte eine Frau plötzlich vom Rauch, von der Sauferei und vom Schreien genug. „Traude!“

„Verschwind!“ kam es derb zurück. „Da gibt's keine Traude, aber wenn du raufen willst, nachher ...“

Rasch ging er weiter. Schon beruhigte er sich und erkannte, daß es sinnlos sei, hier nach ihr zu suchen. Somit wurde ihm auch klar, daß längst ein Stachel Eifersucht seine Gedanken verwirrte. Die Nachricht der Dori stieß ihn nur in jene unheilvolle Richtung weiter. Vor ihm tauchte der Fischweiher auf. In das silbrige Schimmern des Wasserspiegels stachen spitz die Schatten der Schilfblätter.

Am Ufer kehrte der Andreas Sommer um. Er schämte sich, daß er die Traude auch nur einen Augenblick lang verdächtigt hatte, sie könnte, rauschig vom Wein, vom Tanz und der lustigen Gesellschaft, mit jemandem am Weiher gewesen sein. Erst beim Bootshaus hörte er von der Wasserseite her leises Lachen. Sanft und zärtlich glucksend wie die kleinen Wellen im Nachtwind. Da war es wieder. Beinahe narrisch vor Angst, befahl er sich weiterzugehen und griff doch nach der Türklinke. Nicht zugesperrt in dieser Kirtagsnacht. Verständlich. Der Schlüssel steckte außen.

Kannst doch nicht akkurat die Liebesleut' im Bootshaus fragen, ob sie die Traude gesehen haben! wies er sich zurecht. Mach dich auch noch lächerlich!

Schon war er am Weitergehen, als er wieder dieses gedämpfte Schnaufen und Flüstertn hörte. Mit einem Sprung war er dort, riß die Tür auf, daß sie beinahe aus den Angeln brach, und sprang ins Dunkel. Da lagen Haufen von Planen, Netze hingen vom Gebälk des Dachstuhls herunter. In einem Boot saßen, halb liegend und eng umschlungen, zwei Menschen. Vom Entsetzen gelähmt, konnten sie sich nur schwer voneinander lösen. Der Andreas starrte sie ungläubig an, als dürfte er noch hoffen, ein Teufel würde ihm so etwas nur vorspiegeln.

„Andreas", flüsterte die Traude erstickt.

Ihr Begleiter sprang aus dem Boot und stammelte: „Denk dir nichts, das schaut nur so aus. Die Traude hat erst ein bissel Luft schnappen wollen. Nachher . . . ohne jede Bedeutung!"

„Ist mir klar", würgte der Andreas hervor.

Wie ein Rauschiger stolperte er aus dem Bootshaus, getroffen und doch nicht tot. Draußen lehnte er sich mit dem Rücken an die Holzwand. Noch mit zugemachten Augen sah er seine Frau mit seinem Freund im Boot, für ein Kirtagsbussel aus Gaudi viel zu eng umschlungen. Mit einem Stöhnen riß er die Augen auf, starrte ins Mondlicht, aber das quälende Bild wurde er nicht los: wie sie einander festhielten, halb liegend. Voller Lebenshunger.

Neben ihm krachte die Tür der Bootshütte auf. Er hörte den Robert auf der Schwelle flüstern: „Der ist bestimmt nicht ins Wirtshaus zurückgegangen, der Narr, sondern gleich auf den Hof gerannt. Oder?"

„Wir müssen ihm nach!" Die Stimme der Traude klang

von Tränen erstickt. „Wer weiß, was er im ersten Schock anstellt!“

„Aufhängen wird er sich deshalb auch nicht gleich“, versuchte der Robert sie zu beruhigen. Das könnte höhnisch gemeint, vielleicht aber auch ein Versuch sein, die Verzweiflung zu verdecken. „Sich umbringen . . .“

„Dich umbringen!“ schrie der Andreas und sprang den Todfeind aus der Dunkelheit her an. Seine Hände verkrampften sich um den Hals des Pirker und würgten den, bis er sich kaum mehr wehrte. Faustschläge prasselten auf den Robert nieder, aber der spürte ohnehin fast keinen Schmerz mehr. Nur ab und zu das Stechen in den Rippen wie einen alles versengenden Blitz.

Bis sich plötzlich die Traude zwischen die beiden Männer warf und ihr Geständnis gellend herausschrie: „Bring ihn nicht um, den Robert! Erschlag mich, nur ich bin an allem schuld!“

Noch einmal hob der Andreas die Faust, ließ sie aber sinken. Nicht einmal ein hartes Wort hätte er zu ihr sagen können, so elend war ihm. Vom Weiher her kamen ein paar Leute angerannt. Jetzt niemandem begegnen, keinen reden oder fragen hören! Wie ein Verbrecher hetzte er mit großen Sprüngen ins Unterholz, flüchtete, torkelte weiter und hatte noch längst nicht klar begriffen, was geschehen war. Schmutzig kam er sich vor, weil er beim Laufen in einen sumpfigen Graben fiel und weil er einmal die Traude so liebgehabt hatte. Lieber als jemanden sonst auf dieser Welt! Das letzte Knechtl könnte von nun an über ihn lachen und höhnen! Haßerfüllte Flüche ausstoßend, stürzte der Andreas den Wiesenweg hinauf zu seinem Hof.

Als er nicht mehr weiterkonnte, mußte er sich an einen Baumstamm klammern. Sein Atem rasselte schmerzhaft in den Lungen. Liebe, Treue, Freundschaft? Alles erstunkene und erlogene Geschichten für ein paar Deppen, wie er einer gewesen war! Wer aber mit seiner ganzen Lebenskraft an solche Lügenmärchen geglaubt hatte, konnte leicht an der Wahrheit sterben.

Ab jetzt kroch er nur mehr mühselig weiter. Schweiß sickerte ihm in die Augenhöhlen und rann über seine Wangen, wie wenn er geweint hätte. Auch die letzte Kraft war zusammengebrochen; er fühlte nicht einmal mehr Schmerz. Nur dumpfen Willen, alles zu zerstören, was er bisher geliebt hatte. Als er hinter sich Schritte hörte, blieb er stehen, ohne sich umzudrehen. Vielleicht schlich ihm einer nach, der ihm den Schädel einschlagen wollte, um sein Verbrechen an der Freundschaft zu vertuschen! Tot sein, ruhig, das wäre ihm eine Erlösung aus der Verzweiflung gewesen. Er horchte in die Nacht und hörte nichts mehr, aber als er langsam weiterging, waren da wieder die schleichenden Schritte. Deswegen hielt er auch nicht mehr an, sondern ging am Pirker-Hof vorbei, zu seinem hinüber.

Beim Hoftor wartete er. Langsam, verschreckt aus Angst vor Schlägen, trat die Traude aus der Dunkelheit auf ihn zu. Im Andreas war eine so grauenvolle Leere, daß er sie ruhig, wie eine Fremde, fragen konnte: „Was willst bei mir? Der Pirker-Hof ist der dort drüben."

Er wandte sich ab und ging auf den Wirtschaftshof, gebrochen wie ein alter Mann.

„Andreas, redest du noch einmal mit mir? Wenigstens ein paar Worte", bettelte sie.

Am Brunntrog wusch er sich Schweiß und Tränen aus dem Gesicht. Weil das Schneuztüchl gleich naß war, wischte er sich in die beiden Jankerärmel. Dann erst fragte er: „Was könntest du mir noch sagen wollen?"

Solange er sie anhörte, blieb ihr ein Funken Hoffnung, denn sie kannte ihre Stärke und war entschlossen, alle Mittel einzusetzen. „Dank' dir, daß ich es noch sagen darf", flüsterte sie tränenerstickt. „Mein Gott, du glaubst mir bestimmt nicht und wirst mich heut vom Hof jagen. Oder totschlagen. Sterben wär' mir nicht ärger, als müßt' ich fortgehen. Zuvor sag' ich dir noch . . ."

Bei der Haustür wurde es licht, die Berta-Mahm schrie heraus: „Bist du's, Anderl?"

„Ja, ich komm' schon. Gleich. Es dauert nicht mehr lang."

Hastig vor Aufregung beschwor ihn die Traude: „Und wenn du mich dafür erst recht umbringst: Akkurat in dieser Stund' fühl' ich, daß ich dich liebhab'. Nur dich! Erst wenn man etwas verliert, merkt man . . . wenn's zu spät ist."

In Andreas erstickten auch die letzten Glutnester von Haß, Schmerz und anderen Gefühlen. Er merkte, daß er starb, und befahl ihr gleichmütig: „Komm ins Haus, ich mag die Mahm nicht warten lassen."

„Nicht ins Haus", stammelte die Traude und schaute sich wie ein gehetztes Tier nach einem Fluchtweg um. Weiterhin genauso unbewegt, stellte er es ihr frei: „Gehst du lieber gleich auf den Pirker-Hof, ich halt' dich bestimmt nicht."

Sie klagte: „Wenn die Alte mich anschaut!"

Er lachte nur bitter auf, wie wenn er sich schon selbst verhöhnen und weh tun wollte. „Stell dich nicht so an, Traude! Ob sie's jetzt merkt oder morgen hört, spielt für uns keine Rolle mehr. Kommst oder nicht?"

Willenlos folgte sie ihm. Schon als er ins Vorhaus trat, kreischte die Berta: „So eine Schand'! Anderl, ich hab's allerweil gesagt: Du vertragst das Saufen genausowenig wie die Schlechtigkeit der Weiber! Hat sie wieder mit dir gestritten, die ... die Bäuerin! Was hat sie dir angetan?"

„Nix!" Noch bevor sich die Traude verteidigen oder gar die Wahrheit sagen konnte, packte er sie am Arm und zerrte sie in die Schlafkammer. Als er die Tür zuschlug, schreckte sie zusammen, als wäre eine Zellentür im Gefängnis hinter ihr ins Schloß gefallen. Auf lebenslänglich.

Die Nachtstunden vergingen qualvoll wie Ewigkeiten im Fegefeuer. Machmal sagte der Andreas ein paar Worte voller Hoffnungslosigkeit, dann wieder verlegte die Traude sich aufs Bitten. Die meiste Zeit starrten sie beide vor sich hin und konnten keinen Gedanken mehr fassen.

Erst als der neue Tag im Osten heraufgraute, entschied der Sommer-Bauer über seine Frau: „Ich werd' dich nicht vom Hof jagen." Er schaute an ihr vorbei. „Du bleibst die Bäuerin, denn es ist überhaupt nichts geschehen. Hast mich?"

„Nichts geschehen", wiederholte sie verständnislos. Nach so vielen Stunden der Quälereien konnte sie kaum mehr denken. Nur darum glomm ein Funken Hoffnung in ihren leergeweinten Augen auf. „Andreas, du schickst mich nicht fort? Könntest du mich noch so liebhaben, daß du weiterhin mit mir leben willst?“

„Was ist schon gewesen? So ein Kirtagsbussel bedeutet gar nichts. Zuviel Übermut nach ein paar Glaseln Wein.“ Diesen Selbstbetrug hatte er sich in den letzten Stunden so oft vorgesagt, daß er beinah schon daran glaubte.

Sie widersprach ihm nicht. Langsam ging sie auf ihn zu. In ihrer Aufregung merkte sie nicht einmal, wie er vor ihr zurückwich. Bittend streckte sie ihm die Hände entgegen. Auch wenn sie im kalten Morgenlicht bestimmt nicht besonders gut ausschaute, glaubte sie wieder an ihre Wirkung auf ihn. Wie wenn alles Elend schon überwunden gewesen wäre, flüsterte sie zuversichtlich: „Jetzt weiß ich, was ich beinah verspielt hätt'. Für nichts und wieder nichts.“ Und weil es ohnehin einmal aufgekommen wäre, wagte sie auch noch das letzte Geständnis. Tränenblind flüsterte sie: „Wenn es aber nicht nur ein paar leichtfertige Bussel gewesen sind?“

Sie war ihm entgegengetaumelt. Damit sie nicht hinfiel, packte der Andreas sie hart am Arm. Das Weiterreden ersparte er ihr aber mit keinem versöhnlichen Bussel, sondern er stellte sie eisig ab: „Ich leg' keinen Wert darauf, daß du mir noch etwas erzählst. Was auch gewesen ist, wir müssen nebeneinander leben. Versteht sich, daß der Robert auf meinem Hof nichts mehr zu suchen hat. Was über die gemeinsame Arbeit und über die Alm zu regeln ist, besprech' künftig nur ich mit ihm.“

„Es ist alles nur meine Schuld gewesen!“ schluchzte die Traude auf, so als wäre es noch wichtig gewesen, die Verbannung des Pirker vom Sommer-Hof zu verhindern.

„Der Wein, das Tanzen und ein bissel Schöntun. Du hast dich auch nicht um mich gekümmert, aber der Robert . . .“

„Ich will's nicht wissen! Mir lohnt es sich nicht mehr!“ schrie der Andreas.

Bisher war er nach jedem Streit bereit gewesen, wenigstens eine Mitschuld auf sich zu nehmen. Daß er diesmal weder Verständnis noch Versöhnungsbereitschaft aufbrachte, wollte die Traude beinahe um den Verstand bringen. Plötzlich brach das Geständnis aus ihr, nicht aus Reue, sondern um ihn für seine Grausamkeit zu strafen. „Von wegen Busseln aus Gaudi! Mach dir nichts vor! Ich hab' meinen Verstand ganz verloren, und alles ist geschehen. Nicht *er* hat's wollen, sondern ich, und . . .“

Sekunden zu spät wurde sie nüchtern. Kein Wort brachte sie mehr über die Lippen, denn sie begriff, daß sie noch im letzten Augenblick aus Unbeherrschtheit die Tür zum Heimkommen zugeschlagen hatte. Vielleicht hätte ihr der Andreas jede fadenscheinige Lüge verziehen, die Wahrheit nie!

Er machte einen Schritt zurück, endgültig von ihr weg. Mit gesenktem Kopf stand sie vor ihm, nicht einmal weinen konnte sie mehr. Sie würde sich gegen keinen noch so schmerzhaften Schlag wehren. „Soll ich jetzt gehen?“ fragte sie nach einer Weile, als er noch immer nicht entschied. Weil sie auch darauf keine Antwort bekam, wandte sie sich zur Tür. Flüchtig kam ihr in den Sinn, daß sie nichts von ihrem Eigentum mitnehmen könnte. Wozu auch? Eine, die ohne Zukunft wegging, brauchte auf dem Weg kein Gepäck. Sie drückte die Klinke nieder.

Da hörte sie den Andreas geradezu unheimlich ruhig

sagen: „Es wird Tag, Zeit für die Arbeit. In der Küche wirtschaftet ab heut wieder die Berta-Mahm. Die Gerti arbeitet im Stall, du kommst mit uns aufs Feld. Mach kein Theater. Wenn einen die Frau mit dem einzigen Freund ... will man sich wenigstens von niemandem bedauern lassen. Vom Mitleid zum Spott ist es ein kleiner Schritt. Nicht auch das noch."

„Ich darf bleiben?" stammelte sie ungläubig.

Er nickte, zerstörte ihr aber gleich auch noch den letzten Freudenfunken: „Bleib, wenn du magst. Aber gute Stunden wirst du in meinem Haus nicht mehr haben. Unser Glück ist vorbei. Wenn's dir einmal nicht mehr taugt, kannst du jederzeit gehen, ich halt' dich bestimmt nicht. Deine Schuld, daß es so gekommen ist, alsdann beklag' dich nie!"

„Ich werd' mich nie beklagen", gelobte die Traude zittrig. Jetzt kriegte sie auch wieder ihre Tränen. „Solang ich noch hoffen kann, will ich warten, und wenn's mein halbes Leben ist."

Darauf fragte er ungerührt: „Worauf warten? Kein Toter fangt wieder zu atmen an. Geh und mach deine Arbeit, nachher reden wir so miteinander, daß unsere Dienstleut' vergessen, was sie über die Sommer-Bäuerin und das Bootshaus gehört haben. Und noch etwas rat' ich dir: Bleib mir allerweil drei Schritte vom Leib. Rührst du mich auch nur mit einem Finger an, so könnt' ich narrisch werden und dich für das, was du mir angetan hast, umbringen!"

Nach einer Woche wurden erst einmal die Leute vom Sommer-Hof unsicher und glaubten nicht mehr so recht an den lüsternen Tratsch, den sie im Dorf gehört hatten. Daß der Pirker Robert jetzt nicht herüberkam, war verständlich. Aber etwas zu Arges konnte in der Bootshütte auch wieder nicht geschehen sein, denn der Andreas und die Traude redeten miteinander so wie allerweil. Mit keinem Blick verrieten sie Feindseligkeit, kein hartes Wort fiel zwischen ihnen.

Die viele Arbeit auf dem Hof hatte etwas zur Folge, das weitere Schwierigkeiten heraufbeschwören sollte: Der Bauer mußte die Gerti herunten auf dem Hof behalten, statt sie auf die Alm zu schicken. Ihr taugte zwar, daß sie in der Nähe des Andreas Sommer bleiben konnte, doch über die Arbeit jammerte sie: „Bei der ärgsten Junihitz' heuen, das ist hart. Da könnt' einen der Schlag treffen, und man weiß gar nicht mehr, was man dabei anstellt!"

Sie lachte und knöpfelte das Mieder noch weiter auf.

„Spinnst!" fuhr die Burga sie an und schaute sich besorgt um.

Aber die Gerti reckte sich noch frecher in die Höhe. „Bist mir 'leicht neidig? Außerdem könnten wir bald Brotzeit machen. Ich hab' uns im Korb eine Menge guter Sachen mitgebracht. Fehlt grad' noch der Bauer."

„Dort kommt er schon mit dem Traktor!" warnte die Burga das Dirndl.

Das flüsterte: „Seit er unsere Bäuerin bei der Nacht nicht mehr anschaut, lieg' ich ihm am nächsten." Dann verschwand sie.

Der Sommer Andreas hielt an und stellte den Motor ab. Er schaute sich um. „Mir ist gewesen, als hätt' ich die Gerti bei dir gesehen. Ist sie zum Wald hinaufgegangen?"

„Weiß ich's?" redete sich die Burga aus. Sie deutete auf den Korb mit der Brotzeit. „Willst, Bauer?"

„Eigentlich nicht", lehnte er ab.

Im nächsten Augenblick drang aus einem Heuhaufen ein Kichern, ein nacktes Bein streckte sich heraus. Dazu flüsterte die Gerti: „Willst wirklich nicht, Bauer?"

Das sollte wie ein Spaß wirken, aber der Andreas war mit einem Schritt dort, riß den Heuhaufen auseinander und packte zu. Zwar gurrte die Schauer Gerti wie ein Täuberl, aber er zerrte sie am Arm heraus und schrie zornig: „Zertrampel nicht meinem Vieh das Heu! Deinen Unsinn heb dir für den Tanzboden auf!"

Ein bissel mühselig schluckte die Gerti die Zurückweisung, aber während sie lächelnd zwei Heuhalme aus ihrem Mieder fischte, schlug sie zurück: „Bis zum nächsten Kirtag dauert es noch fast ein Jahr. Muß ich so lang warten?"

Mit Kraft und Wut packte er den Wiesbaum, hob ihn auf und schleppte ihn zum Heuwagen. Den beiden Mägden schrie er hin: „Mithelfen! Dalkert reden ist alles, was ihr könnt!"

Die Burga fühlte sich ungerecht behandelt und zahlte ihm das heim, indem sie scheinheilig fragte: „Fahrst du nachher gleich wieder nach Laab hinunter? Mußt du die Bäuerin abholen?"

In den letzten Wochen hatte der Andreas gelernt, Gefühle und Gedanken zu verbergen. Das verlangte, daß er Sticheln überhörte und jedem ein gleichmütiges Gesicht zeigte. Auch jetzt konnte er ruhig antworten: „Aus dem Bahnhofsmagazin hol' ich zwei Kisten. Könnt' auch sein, daß grad' ein Zug kommt, und da werd' ich meine Frau nicht zu Fuß auf den Hof gehen lassen."

Das Einbringen der Heufuhr war auch mit dem Traktor nicht ungefährlich, aber der Andreas kannte auf seiner Wiese jeden Mugel und den kleinsten Graben. Er lenkte so geschickt, daß nie das Umschmeißen drohte. Auf dem Hof schleppte er den beladenen Wagen über die Rampe in die Scheune und kuppelte ihn ab.

Nachher sagte er in der Küche zur Berta-Mahm: „Fürs Mittagessen hab' ich heute keine Zeit."

„In einer halben Stund wär' alles fertig", jammerte die Alte. „Wozu pantsch' ich den Vormittag am Herd herum, wenn nachher ohnehin keiner da ist!"

Auch ihr sagte der Andreas: „Ich fahr' nach Laab hinunter. Die Kisten sind angekommen, die hol' ich vom Magazin ab."

Gleich keppelte die Berta los: „Nur allerweil deppert sein! Für drei arbeiten und nix essen! Wenn unsere Bäuerin so fein geworden ist, daß sie ihr Klumpert nur in der Stadt kaufen kann, soll sie's in der Buckelkraxen herauftragen!"

„Ich fahr' jetzt."

Noch immer nicht konnte die Berta einfach den Mund halten. „Anderl", jammerte sie, „du bist gar kein Mannsbild mehr, sondern ein Lapp! Nach dem, was sie dir akkurat mit deinem Freund im Bootshaus angetan hat, rennst du ihr noch allerweil nach!"

„Nix hat sie getan!" schrie er sie plötzlich nieder. Seit zwei Wochen fraß er jede Kränkung und allen Spott in sich hinein, aber manchmal brach es halt doch aus ihm.

„Eh klar, Anderl", besänftigte sie ihn.

Darauf antwortete er ihr nicht mehr, und sie lächelte mitleidig. Alt war sie, vielleicht schon ein bissel sonderlich, aber dumm machen ließ sie sich von keinem. Auch nicht von ihrem Anderl.

Schon drei Wochen lang redete der Sommer-Bauer mit seiner Frau nur noch über die Arbeit auf dem Hof. Dabei fand er genau so ruhige, freundliche Worte wie vor dem Kirtag. Einmal half er ihr, als sie vom Leiterwagen heruntersprang. Sogar die beiden Mägde wurden unsicher, und der Hannes sagte zum Toni: „Was kann schon viel im Bootshaus geschehen sein, wenn unser Bauer zu ihr so gut ist? Der Pirker wird sich halt ein Bussel geholt und ein bissel frecher hingelangt haben."

Ganz so leicht ließ sich der Toni auch nicht überzeugen, denn er meinte halt: „Wegen Schöntun und Gaudi hätt' der Sommer seinen Freund nicht halb erschlagen. So ein ruhiger Mensch, den sonst nichts aus der Fassung bringt."

Der Hannes wischte sich mit dem Hemdsärmel den Schweiß von der Stirn und seufzte: „Wie's auch hergegangen ist, die Depperten bei der G'schichte sind allerweil nur wir. Seit die zwei Bauern aufeinander bös sind und keine Maschinen mehr ausborgen, müssen wir uns bucklert arbeiten. Hauptsach', der unsrige ist mit seiner lieben Frau wieder Wonne und Waschtrog."

So schaute es nach außen hin aus, aber die Wahrheit war anders. Jeden Abend spielte sich das gleiche ab.

„Gute Nacht, Berta", wünschte der Andreas der Mahm betont freundlich. Sie blieb ohnehin hartnäckig auf der Herdbank hocken, bis ihre Bauersleut' schlafen gingen.

„Gute Nacht, mein Anderl", sagte sie ihm recht lieb. Auf den knappen Gruß der Bäuerin antwortete sie nur mit einem gnädigen Kopfnicken. Dabei sanken ihre altersmüden Lider fast ganz herunter, aber sie beobachtete genau, ob der Bauer beim Hinausgehen nicht wieder den Arm um die Mitte seiner Frau legte. Früher hatte er das immer getan.

Sobald der Andreas die Tür der Schlafkammer hinter sich schloß, versteinerte sein Gesicht. Wie zufällig stellte er sich dann jede Nacht ans Fenster und schaute auf den Wirtschaftshof hinaus. Erst wenn er hörte, daß sich seine Frau ausgezogen und das lange leinerne Nachthemd übergestreift hatte, drehte er sich um. Dann verlöschte er das Licht, denn ihm genügte der schwache Schein durchs Fenster, damit er sich zurechtfand. Meistens lagen die beiden Eheleute ein paar Minuten schweigend nebeneinander. Die Traude horchte ängstlich auf die schweren Atemzüge ihres Mannes, bis sie ihn sagen hörte: „Gute Nacht."

„Gute Nacht, Andreas", antwortete die Traude jede Nacht und getraute sich nicht, ihre Stimme auch nur einen Hauch zärtlicher klingen zu lassen.

Bis zu jener Nacht in der ersten Juniwoche.

Da sah sie sein Gesicht ganz deutlich im Mondlicht, das in die Kammer fiel. „Gute Nacht", sagte er wie immer, wartete zu, aber ihre Antwort blieb aus. Beinahe totenstill war es im Raum, wie wenn etwas gestorben wäre: das letzte Gefühl und der erbärmliche Rest einer unsinnigen Hoffnung. Bis da ein ersticktes Aufstöhnen kam, wie wenn die Traude sich das Bettzeug in den Mund gestopft hätte. Weinen hörte er sie manchmal vor dem Einschlafen, aber er wollte nie wieder auf Weibertränen hereinfallen. Erst in diesem Stöhnen lag etwas, das den Andreas aufschreckte, bis er vor Angst plötzlich keine Luft mehr kriegte. „Ist dir leicht schlecht?" fragte er.

„Elend", antwortete sie tonlos. Bevor er noch mehr fragen konnte, sprang sie aus der Bettstatt. Ohne Licht zu machen, taumelte sie aufs Fenster zu. An ihrem Schatten erkannte er, daß sie sich ans Fensterkreuz klammerte und die Stirn dagegen preßte.

„Brauchst ein Glasl Wasser?" fragte er in barschem Ton.

Keine Antwort. Mit der Zeit wurde sie ruhiger, holte noch einmal tief Atem, dann sagte sie leise, recht bestimmt: „Ich geh' fort, Andreas. Ich geh'."

Er setzte sich im Bett stocksteif auf. Sein Erschrecken verbarg er, indem er sie hart zurechtwies: „Mach kein Theater bei der Nacht, leg dich hin und gib Ruh'! Wir haben grad' genug Arbeit, und morgen . . ." Verzweifelt dachte er nach, was morgen alles geschehen müsse. „Morgen wirst du nach der Kuh schauen, nach der kranken. Du weißt schon, die Arme. Ich bin auf dem Feld, aber wenn du . . ."

„Morgen in der Früh geh' ich", wiederholte sie.

Dagegen lehnte er sich auf, als ginge es in seinem Leben nur noch um den Hof: „Mitten während der stärksten Arbeit willst du davonrennen? Als Bäuerin . . ."

Auch er war aufgestanden und trat hinter sie. Ihr Haarschleier roch köstlich nach Heu und Sonne.

„Ich halt's nicht durch", flüsterte sie. „Das Leben als Fremde neben dir . . . Ich muß fort, sonst verlier' ich den

Verstand. Weggehen ist die einzige ehrliche Lösung für mich und auch die bessere für dich."

„Was du wieder zusammenredest!" Er packte sie von hinten her hart an den Armen. Die Kraft seiner Finger tat ihr weh, aber das verriet sie mit keinem Laut. Er grollte: „Weißt du nicht mehr, was wir ausgemacht haben? Du hast es versprochen!"

Daraufhin klagte sie sich an: „Ich hab' noch kein Versprechen halten können. Erst nicht das aus Liebe vor dem Traualtar, nachher nicht das andere aus Verzweiflung. Deshalb bitt' ich dich: Laß mich gehen! Tu mir nicht noch mehr weh, denn ich hab' schon genug Straf' gekriegt."

Ohnehin nur aus Mitleid legte der Andreas die Arme um sie und spürte an seinen Händen durch ihr Nachthemd, wie sie am ganzen Körper zitterte. „Komm ins Bett!" redete er ihr zu. „Willst auch noch krank werden? Du schepperst vor lauter Kälte."

Er drängte, daß sie sich niederlegte, und bauschte die Tuchent fest um sie. Eine Weile starrte er zur Zimmerdecke, bis er sie klagen hörte: „Mir kommt die Kälte von innen."

Schon daß er verstand, was sie meinte, aber wie hätte er ihr antworten sollen, wenn sie ihn um nichts mehr fragte, noch viel weniger um etwas bat? Also forderte er sie auf: „Wenn du dich anders gar nicht erwärmen kannst, so komm halt zu mir herüber."

Er zog sie an sich, schloß die Arme um sie und legte seine Wange an ihre. Vor lauter Befangenheit streichelte er sie so ungeschickt wie in der Zeit ihrer ersten Verliebtheit, aber plötzlich brach sie zusammen, vergrub ihr Gesicht an seiner Brust und bettelte: „Hab mich doch ein bissel lieb! Sonst kann ich neben dir nicht weiterleben. Nur dir möcht' ich gehören, und damals im Bootshaus ..."

„Laß die G'schichte!" fuhr er sie an.

Doch der Damm in ihr war gebrochen, sie konnte ihre Verzweiflung nicht länger in sich vergraben. Zu stark war die Erinnerung an jene Stunde, in der sie leichtfertig gespielt und alles verloren hatte. „Mir ist plötzlich vom Wein und Schnaps so heiß geworden. Der Robert hätt' mir ohnehin gut zugeredet, ich sollt' wieder nüchtern werden. Der Teufel hat mich um den Verstand gebracht! Nachher hätt' ich sterben wollen, aber vielleicht wär' das für mich zu wenig Strafe gewesen!"

„Red keinen solchen Schmarrn zusammen!" brachte er sie zum Stillsein. Und dann sagte er etwas Unfaßbares: „Warum könnt' eigentlich nach einer bösen Stund' die Sonn' nicht wieder scheinen? Ich . . . ich hab' dich noch allerweil lieb."

Mehr brachte der Andreas nicht über die Lippen, aber seine Hände streichelten über ihr Gesicht, die Schultern, über ihren ganzen Körper. Mit einem erstickten Aufschrei drängte sie sich ihm entgegen.

Als die Berta-Mahm den Kaffeehäfen von der Herdplatte hob, schien ihr die Welt noch in Ordnung zu sein. Alles um sie lief so gut oder schlecht wie sonst auch. Der Toni und der Hannes rannten hinter Kühen nach, schrien und schwangen Prügel, um sie in den Stall zu treiben. Bei der Stallarbeit summte die Schauer Gerti ein Lied mit nicht ganz stubenreinem Text. Sie wußte: Mit jeder Nacht, die der Bauer im kalten Ehebett ohne Liebe versäumt hatte, rückte sie näher an seine Schlafkammer. Ein g'standenes Mannsbild wie er war bestimmt nicht zum Leben als Mönch geschaffen. Neben ihr keifte die Burga wütend auf eine Kuh, die ihr beim Melken jetzt schon zweimal den Schweif ins Gesicht geschnalzt hatte.

„Kaffee steht auf dem Tisch!" rief die Berta zum Küchenfenster heraus. Bald darauf hockten alle um den Tisch und scherzten. Es war ein Frühsommertag, so richtig zum Fröhlichsein.

Die Tür ging auf, der Bauer und seine Frau kamen in die Küche. Den Morgengruß seiner Leute erwiderte er ungewöhnlich befangen, so daß er mürrisch wirkte. Ringsum erstickte alle Lustigkeit, und die Schuld daran schoben sie wieder der Bäuerin zu. Am Herd rührte die alte Berta wie wild in ihrem Häfen um, denn sie spürte wieder einmal, daß in dieser Stunde über sie ein Unheil niederbrechen werde. Gerade überwand sich der Andreas zum Reden, als die Alte schrill aufkreischte: „Ich glaub', ich werd' narrisch! Traut sich der sogar noch zu uns auf den Hof! So ein verreckter Lump, ein verreckter!"

Der Hannes verschluckte sich am Kaffee, die Augen der Schauer Gerti blitzten voller Sensationsfreude auf, und der Toni murmelte: „Mir scheint, heut darf ich noch ordentlich dreinhauen!"

Einen scharfen Blick warf der Andreas Sommer auf seine Frau, die mit brennend roten Wangen dasaß. Das Murmeln der Dienstleute verstummte, nur die Berta hechelte vor sich hin: „Dem tusch' ich eine mit dem Fleischschlegel über den Schädel!"

Dafür fuhr sie der Bauer an: „Ihr habt den Mund zu halten! Allerweil noch meine Angelegenheit!"

„Freilich, freilich!" keifte die Alte weiter. „Maul halten, heißt es für unsereins. Erst wenn er nicht mehr aus und ein weiß, bin ich zum Beichteabnehmen gut!"

Der Bauer war aus der Küche gegangen, die Traude schlich hinter ihm nach, doch sie ging in ihre Schlafkammer. Vom Küchenfenster aus sahen die Dienstleute, daß der Andreas den Wirtschaftshof überquerte und sich vors Tor stellte.

„Weg vom Fenster!" zischte die Burga, wobei sie den Toni am Hemdkragen zurückzerrte. „Euch fehlt der Anstand!"

Die Berta jammerte: „Ich versteh' überhaupt nichts, wenn sie so flüstern!"

Die beiden jungen Bauern standen einander starr gegenüber. Gut zwei Meter blieben zwischen ihnen frei. Sie redeten recht ruhig. Nur von Zeit zu Zeit widersprach der Pirker heftiger, aber damit versuchte er nicht, sich zu verteidigen. Der Andreas hätte ihn schlagen können, ohne daß der Robert die Hände zum Schutz gehoben hätte, und nach einer Weile gab er es sogar auf, sich zu entschuldigen.

Als der Sommer-Bauer einmal wütend aufschrie, flüsterte die Burga voller Angst: „Jessas, Maria und alle heiligen Geister! Der bringt ihn noch um, und alles wegen so einer!"

Nur die Gerti lächelte zufrieden. Auch die Berta-Mahm kriegte wieder leuchtende Augen und sagte: „Mein Anderl ist allerweil der Beste, Gescheiteste und Stärkste. So einen Lumpen dreht er durch den Fleischwolf, bis nicht einmal

Knochen überbleiben!“ Wie sie dazu blutrünstig kicherte, wurde es sogar den Knechten unheimlich.

Eine Viertelstunde später kam die Traude in die Küche zurück. Mit hochrotem Gesicht setzte sie sich an den Tisch, wollte etwas sagen, doch im nächsten Augenblick sprang sie, wie von einer Hornisse gestochen, auf. Sie packte es nicht: Durch die Tür herein trat der Robert! Der Andreas drängte ihn weiter, tat, als merkte er das Erschrecken seiner Leute überhaupt nicht und befahl: „Traude, noch ein Kaffeehäferl auf den Tisch! Streich ein paar Brote, der Robert wird mit uns frühstücken. Er feiert heute seinen Geburtstag, den neunundzwanzigsten.“

Mägde und Knechte rissen die Augen auf, bekamen den Mund kaum mehr zu. Wie wenn sie die Angst rauschig gemacht hätte, torkelte die Traude zur Kredenz. Niemand brachte ein Wort heraus, auch der Pirker-Bauer nickte allen stumm zu. Nur die Berta konnte sich nicht halten und krächzte plötzlich auf: „Da schau' ich aber, Anderl, so dick Freund mit *dem*? Hast vergessen, was ...“

Für einen Augenblick schien es, als würde sich die Bäuerin auf das alte Weiberl stürzen, aber der Sommer-Bauer sagte ohnehin schon ruhig: „Gelt, Robert, wir zwei sind uns einig. Ich hab' nicht vergessen, daß du mir am Berg das Leben gerettet hast. So was ist es wert, daß ich ein deppertes Kirtagsbussel vergess', das ohnehin nichts zählt. Oder?“ Damit schnitt er sich vom Brot einen Ranken ab und bestrich ihn dick mit Butter. Scheinbar zufrieden, schaute er noch in die Rund' und brachte alles zum Abschluß: „Na alsdann, Leut', das wär's gewesen.“

Von dieser Stunde an zeigte sich der Andreas Sommer mit dem Robert Pirker wieder öfters gemeinsam im „Adler", dem ersten Haus von Laab am Berg. Die Traude nahmen sie zu solchen Wirtshausbesuchen nicht mit, auch wenn zwischen den Eheleuten weiterhin vollkommener Friede herrschte. Die erste Zeit wunderte sich der Heuberger-Wirt und schlich noch scheu um die beiden Mannsbilder herum, aber als es zu keinem Streit kam, gewöhnte er sich an sie. Nur seine Frau flüsterte ihm in der Küche zu: „Wenn das nur gut ausgeht! Mir ist, als könnt' einer von ihnen im nächsten Augenblick ein Messer nehmen. Ruhig, wie die sind! Franz, ich hab' Angst."

„Um welchen?" fragte der Wirt und drohte spaßhalber seiner Frau. Sie sollte nicht merken, daß auch er sich noch nicht recht wohl in seiner Haut fühlte.

Sie schaute durch einen Spalt im Speiseschuber in die Gaststube und flüsterte: „Wenn du mich fragst: Der Robert fürchtet sich noch allerweil vor dem Andreas."

Daran glaubte der Wirt nicht. „Ihr Weiber seht Gespenster und müßt allerweil den Teufel an die Wand malen. Zuviel wird der Robert im Bootshaus auch nicht verbrochen haben. Höchstens ein paar Bussel und Hinlangen. Hätt' sie der Andreas beim Liegen erwischt, so wären sie bestimmt nicht mehr lebendig herausgekommen! Schau, wie einträchtig sie beisammenhocken, die zwei."

Die Heuberger Hanna kriegte vor Mitgefühl den glasigen Blick. Erst nachdem sie den Schuber an der Durchreiche ganz geschlossen hatte, sagte sie: „Grad' weil der Andreas alles in sich hineinfrißt, gibt es noch ein Unglück."

Bei dieser Gelegenheit getraute sich der Wirt sogar, mit einem recht heiklen Beispiel dagegenzureden. „Von einmal Danebenhupfen geht die Welt nicht unter“, murmelte er. „Oder hast du vielleicht vor dem ganzen Dorf ein Theater gemacht, wie du mich und die Kellnerin . . . Man muß auch verzeihen können, sag’ ich allerweil.“

Daraufhin sprach sie aus, was sie bisher nicht einmal sich selbst eingestanden hatte: „Mein Lieber, dein Glück, daß ich in dem Augenblick damals das große Küchenmesser nicht bei der Hand gehabt hab’. Da wär’s für dich gefährlich geworden. Könnt’ leicht sein, daß ich es dir hineingerannt hätt’!“

„Geh, du doch nicht! Ein so seelensgutes Weib!“ Der Heuberger lachte unsicher. Ein ungutes Gefühl warnte ihn, daß auch nach mehr als einem Jahr die Gefahr noch nicht vorübergegangen sei. Vielleicht nur ein unbedeutender Anlaß, und alte Wunden könnten aufbrechen! Wortlos packte er zwei große Abfallkübel und schleppte sie hinaus auf den Misthaufen.

Am Sonntag fuhr der Pirker-Bauer mit seinem Geländeauto auf den Sommer-Hof hinüber. Zum erstenmal wieder seit dem verhängnisvollen Kirtag. Vorsichtshalber ging er nicht gleich ins Haus, sondern rief vom Brunntrog her:

„Andreas, hörst mich? Wenn du’s willst, nehm’ ich euch gern mit nach . . .“

Dann erschrak er, als die Haustür aufging und die Traude herauskam. „Grüß dich, Robert“, sagte sie scheinbar unbefangen. „Was hat’s, warum schreist du so?“

Zwar verbot er sich, sie recht aufmerksam anzuschauen,

aber er sah es halt: Ihr brauner Haarschleier wellte sich sanft im Wind, ihre Augen schimmerten samtig. Die Lippen hatte sie ein bissel mit Rot nachgezogen. Der Robert riß sich von den gefährlich werdenden Gedanken los und sagte, was er sich zurechtgelegt hatte: „Ich hab' dich ... den Andreas fragen wollen, ob ihr beide mit mir ins Dorf hinunterfahren wollt. Schlecht gefahren ist allerweil noch besser als gut gegangen. Hab' ich mir gedacht. Wenn doch zwischen uns alles wieder in Ordnung ist.

„Meinst?" fragte sie. Flüchtig zuckten ihre Mundwinkel abwärts. Gleich darauf lächelte sie und riet ihm: „Mußt erst gar nicht den Andreas fragen. Er und ich wollen heut auf die Alm wandern, wir zwei."

„Eh klar", fügte er sich, von einer so unwiderruflichen Ablehnung betroffen und erleichtert. Dennoch schaute er sich um, ob sie vielleicht nur aus Angst so geredet haben mochte, aber da war niemand in der Nähe. Darum versuchte er es noch einmal: „Ich hätt' mir nur gedacht: von wegen der Leute. Weißt ohnehin ..."

Sie richtete sich auf wie eine gereizte Schlange. „Die Leut'? Nur drei Menschen wissen alles: ich, du und der Andreas. Ich will davon nichts mehr wissen, du wirst den Mund halten ..."

Mit einem Sprung war der Robert bei ihr. Die Angst machte ihn so unvorsichtig, daß er sie am Handgelenk packte. Fassungslos vergewisserte er sich: „Was weiß der Andreas?"

Sie machte sich aus seiner Faust frei und bestätigte ihm eiskalt: „Alles weiß er. Oder meinst du, ich hätt' mit so einer Lüge lebenslang durchgehalten?"

„Aber doch nicht gleich alles", murmelte er und wischte sich den Schweiß von der Stirn. „Davon hat er mir nichts gesagt, kein Wort! Ich versteh die Welt nicht mehr!" Im nächsten Augenblick hörte er den Andreas vom Haus her nach der Traude rufen, also stammelte er gerade noch: „Ich . . . ich fahr' schon!"

Wie sie ihm nachschaute, übertünchte sie die Angst in ihrem Gesicht mit einem verächtlichen Lächeln. „So ein schneidiger Kerl!"

Ein paar Augenblicke später kam die Berta-Mahm aus dem Haus gehumpelt, hielt sich die rechte Hüfte und jammerte: „Jeder Knochen tut einem weh. Wenn man nichts mehr sieht und hört und sich nur wie ein Gerippe weiterschleppt . . . Alt dürft' man nie werden!"

Mit einem raschen Schritt war die Traude bei ihr und half ihr über die zwei Stufen herunter zur Hausbank. Beinahe mußte sie das Weiberl mehr heben und tragen als führen, aber die Mahm dankte es ihr ohnehin nicht. Die schaute nur auf das Dirndlkleid der Bäuerin, stellte sich halb blind und kam ihr ganz nahe. Dabei lispelte sie vor sich hin: „Jedes Mannsbild ist im Leben ein paarmal deppert, manche werden nie gescheiter."

Mit vor Wut atemloser Stimme wünschte ihr die Bäuerin: „Dir noch einen schönen Tag!"

Die Alte schaute zur Haustür, und ihr Gesicht übersonnte sich. „Mein Gott, schaust du gut aus, Anderl! Gelt, verbring den Sonntag fröhlich! Vielleicht findest du heut noch eine liebe Gesellschaft. Komm aber nicht zu spät heim, ich wart' auch dich, damit du mir alles erzählst!"

Unerschütterlich ruhig antwortete er: „Mußt dich gar

nicht um mich sorgen, Mahm, ich bin schon in lieber Gesellschaft."

„Pfüat dich, Anderl, pfüat dich!"

Als sie über den Wiesenweg fortgingen, flüsterte ihm die Traude zu, wie wenn man sie sonst bis zum Hof gehört hätte: „Ich spür', wie sich die Blicke der alten Hex' grad' in meinen Rücken bohren. Die ist mir bis in den Tod feindselig!"

„Stimmt nicht", widersprach er ihr. „Sie hängt nur recht an mir. Allerweil möcht' sie mich verteidigen. Wie ich ein Bub gewesen bin, hat mir einmal mein bester Freund hinterrücks einen Stein auf den Kopf . . ."

„Ich will dir nie weh tun!" unterbrach sie ihn zornig. Als er sie daraufhin von der Seite her anschaute, verstummte sie.

Bis zum Christophorus-Marterl redeten sie nichts mehr. Dann ging der Andreas von dort aus nicht zum Wald hinauf, sondern den Röthenbach entlang abwärts. Die Traude wurde argwöhnisch. „Wieso? Du hast doch auf die Alm wandern wollen!"

Er schien sie nicht zu hören. Hier war der Wiesenweg so schmal, daß er vorausgehen und ihr nicht antworten mußte. Es fiel ihr immer schwerer, hinter ihm nachzukommen, und als in der Au der Gasthof „Fischerhütte" auftauchte, blieb sie einfach stehen. „Nein!" sagte sie entschlossen. „Nein, dorthin geh' ich nicht. Die Leut' . . ."

Er zog sie an der Hand weiter. „Heute hocken ohnehin die meisten im Dorf beim ‚Adler', wo's ein Preiskegeln gibt. Nur wenn's in der ‚Fischerhütte' um Tanz oder um eine andere Gaudi geht, lohnt sich ihnen der Weg heraus.

Komm, da ist noch etwas, da müssen wir zwei durch! Nicht wegen der Leut', sondern unseretwegen."

Ihre Furcht steigerte sich zu panischer Angst vor weiteren Demütigungen, aber der Andreas war entschlossen, ihnen beiden nichts zu ersparen.

In der Gaststube dösten zwei Holzknechte schweigend vor ihrem Bier dahin und hörten dem Schmied, dem Zögel Peter, zu. Der stritt lautstark mit dem Kramer über die Leichtfertigkeit der Stadtdamen. „Bei jeder kann ich mit meinen Pratzen Maß nehmen!" prahlte er mit einem lüsternen Lacher. „Aber am liebsten ist mir grad' so eine Handvoll wie bei der Dori. Jung und . . ." Als in dem Augenblick die Wirtstochter in die Gaststube kam, verstummte er zwar, doch er tatschelte sie mit unverschämten Blicken ab.

Die Dori schaute erschrocken drein, denn gerade das Ehepaar Sommer hätte sie hier nicht so bald erwartet. „Grüß euch."

„Grüß dich, Dori", sagte der Andreas freundlich. „Bist du heute allein im Geschäft?"

Sie streifte mit gespreizten Fingern über ihr kurzgeschnittenes rotbraunes Haar, doch das stellte sich ohnehin gleich wieder stoppelig auf. „Der Vater ist ins Dorf gegangen, die Mutter begleitet ihn. Es gibt nicht so viel zu tun, daß ich es nicht allein packen könnt'."

Vorerst bestellte sich der Andreas ein Bier, für die Traude einen Apfelsaft. Das tranken sie stehend am Tresen. Dabei fragte er scheinbar nebenbei: „Sag, Dori, wird dir nicht manchmal unheimlich? Im Haus allein, den Weiher in der Nähe."

„Vor wem sollt' ich mich fürchten? Ich kenn' nur anständige Leut'." Dabei warf sie einen ängstlicheren Blick zum Zögel Peter, der nun schweigend in seinen Bierkrug starrte.

Der Andreas lachte unfroh und ermahnte sie ein bissel zu laut: „Wachsam bleiben, Dirndl! Manchmal tun einem die ärgsten Lumpen am meisten schön! Wenn man so einen nicht gleich umbringt, muß man mit ihm leben können. Das ist hart."

Der Dori wurde es immer unheimlicher zumute. In den Augen des jungen Bauern flackerte schon wieder Haß auf, und seine Frau stand daneben, schicksalsergeben wie ein Lamm vor dem Schlächter. „Willst noch was trinken?" fragte die Dori automatisch. „Oder du, Traude?"

Von keinem bekam sie darauf eine Antwort, aber der Andreas fragte unvermittelt: „Das Bootshaus ist doch offen?"

„Nein!" beteuerte sie schnell. Vor Angst verschlug es ihr den Atem. „Nein, wirklich nicht. Das sperren wir ab. Die Boote und Netze gehören den Fischern."

Darüber konnte sich der Sommer Andreas bloß noch wundern. „Alsdann laßt ihr die Hütte nur zum Feiern offen? Für eure ungeduldigsten Gäste?"

„Andreas!" unterbrach ihn die Traude und konnte auch vor der Dori ihre Verzweiflung nicht verbergen.

Er schaute sie an, dachte eine Weile nach, bis er verlangte: „Dori, gib mir den Schlüssel vom Bootshaus!"

„Den hat der Vater mitgenommen", versuchte das Dirndl, drohendes Unheil mit einer Notlüge zu verhindern. Es überlief sie eisig, denn aus den Augen des jungen Bauern las sie die Bereitschaft zum Tod und zum Töten.

Er holte einfach vom Brett hinter dem Tresen einen großen Schlüssel und sagte: „Nehm' ich halt einstweilen den. Keine Angst, Dori, ich zahl' die Miete fürs Boot gleich im vorhinein. Dazu mein Bier. Auch den Apfelsaft, denn für Schuld und Schulden seiner Frau muß der Mann noch allerweil aufkommen."

Die Steindl Dori traute sich nicht mehr zu widersprechen und fragte leise: „Für eine Stund'?"

„Geh weiter, für viel länger!" Der Andreas lächelte, doch das wurde immer mehr zu einer Grimasse. „Es könnt' spät werden, bis wir zurückkommen, die Traude und ich."

In ihrer Angst wollte sich die Traude sogar am Tresen festhalten, aber da hatte der Andreas schon gezahlt, nahm sie an der Hand und zerrte sie aus der Gastwirtschaft. Auf dem Wiesenweg zum Weiher hin sagte sie sich, daß es vielleicht ihre Rettung sein könnte, wenn sie die ganze Zeit über auf ihn einredete. Sie stotterte herum, er antwortete ihr nicht.

Mit einem harten Ruck schloß er die Tür zum Bootshaus auf. Zwar trat er als erster in den dunklen Raum, aber er gab die Traude nicht einen Augenblick lang frei und zog sie hinter sich her. Nur langsam gewöhnten sie sich vom grellen Sonnenlicht an die Dämmerung, unterschieden die Seile, die Netze und ein Boot, das am Steg festgebunden war. Die Traude spürte, wie ihr Schweißtropfen über die Stirn sickerten. Sie verwünschte ihre Ehrlichkeit, denn alles wäre leichter gegangen, hätte sie sich vor dem Andreas mit einer halben Wahrheit herausgelogen.

Als hätte er in ihren Gedanken lesen können, murmelte er: „Dein Glück, daß du mir alles gestanden hast, denn hier würde dich jeder Blick verraten. Komm ins Boot!“ Er drängte sie weiter und stieß sie in den Fischerkahn. Ohne auf das Schwanken zu achten, riß er den Knoten im Tau auf.

„Ich hab' vor dem Wasser Angst“, flüsterte sie, die ersten Tränen rollten über ihre Wangen.

„Angst?“ lachte er auf. „Denk dir nichts! Gefahren gibt's meistens dann, wenn man sie nicht erwartet. Ersaufen kannst du in jedem seichten Bach, wenn da einer ist, der dir den Kopf ins Wasser drückt.“

Fast eine Viertelstunde brauchte er, bis sie am anderen Ufer in den Schilfgürtel eindrangen. Als sich der Andreas weiterziehen wollte, zerschnitt er sich an einem scharfen Halm die Hände. Immer noch weiter. Es schien, als spürte er keinen Schmerz mehr.

Erst spät in der Nacht kam er zum Gasthof „Fischerhütte“ zurück und hängte den Schlüssel an seinen Platz. Die Dori schaute ihm ängstlich ins Gesicht, das tiefe Furchen zeigte, die vorhin nicht gewesen waren. Das konnte aber auch an der Beleuchung im Gastzimmer liegen. Leise fragte sie ihn: „Die Traude?“

„Draußen“, antwortete er.

„Und warum“, forschte sie weiter, um ihn zu verstehen.

Gedankenverloren schaute der Andreas in das runde, unschuldige Gesichtl der Wirtstochter. Nur mit Mühe konnte er sich zu klarem Denken zwingen. Dann sagte er mehr zu sich als zu ihr: „Warum schon? Ich hab' prüfen müssen, ob ich so weiterleben kann: mit dem Bootshaus, mit der Traude und mit mir. Ich hab' mich mit ihr in den Kahn setzen können, bin mit ihr allein auf dem Wasser gewesen ... Es wird gehen, Dori."

Er nickte.

Bei der Linde wartete die Traude auf ihn. Den ganzen Weg zum Hof hinauf redeten sie nichts. Zwischen ihnen war nun alles gesagt. Aber er legte den rechten Arm um ihre Schultern und führte sie am Pirker-Hof vorbei. Heim.

„Ich hab' dich so gern", flüsterte die Berta-Mahm und streichelte scheu über seine Hand. „Wie wenn du mein Büberl wärst. Daß du mich aber gar nicht mehr magst!"

Der Andreas schaute gedankenverloren auf die Haustür. Zur Bank unter dem Apfelbaum fiel die erste Morgensonne. Mit einem Seufzer entgegnete er ihr: „Was du dir wieder einbildest! Jetzt wirst du mir auch noch narrisch! Für mich bleibst du allerweil wie eine Mutter! Grad' deshalb darfst du nicht dauernd auf meine Frau eifern! Wir zwei sind doch keine Liebesleut'!"

Mit diesen Worten brachte er sie zum Kichern, aber die Angst in ihren Augen blieb. „Armer Anderl", flüsterte sie, denn sie merkte genau, wie besorgt er allerweil wieder zum Haus blickte. „Ich seh' dir an, daß du die ganze Zeit um die Traude zitterst: Sie könnt' dir davonrennen, zum Pirker oder zu sonst einem. Statt daß du sie gleich zum Teufel gejagt hättest, wie sie's verdient, hängst du dich noch an ihre Kittelfalte! Wenn's mir nicht zum Heulen wär', müßt' ich dich auslachen, aber ich sag's dir: Eher treibst du mich dreimal aus dem Haus, bevor du das schlechte Frauenzimmer auch nur einmal hinausschmeißt!"

Somit langte es dem Andreas wieder einmal, und er putzte die Berta-Mahm recht scharf zusammen: „So geht's nicht! In *dem* Ton darfst du über die Traude nicht reden, denn sie ist nicht nur deine Bäuerin, sondern sie ist und bleibt auch meine Frau! An dem, was geschehen ist, trifft mich eine Mitschuld. Ich hab' allerweil nur an die Arbeit, an den Hof und ans Vieh gedacht. Wie ein Stockfisch bin ich neben ihr hergegangen, wie ein gichtiger Alter beim Kirtag herumgehockt. Ich seh's ein, Berta-Mahm, sogar eine Heilige hätt' die Geduld mit mir verlieren müssen."

Vor lauter Feindseligkeit kriegte die Alte schmale Äugerln. Sie faltete die Hände und lispelte: „Fall auf die Knie, du Depp, da kommt schon deine heilige Waltraud!"

Er nahm sich nicht mehr Zeit, der Berta gehörig über den Mund zu fahren, ging der Traude entgegen und sagte leise: „Eine so schöne Frau hab' ich!"

„Danke!" Sie nahm den Andreas an der Hand und lief mit ihm den Weg hinauf zum Schutzwald.

Hintennach jammerte die Berta voller Mitleid: „Mein armer Anderl, wie ein Kalb am Strick zerrt sie dich!"

Den Vorschlag, an diesem Sonntag mit ihm nach Laab zum Kegeln zu gehen, hatte die Traude abgelehnt und gebettelt: „Ich muß ein Stück hinauf, atmen können. Und mit dir reden, ohne daß die Leut' gleich neugierig mithorchen."

Um ihr diesen Wunsch zu erfüllen, schlug er ihr vor: „Meinetwegen, gehen wir auf unsere Alm. Da kann ich gleich nachschauen, wie's um das Vieh und sie Sennerin steht."

Mit einem Schnaufer warf sie ihm geradezu verzweifelt

vor: „Das bist ganz du! Am wichtigsten ist dir das Vieh! Kannst du nicht verstehen, daß ich einmal mit dir reden muß?"

Eine so feierliche Einleitung kündigte meistens Unerfreuliches an. Als der Weg breit genug wurde, daß sie nebeneinander gehen konnten, hakte er sich bei ihr unter und hielt außerdem ihre Hand. Wie ein Liebespaar kamen sie daher. Vorsichtig und neugierig erkundigte er sich: „Wird doch hoffentlich nichts sein, wovon die Welt untergeht?"

Darauf antwortete sie nichts. Erst beim Latschenfeld entschied sie: „Da könnten wir uns eine Weil' ins Moos setzen. Mein Gott, die Sonne wärmt so gut."

Sie legte sich zurück und wirkte gelöst.

„Bis ins Herz soll dir die Sonn' scheinen", flachste er. Dabei zog er wie ein Jungverliebter ihr Busentüchl auseinander. Behutsam busselte er sie auf den Mund. „Ich bin so glücklich, Traude, daß es zwischen uns wieder wird. Du mußt dir gar nicht erst einbilden, ich wollt' dich jemals hergeben. Wir zwei gehören zusammen, wie's der Pfarrer am Traualtar gesagt hat: bis daß der Tod uns scheidet!"

Einige Augenblicke lang blieb sie regungslos, dann schlang sie plötzlich die Arme um seinen Nacken und küßte ihn so wild, daß er beinahe erschrak. Aufregend war sie! Ihre Liebkosungen machten ihn narrisch vor Sehnsucht, und wie sie sich an ihn schmiegte, fehlte nicht viel, daß er sie aufs Moos niedergedrückt hätte. Akkurat da fielen ihm aber die Sticheleien der Berta-Mahm ein. Er änderte deren Worte ein bissel ab: „Alsdann, grad' wie eine Heilige busselst du nicht!"

Viel zu bald erwachte sie aus diesem Taumel, setzte sich auf und verlangte: „Ich muß mit dir reden, Andreas!"

Davor wollte er sich mit einem gespielten Seufzer retten: „Jeder muß allerweil mit mir reden, statt daß ich auch einmal mehr Freud' haben dürfte. Mach es kurz und schmerzlos, Traude, bevor die Sonn' hinter dem Röthenstein untergeht!"

Er setzte sich wieder auf, und das Blut hämmerte ihm noch in den Schläfen. Sie aber verschloß sich auch äußerlich gegen ihn, stopfte das Busentüchl in den Ausschnitt und streifte den Rock glatt. Plötzlich schaute sie starr vor sich hin und nickte. „Schmerzlos wird es auf keinen Fall abgehen. So oder so nicht."

Als sie abermals nicht gleich weiterredete, streichelte er sie und redete ihr gut zu: „Wir zwei können schon über alles sprechen. Hast du wieder einen neuen Tratsch gehört, so mußt du dir nichts draus machen. Mir tut das alles nicht mehr weh. Hauptsach', wir zwei haben einander lieb und . . ."

Hart und kurz, wie er das verlangt hatte, unterbrach sie ihn: „Ich bin schwanger."

Ein paar Sekunden brauchte der Andreas, bis er begriffen hatte, was ihre Worte bedeuteten. Sein Herzschlag setzte aus, hämmerte gleich um so wilder weiter, und die Hitze schoß ihm ins Gesicht. „Du bist . . . bist dir ganz sicher? Seit wann willst du das wissen?"

Es war herausgesagt, jetzt konnte sie schon freier reden. „Vorgestern bin ich beim Doktor Oberndorf gewesen."

Da war etwas, das er nicht fassen konnte, und dort hakte er ein. „Zwei Tage lang hast du's gewußt und mir nichts gesagt?“ Wie ein Blitz traf ihn die Panik. „Traude, da stimmt doch was nicht! Hat’s etwas mit dem Kindl, ist es nicht in Ordnung?“

Einfach nichts begriff er, und als sie den Kopf schüttelte, bedeutete das für ihn schon die Erlösung. Mit einem Freudenschrei packte und umarmte er sie. Dann vergrub er beide Hände in ihr Haar und erstickte sie beinahe mit Busseln. Leise, sehr zärtlich, sagte er: „So lang schon hätt’ ich mir ein Kind gewünscht! Jetzt bleibt das Glück allerweil bei uns!“

Sie versuchte, sich von ihm freizumachen, drängte ihn fort, und als ihr das nicht gelang, schlug sie verzweifelt mit den Fäusten zu. Zwar wich er betroffen zurück, aber deswegen erwachte er noch lang nicht aus seinem Glücksrausch. Er lachte und weinte zugleich. Darum erinnerte sie ihn vorerst nur behutsam: „Andreas, ich hab’ halt nach zwei Jahren Ehe noch keines kriegen wollen. Es hätt’ auch jetzt nicht sein sollen, aber es ist geschehen.“

Das verstand er. „Gelt, so lieb, wie wir zwei einander in den letzten Wochen haben! Traude, nicht daß ich dir einen Vorwurf machen wollte, aber früher bist du eher kalt dagelegen. Jetzt ist alles anders geworden, seit . . .“

Da fuhr ihm der Stachel ins Herz, er verlor das Gleichgewicht und stürzte vom höchsten Glück in Verzweiflung. Sie hätte es gar nicht erst sagen müssen: „Könnt’ aber auch sein, daß dieses Kind . . .“

„. . . gar nicht meines ist?“ stammelte er und konnte nicht mehr denken. Da war wieder das Schlechte, das sein Leben vergiften wollte. „Vom . . . Bootshaus? *Sein* Kind?“

„Nein!“ sagte sie hart und klar, doch im nächsten Augenblick schrie sie die ganze Wahrheit heraus: „Nicht dein Kind und nicht seines! Einen narrisch machen, rauschig mit Wein und Schöntun, nachher glaubt ihr, dafür gebührt euch schon etwas! Von einem ganz unwichtigen Augenblick an lass' ich es neun Monate lang in mir werden, und nachher wird es mein Kind sein, nur meines!"

Als sie aufspringen und davonrennen wollte, packte er sie gerade noch mit dem Besitzanspruch des Ehemannes und drückte sie auf den Moosboden nieder. Angst und hilflose Wut machten ihn so gewalttätig, daß er sie in diesem Augenblick auch hätte umbringen können. „Damit kommst du mir nicht weg!" schrie er nahe an ihrem Gesicht. „Das erzähl' ich alles dem Pfarrer! Und in jedem Gesetz steht: Nur der Mann entscheidet! Ihm gehört das Kind, auch wenn's das Balg von einem Lumpen ist!"

Noch einmal bäumte sie sich gegen die Gewalt auf und brüllte ihm voller Haß entgegen: „Meinetwegen, tu mir weh, ich hab's verschuldet. Aber das Kindl hättest du nicht Balg schimpfen dürfen! Nein, Andreas, es wird auch nie deines sein!"

Seine Hände fielen von ihr ab. Sie stand auf, streifte sich die Kittelfalten glatt und ging den Weg, den sie gekommen waren, zurück. Allein und wie in einem Alptraum gefangen.

Noch bevor es eines der Tratschweiber in Laab von Haus zu Haus tragen konnte, beschloß der Andreas, das freudige Ereignis aus freien Stücken anzukündigen. Wie wenn er Kummer und Schande möglichst nahe jenem Ort herausschreien wollte, wo das Unheil geschehen war, ging er dazu nicht in den „Adler“ auf dem Dortplatz, sondern in die „Fischerhütte“. Am Sonntag würde er dort die meisten wichtigen Leute aus Laab schon beim Frühschoppen antreffen.

Es war ein Tag voll Harmonie. Die Luft kam sauber von den Bergen herunter, alle Wiesen standen in bunter Blumenpracht, Vögel zwitscherten in den Bäumen. Idyllisch und romantisch, ein Paradies für junge Leute und ihre große Liebe. Die meisten Tische im Gastgarten waren besetzt. Nicht weit davon schlängelte sich der Röthenbach über eine Auwiese hin zum Weiher, in den er unweit vom Bootshaus mündete.

„Grüß euch, alle miteinander!“ rief der Andreas Sommer schon vom Gartentürl her. Auf einen Blick stellte er fest, daß wenigstens drei Ratschen anwesend waren, die seine Botschaft lüstern aufnehmen und durchs ganze Dorf trommeln würden. In aller Bescheidenheit suchte er im letzten Winkel nach einem freien Platz, aber da schrie ihm der Bürgermeister Beppo Reitner zu: „Was hat's, Andreas, bist du unter die Einsiedler gegangen? Kommst ohne deine Frau und ohne den ...“ Seine Frau, die Rosa, brachte ihn gerade noch mit einem Fußtritt unter dem Tisch zum Verstummen.

Die Bergler-Kramerin schaute bedeutungsvoll erst auf ihren um zehn Jahre jüngeren Ehemann, dann sagte sie zum Sommer-Bauern hinüber: „An einem so schönen Tag dürft' man kein Mannsbild frei von der Leine lassen. Das könnt' gefährlich werden, denn leider gibt's allerweil noch genug schnelle Dirndln, die zupacken, wo sie eine Gaudi finden!“

Auch dieser Scherz gefiel der Frau Bürgermeister nicht,

weshalb sie dem einsamen jungen Bauern gut zuredete: „Hast du's nötig, daß du dich in den letzten Winkel verkriechst? Komm, Andreas, hock dich zu uns an den Tisch!"

„Gern", nahm er das an, und zum Herrn Pfarrer sagte er noch einmal: „Grüß Gott, Hochwürden!"

Wie wenn es dafür schon einen besonderen Anlaß gegeben hätte, winkte er zur Zeling Rosa hinüber, der Hebamme. Die saß wieder mit dem Doktor Friedrich Oberndorf an einem Tisch. Kein Wunder, daß manche Weiber in Laab tratschten, die beiden würden ihre Nächte nicht nur den Wöchnerinnen zuliebe durchwachen. Die füllige Rosa und der zaundürre Friedl!

Als der Steindl-Wirt wieder einen Blick durchs Küchenfenster in seinen Gastgarten geworfen hatte, schickte er die Dori aus, um neue Bestellungen aufzunehmen.

War die Dori mit dem Andreas allein, so redeten sie sich gut miteinander, herzlich, vertrauensvoll und ohne Verlogenheit. Diesmal machte es sie geradezu befangen, daß er die Traude nicht mitgenommen hatte. Betont geschäftsmäßig fragte sie: „Was darf ich bringen?"

„Sechs Liter Rotwein!" Und als sie ihn ungläubig anschaute, rief der Andreas mit einem großspurigen Lacher: „Glückspilz, der ich allerweil bin, werd' ich einen Anlaß zum Feiern haben. Wer mag, ist mein Gast! Alsdann: drei Doppler und genug Gläser auf alle Tische!"

„Sechs Liter und Gläser", bestätigte die Dori auch diese Bestellung mit einem freundlichen Lächeln. Dennoch verrieten ihre Augen, daß ihr der Andreas mit seiner überspielten Fröhlichkeit angst machte.

Die wenigsten Gäste im Garten der „Fischerhütte" freuten sich über die Einladung. Als ahnte man etwas Ungutes, wurde die Stimmung eher gedrückt als erwartungsvoll. Niemand wußte so recht, was er jetzt reden durfte oder sollte. Die Frau Bürgermeister plapperte in ihrer Ratlosigkeit übers Wetter. Darin stimmte sie mit dem Andreas überein, der auch fand, es sei richtig heiß.

Die Bergler Martha, Kramerin und ärgste Tratschen von Laab am Berg, nahm lieber gleich das heiße Eisen aus dem Feuer, indem sie voller Entrüstung erzählte: „Am schlimmsten ist es, daß dabei die jungen Dirndln so leicht hitzig werden! Unlängst hab' ich eine Magd aus der Kammer von unserem Burschen verjagt. Mitten in der Nacht! Früher sind grad' die Mannsbilder fensterln und laischen gegangen, aber heutzutag ... Kein Wunder bei der Hitz'!"

In die allgemeine Zustimmung hinein fragte der Schmied: „Martha, wieso hast du die Dirn bei eurem Burschen in der Kammer erwischt? Mitten in der Nacht?"

Jetzt gab es doch das allgemeine befreiende Lachen. Selbst zornige Blicke aus den Augen des geistlichen Herrn konnten es nicht zum Verstummen bringen. Schon fürchtete der Andreas, man würde die Sprache auf ihn, die Traude, den Robert und das Bootshaus bringen. Das wäre ganz gegen seinen Plan gewesen, aber noch im richtigen Augenblick kam die Dori aus dem Haus. Auf einem Tablett trug sie eine ganze Batterie Weingläser, ihr Vater brachte die drei Doppler. Schon an der blutroten Farbe erkannte man, daß er sie vom letzten, vom besten Faß genommen hatte.

„Steht auf jedem Tisch Wein?" vergewisserte sich der

Sommer-Bauer. „Wenn ja, nachher kann ich meine Nachricht herauslassen."

„Ruhe!" tuschte der Bürgermeister ein paar Knechtl nieder, die noch wegen der Gläserverteilung herumstritten.

„Liebe Leut'", begann der Andreas besonders feierlich, ein glückliches Lächeln im Gesicht. Unter halbgesenkten Augenlidern hervor beobachtete er die Umsitzenden. „Ihr wißt alle noch, wie ich vor mehr als zwei Jahren meine Traude geheiratet hab'. Aus Liebe, und wir haben allerweil gut zusammen gehaust."

Zwei Dirndln stießen einander mit den Ellbogen an. Die Dori schaute von der Gartentür her angstvoll auf den Andreas, denn sie traute seiner Fröhlichkeit nicht. In ihr war alles Mitleid einer guten Seele für eine unglückliche.

„Weiter, weiter!" drängte die Kramerin mit lüstern funkelnden Augen. „Jetzt wird's erst spannend!"

Der Andreas wies sie nur sanft zurecht: „Wirst es noch erwarten können. Meine Traude und ich haben uns zwei Jahre lang ein Kind gewünscht, aber . . ." Er warf einen Blick auf den Pfarrer. „Gelt, Hochwürden, wir sind halt nicht brav genug gewesen, daß der Herrgott unsere Bitten bis hinauf gehört hätte."

„Mich trifft der Schlag", flüsterte die Bergler Martha ihrem Mann zu, denn sie hörte wieder als erste das Gras wachsen.

Inzwischen steigerte der Andreas die Spannung noch einmal durch eine wirkungsvolle Pause, schaute in die Runde, dann erst fuhr er fort: „Wie ich euch kenn', habt ihr euch längst gefragt, warum die Traude heut nicht mitgekommen ist. Wenn wir doch sonst fast allerweil besammen sind! Also: Ihr geht es bei der Hitz' nicht recht gut. Und was hat's meistens, wenn einer jungen Frau zu leicht schlecht wird?"

„Jessas, Maria", flüsterte die Dori und preßte sich eine Hand vor den Mund. Zum Glück hatte das im allgemeinen Trubel niemand mitbekommen.

„Ihr alle müßt mit mir auf mein Kind trinken!" verlangte der Andreas herrisch, gar nicht mehr glücklich. „Meine Frau schenkt mir den Hoferben! Ich bin so glücklich. Na, was ist?"

Er hatte sein Glas erhoben, aber noch zögerten die Leute. Keiner wollte den Anfang machen und mit zu lautem oder zu leisem Jubel etwas von seinen Gedanken verraten. Da stand der Herr Pfarrer auf und sagte würdevoll: „Siehst, mein lieber Andreas, man darf nie die Hoffnung aufgeben, daß sich alles noch zum Guten wenden könnte." Und damit niemand seine Worte mißdeuten sollte, stellte er klar: „Ihr habt lang genug auf euer Glück warten müssen, die Traude und du. Künftig müßt ihr alles tun, damit es bei euch bleibt!"

Die letzten Worte des Pfarrers gingen im allgemeinen Freudengeschrei unter. Von allen Seiten her beglückwünschten sie den künftigen Vater. Einige fanden sogar recht persönliche Worte. So flüsterte ihm die Kramerin ihre Anerkennung für soviel Ausdauer in der Liebe zu. Der Schmied Franz Zögel flachste auf seine Weise: „Hätt' ich dir gar nicht zugetraut, Andreas. Wenn du einmal eine Aushilfe brauchst . . ."

Die Hebamme stieß den Schmied so empört zur Seite,

daß er beinahe das Gleichgewicht verloren hätte. Dem Andreas drückte sie ihre mächtige Oberweite in den Magen und versprach: „Wenn's eine Hausgeburt werden soll, kannst du dich auf mich verlassen. Ich bring' dir das schönste Kindl auf die Welt!"

Alles Leute, die es mit ihm gut meinten, die ihn mochten, seiner Frau und ihm das Allerbeste wünschten. Nur die Steindl Dori hatte noch kein Wort gesagt. Mit ängstlichen Blicken beobachtete sie den Andreas, als fürchtete sie, er könnte im nächsten Augenblick den Verstand verlieren und mit einer Sense all jene niedermähen, die zuviel von der Wahrheit ahnten und schamlos heuchelten.

Die nächste Runde zahlte der Bürgermeister auf das Wohl des künftigen Laaber Bauernbuben. Ihm war es klar, daß ein Andreas Sommer nicht erst an einem Dirndl gepfuscht hätte. Dem Andreas schoß die Hitze in die Wangen, doch das merkte niemand, denn nun protestierten die weiblichen Gäste gegen die Worte ihres Bürgermeisters. Nachher ließ der Steindl-Wirt seine Tochter jedem Gast noch ein Stamperl Enzian anbieten. Als sie dem Andreas das seine reichte, zitterte ihre Hand. Kein Wunder, denn sie hatte sich an diesem Tag beim Bedienen schon arg geplagt. Er fragte: „Und du, Dori, willst du nicht mit mir trinken?"

Schnell redete sie sich aus: „Für mich hat der Vater keinen Schnaps vorgesehen. Außerdem trink' ich grundsätzlich nie während der Arbeit, schon gar nicht mit Gästen! Das könnt' gefährlich werden."

Lachend bat er sich aus: „Keine Grundsätze, Dori! Es kommt im Leben ohnehin allerweil anders. Zum besonderen Anlaß und mir zu Ehren wirst du eine Ausnahme machen. Trink halt aus meinem Glas. Gelt, aber nicht gleich alles, denn zumindest ein kleiner Teil von der ganzen Gaudi steht mir zu."

Das Mitgefühl in ihren Augen verriet, daß sie verstanden hatte, wie wenig lustig er seine Worte meinte. Kaum hatte sie genippt, gab sie ihm das Stamperl zurück und bat ihn leise: „Im Glück und im Unglück vernünftig bleiben! Draufzahlen müssen allerweil die Schwachen und die Unschuldigen. Zum Beispiel ein Kind."

Zwei Stunden später kam der Sommer-Bauer über einen Umweg am Christophorus-Marterl vorbei und ging zu seinem Hof hinüber. Schon eine ganze Weile war er mit sich nicht mehr so zufrieden gewesen wie in dieser Stunde. Somit hatte er seinem Kind den Eintritt auf den Hof vorbereitet. Die Tür stand weit offen, und niemand sollte sich trauen, vor dem nächsten kleinen Sommer-Bauern ein schiefes Gesicht zu ziehen. Auch als der friedlichste Mensch, hatte er sich in den letzten Wochen manchmal versucht gefühlt, einem den Lebensatem abzuwürgen. Jetzt, so meinte er, wäre alles geordnet, sei alles überstanden.

An der Haustür kam ihm die Berta-Mahm entgegen, als ob sie dort wie ein treuer Kettenhund auf ihn gewartet hätte. Schon der erste Blick in ihr Gesicht erschreckte ihn. „Um Himmels willen, Berta, hat's was mit der Traude?"

„Ja", würgte die Alte mühselig heraus, packte ihn mit ihren verhutzelten Händen und zerrte ihn vom Haus weg in den kleinen Gemüsegarten hinunter. Keuchend ließ sie sich auf die Bank hinfallen und redete erst, nachdem auch er sich gesetzt hatte. Dann aber haspelte sie los: „Das ist also deine Anhänglichkei? Traurig, sogar schäbig, tät' ich sagen! Ich hätt's als letzte erfahren sollen, nur weil ich auf deinem Hof die letzte bin!"

Mit einem Seufzer fügte er sich drein, daß es für ihn an diesem Sonntag noch nicht ausgestanden sein sollte. Um es möglichst schnell hinter sich zu bringen, forderte er die Alte auf: „Sag's mir offen, wenn es wichtig ist! Heuchelei und Falschheit hab' ich mir heut schon mehr als genug angehört. Wenn du aber meinst . . ."

Plötzlich schrie sie es ihm ins Gesicht: „Ich mein', zuerst hättest du es mir sagen müssen! Der Mutter! Ja, schau mich nicht so wild an, es ist wahr! Seit einem Vierteljahrhundert vertret' ich an dir die Mutterstelle, aber seit die schlechte Haut da ist, gelt' ich dir sogar weniger als das Tratschgesindel vom Dorf! Ich versteh': Du hast dich nicht zu sagen getraut, daß du sie für alle Zeiten auf dem Hof behalten willst. Samt ihrem Balg aus dem Bootshaus!"

Er verstand kein Wort mehr von dem, was sie kreischte, jammerte und krächzte. Regungslos hockte er neben ihr, unfähig, sich zu wehren, die Traude oder auch nur das unschuldige Kind zu verteidigen. Das ging so weiter, bis einmal doch der maßlose Haß die Stimme der alten Frau erstickte.

„Berta-Mahm", flüsterte der Andreas ganz verzweifelt, „so können wir nicht weiterleben. Ich werd' . . . ich muß, denn ich kann gar nicht anders. Also verschaff' ich dir einen Platz, wo du deinen Frieden wiederfindest. Es gibt genug Leut', von denen dich einer aufnehmen wird. Eh klar, ich zahl' für alles."

Sie hockte zusammengekrümmt da. Von einem Schlag niedergestreckt und noch nicht tot. Erst zitterten ihre Lippen, dann verkrampfte sich ihr ganzes Gesicht. „Anderl“, flüsterte sie ungläubig. „Mein Bub, du . . .?“

Nun war es wirklich geschehen. Nie hätte sie gedacht, er könnte sie vom Hof schicken. Keinen alten Hund hätte er jemals verjagt! Laut aufweinend schlug sie die welken Hände vors Gesicht. Das war mehr, als der Andreas an diesem Tag noch aushielt. „Ich kann doch nicht anders, Mahm“, bettelte er, dann stürmte er mit großen Schritten zum Wohnhaus zurück.

„Anderl!“ hörte er die Alte noch einmal gellend aufschreien. Panische Angst hetzte ihn weiter. Er rannte durchs Vorhaus, riß die Küchentür auf. Niemand da. Die Stube war leer.

In der Schlafkammer lag die Traude quer über die Bettstatt und starrte regungslos zur Zimmerdecke. Er beschwor sie: „Um Himmels willen, Traude, hilf mir! Bleib *du* bei mir, für allerweil. Ich hab’ dafür ein Opfer gebracht . . .“

Noch blieb die Traude auf seinem Hof, aber zu jeder Stunde fürchtete er, sie könnte plötzlich fort sein. Schon in der Früh’, wenn sie die Augen aufmachte, fragte er besorgt, wie es ihr ginge.

Sie schlug die Tuchent zurück und sprang mit beiden Beinen aus dem Bett. Als sie wieder aus der kleine Kammer trat, die als Waschraum eingerichtet war, blieb sie vor dem Andreas stehen und schaute ihn fragend an, als müßte sie einen Fremden kennenlernen. Auch wenn unter ihrem fast bodenlangen leinernen Nachthemd keine Form und kaum eine Linie ihres Körpers zu erkennen war, verschränkte sie die Arme vor der Brust. Der Andreas trat auf sie zu, aber sie tat einen Schritt zurück und fragte nachdenklich: „Warum eigentlich?"

„Was meinst?"

Statt zu antworten, machte sie den alten Bauernschrank auf, an dem man noch Reste von Bemalung erkennen konnte. Sie stellte sich zwischen die Türen, damit der Andreas sie nicht sah. Erst dann zog sie das Nachthemd über den Kopf und legte ihr Arbeitsgewand an. Dabei wiederholte sie ihre Frage: „Warum eigentlich bist du jetzt zu mir so verständnisvoll? Anders als früher."

Das hatte sie bisher nicht anerkannt. Daraus schloß der Andreas, daß sie seelisch wieder gesund wurde, und so gab er recht herzlich zurück: „Versteht sich, daß ich mich um dich und unser Kindl sorgen muß!"

Daß sie da nicht dagegenredete, war auch ein gutes Zeichen. Sie schloß die Schranktüren. Das Sonnenlicht des jungen Tages zeigte ihren Körper als Schattenriß: eine noch mädchenhafte schlanke Mitte, die runden Hüften und kräftigen Brüste einer jungen Bäuerin. Der Andreas meinte sogar, sie wären in der letzten Zeit noch üppiger geworden, aber das sagte er lieber nicht. Sie kriegte es immer mit der Angst zu tun, wenn er sie so kritisch anblickte, als wollte er sie durchschauen.

Beim Frühstück sagte sie zu den Mägden: „Ich komm' auch heuen. Wenn wir ordentlich zupacken, halten wir mit der Maschin' vom Bauern noch allerweil mit."

„Aber um zehn gehst du auf den Hof zurück!" bestimmte er. „Nachher wird es für dich gefährlich. Bei dem frischen Bergwind hat schon mancher einen Sonnenstich bekommen, noch bevor ihm heiß geworden ist."

Sie fügte sich. „Gut, bis zur Brotzeit."

„Keine Angst, Bäuerin, ich werd' dich tüchtig vertreten", beruhigte sie die Schauer Gerti scheinheilig, worauf der Hannes die Mundwinkel spöttisch herunterzucken ließ. Ein harter Blick der Burga brachte ihn zur Vernunft.

Zehn Minuten später fuhren sie zur Waldwiese hinauf. Der Andreas lenkte den Traktor, seine Frau saß ziemlich steif auf dem Beifahrersitz. Hintennach schleppte er den großen Leiterwagen, auf dem sich vier Dienstleute ihre Gaudi machten. Bei dem Gerumpel über Mugel und Graben hielten die Männer die Mägde besorgt fest. Erst als sie vom Wirtschaftsweg beim Waldrand auf die Wiese einbogen, verstummte das Kichern. Ein Stück weiter unten arbeitete der Pirker Robert mit seinen Leuten. Zufällig schaute er herauf und schwenkte zum Gruß beide Arme, so als wären der Andreas und er noch immer die besten Freunde. Ausgerechnet die Traude stichelte: „Willst ihm nicht zurückwinken, Andreas? Eh nur, damit die Leut' mit dem Tratsch aufhören."

Der Andreas schaute flüchtig auf die Pirker-Wiesen hinunter und entschied: „Diesmal muß ich ihn nicht gesehen haben."

Am Waldrand sprangen die Leute vom Leiterwagen. Der Toni kuppelte ihn von der Zugmaschine ab und hängte statt dessen einen Mäher an, den sie schon am Vorabend heraufgezogen hatten. Inzwischen trug die Gerti den Korb mit der Brotzeit tiefer in den Wald, wo es kühler war, und hängte ihn an einen Ast. Gleich kam der Hannes nach, denn er sorgte sich: „Gelt, daß uns halt kein Fuchs den Speck erwischt!"

Sie stieß unwillig seine Hände zurück. „Auf meinen Speck mußt auch du nicht gehen! Außerdem hab' ich ohnehin das ungute Gefühl, wie wenn's ein Unglück geben würde."

Nur die beiden Knechte fühlten sich wohl. Sie nützten es aus, daß ihr Bauer damit beschäftigt war, die Bäuerin zu beobachten. Wegen der Sommerhitze trugen die Mägde in den tief ausgeschnittenen Dirndln keine Blusen. Bückte sich eine vor, so versuchten die Lotter gleich hinzulangen oder wenigstens frech hineinzuschauen. Der Sommer Andreas hetzte unermüdlich mit seiner Maschine über die Wiese, mähte das Grün mit all den bunten Blumen nieder und strampelte die Mahd mit rotierenden stählernen Armen auseinander. Seine Dienstleute hatten immer noch genug damit zu tun, das Gras dort wegzusicheln oder wegzusensen, wohin keine Maschine kam.

Seiner Frau zuliebe rief der Andreas eine halbe Stunde früher als üblich: „Brotzeit!"

Am Waldrand ließ er sich aufs Moos fallen und lehnte sich mit dem Rücken gegen einen Baum. Die Traude setzte sich einen Meter von ihm weg auf einen Stein. Im Gegensatz zu den Mägden trug sie einen fast wadenlangen Kittel, und die Bluse hatte sie bis an den Hals zugeknöpft. Weil die Knechtl ohnehin verstohlen zum Andreas herschauten, versuchte er nicht einmal, über ihre Hand zu streicheln. Noch weniger als früher wollte er seine Gefühle zur Schau stellen.

Nach einer Viertelstunde ließ er die Gerti zusammenpacken, was von der Brotzeit geblieben war. „Auf geht's wieder!" Und für seine Frau bestimmte er: „Du gehst jetzt heim! Um zwölf kommen wir nach, bis dahin hast du schon etwas Anständiges gekocht. Wenn halt die Mahm nicht mehr im Haus ist."

Sie nickte ihm zu und sagte zu den Dienstleuten: „Tut mir leid, ich hätt' euch noch gern beim Aufstellen der Heureiter geholfen."

Rund um den Hof grasten jene Rinder, die nicht auf die Alm getrieben worden waren. In der Wiesenmulde sammelte sich die meiste Hitze, und an der Sonnenseite knackten die Holzwände der Scheunen. Der Schlüssel zur Haustür lag oben auf dem Türstock. Als die Traude aufsperrte und die raschen Schritte vom Wirtschaftshof her hörte, war es schon zu spät. Sie trat noch ins Vorhaus, als wäre sie dort sicherer gewesen, aber der Robert Pirker drängte hinter ihr nach.

„Warum rennst du mir allerweil davon, Traude?" beschwor er sie hastig. „Du sollst dich vor mir nicht fürchten, ich will dir nichts Böses antun. Aber eines bitt' ich dich: Wenn sogar der Andreas wieder auf mich redet, kannst du deinen Haß gegen mich aufgeben!"

Sie fühlte, wie in ihr Angst und Zorn einem Erstaunen wichen. Recht ruhig konnte sie sagen: „Ich dich hassen, Robert? Bestimmt nicht. Meinetwegen, reden wir darüber, aber nicht im Haus."

Aus Angst, sie könnte ihm dann die Tür vor der Nase zuschlagen, stimmte er wieder einen leichtfertigeren Ton an, auf den die Weiber so leicht hereinfielen. „Ich versteh', du willst dich lieber mit mir auf die Hausbank setzen, damit uns jeder Holzknecht oder Landstreicher sieht. Da wär's noch gescheiter, wir gingen auf einen Heuboden ..."

Kaum hatte er den Unsinn herausgesagt, taten ihm diese Worte ehrlich leid. Weil sie ihn daraufhin wütend anflog, gelobte er, auch wieder komisch übertrieben reuig, vernünftig zu bleiben. Weiter als bis ins Vorhaus kam er ohnehin nicht, denn sie verstellte ihm den Weg und sagte kalt: „Du mußt dich überhaupt nirgends hinsetzen. Was ich dir noch zu sagen hab', dauert keine Minute. Nachher wirst du vielleicht froh sein, wenn du's bis zur Tür nicht mehr weit hast."

Also wurde auch der Robert Pirker wieder ernst und bat: „Glaub mir, daß es so gekommen ist, tut mir leid. Ich hab' dich von der ersten Stund' an gern gehabt. Als Freundin. Meine Schuld!"

Sie unterbrach ihn ungeduldig: „Was geschehen ist, geht eher auf mein Kerbholz als auf deines. Nichts wär' geschehen, hätt' ich mich ernsthaft gewehrt."

„Hast mich halt auch ein bissel lieb", bat er um ein gutes Wort. „Wär' der Andreas nicht mein bester Freund . . . gewesen, ich tät' um dich kämpfen und dich ihm wegnehmen! Dich und mein Kind!"

„Nicht weiterreden!" schrie die Traude gellend auf, doch gleich sprach sie wieder ruhig weiter, was ihn noch unsicherer machte. „Genau das mußt du begreifen, sonst können wir nicht einmal mehr Nachbarn bleiben: Ich hab' nur den Andreas lieb! Mit meinem ganzen Gefühl! Früher hätt' ich dich als Freund gern gehabt, doch das ist gestorben. Was geschehen ist, hat für mich keine Bedeutung mehr. Ich tät's für mein Augenlicht gern ungeschehen machen. Oder zumindest vergessen!"

„Aber unser Kind", flüsterte er ihr zu. „Traude, es ist auch mein Kind!"

„Nein!" Ihre Stimme klang eisig, endgültig und unerbittlich. „Du oder der Andreas? Keiner von euch, denn das Vatersein müßte sich einer erst verdienen. Es wird *mein* Kind, hast mich? Nur meines!"

Sie standen einander regungslos gegenüber, bis der Robert leise fragte: „Glaubst nicht ... glaubst nicht, daß es zwischen uns wieder gehen könnt'? In Freundschaft, mein' ich."

„Das darf nur der Andreas entscheiden. Doch mach dir nicht zuviel Hoffnung. Er spielt alles für die Leut' herunter, aber wenn du mich auch nur zu freundlich anschaust, könnt' er leicht narrisch werden. Und noch etwas: Streichelst du meinem Kind nur über den Kopf oder sagst du noch einmal, es wär' deines, nachher renn' ich dir eine Sense hinein!"

Sie verstummte, denn erst im nachhinein wurde ihr die schreckliche Drohung ganz bewußt.

„Mußt mir ohnehin nicht mehr die Hand geben, Traude", hörte sie ihn sagen, „aber dank' mir für meinen Gruß. Es tät' mir schon helfen, wüßt' ich eines Tages, daß in dir gegen mich kein Haß mehr ist."

Sie schloß die Augen. „Wenn aber in mir zuviel Haß gegen mich selbst ist ..."

Als sie wieder aufschaute, war der Robert Pirker schon gegangen.

Herbstnebel schwebten noch als Schleier von den Wäldern der Vorberge nieder, aber auf dem Talgrund ballten sie sich zu einer schmutziggrau wallenden Masse zusammen. Unter der schien alles Leben zu ersticken.

„Ich hab' was im Dorf zu tun", sagte der Andreas und gab im Vorbeigehen seiner Frau ein Bussel auf die Wange. Seit er von ihrer Schwangerschaft wußte, hielt ihn eine Scheu davor zurück, sie begehrlicher anzurühren. „Brauchst du etwas? Vielleicht vom Doktor?"

Selbst aus seiner gleichmütig klingenden Stimme hörte sie ehrliche Besorgtheit, und so beruhigte sie ihn: „Nichts. Mir geht es gut. Grad' das Herumhocken wird mir langweilig. Wenn ich mitkommen dürft'?"

„Bei dem Sauwetter auf dem Traktor? In deinem Zustand!" lehnte er das schnell ab und war schon an der Tür.

Er nahm nicht den Traktor, sondern ging zu Fuß. Als er ins Freie trat, legte sich die Luft wie ein nasses Tuch um ihn. Fröstelnd zog der Andreas den Wetterfleck am Hals enger zusammen. Ringsum war die Welt farblos geworden. Noch vor einer Woche hatten in den Mischwäldern die Lärchen golden geflammt, die Buchen blutrot wie Feuer gestrahlt, nun war alles in Grau erstickt. Die Viehkoppeln lagen verlassen, auf den Weiden und den wenigen Feldern arbeitete niemand. Schon vor zwei Wochen hatte die Sennerin alles Vieh glücklich von der Alm auf den Hof herunter gebracht. Mit ihrem Lohn und einer beachtlichen Zuzahlung war sie voller Freude in ihr Heimatdorf zurückgegangen. Mehr Vieh brachte auf dem Sommer-Hof mehr Arbeit, und doch war es noch stiller geworden.

Im Vorbeigehen warf der Andreas einen Blick zum Pirker-Hof. Nicht einmal in der beklemmenden Einsamkeit dieses Herbsttages wäre es ihm recht gewesen, dort jemandem zu begegnen. Je tiefer er ins Tal hinunter kam, desto stickiger wurde ihm die Luft. Vor den ersten Häusern von Laab bog er in den Weg zum Röthenbach ein. Das Wasser sah er zwar nicht, aber wo das Ufer nahe und unterwaschen war, gluckste kleine Wellen. Aus dem Grau tauchten drei elektrische Lichter auf, um die sich matt schimmernde Nebelscheiben drehten.

„Bei dem Sauwetter ein lieber Gast!" rief ihm der Steindl-Wirt erfreut entgegen. „Komm schnell herein! Ist bei uns erst einmal die Nässe im Haus, so kriegen wir sie nicht mehr weg."

Er warf Gewürze in ein Glas und wärmte darin Rotwein über Dampf auf. Hastig trank der Andreas und getraute sich noch immer keine Fragen zu stellen, als fürchtete er, von neuem Unglück zu hören. Das Gewissen drückte ihn hart nieder, denn nie hätte er gedacht, daß er in Sachen Berta-Mahm eine so brutale Herzlosigkeit begehen könnte.

„Grüß dich, Andreas", sagte die Dori von der Tür her. Mit ihrem Lächeln schien doch ein Sonnenstrahl in die Gaststube der „Fischerhütte" gefallen zu sein. „Schön, daß du einen Besuch machst."

Er trank den letzten Schluck Glühwein. Erst jetzt fragte er: „Wie geht's?"

„Eh recht gut", beruhigte ihn die Dori, „nur halt ..."

Weiter redete sie nicht, aber sie stieg mit ihm die Treppe zu einem der drei Fremdenzimmer hinauf. Als sie an die

Tür geklopft hatte, antwortete eine leise, recht schwache Stimme: „Was hat's schon wieder? Ihr müßt gar nicht so oft nachschauen, ich bin noch nicht tot."

Der Andreas verstand diese grantige Rede als Aufforderung, einzutreten. „Grüß dich, Berta-Mahm!" sagte er gleich von der Schwelle her so fröhlich wie nur möglich. Aber schon beim ersten Blick auf sie krampfte es ihm vor Schrecken und Mitleid das Herz zusammen. So alt, verknittert und zusammengeschrumpft war sie nicht in seiner Erinnerung gewesen. Vor einem Monat hatte er sie wenigstens vom Altenhäusel aus Laab in die „Fischerhütte" gebracht, doch seither keine Möglichkeit mehr gefunden, sie zu besuchen.

Die Mahm kniff ungläubig die Augen zusammen, bis plötzlich ein Lächeln über ihr hageres Gesicht huschte und die eingefallenen Wangen wenigstens ein bissel Farbe kriegten.

„Der Anderl, mein Bub", lispelte sie. Mit einem großen Schritt war er bei ihr, wollte sich irgendwohin neben sie setzen, aber da gab es nur ihren Lehnstuhl. Also neigte er sich herunter und kniete vor dem Bett nieder. Wie er sie umarmte, wirkte die knöcherne kleine Gestalt in seinen Bauernhänden noch zerbrechlicher. Er drückte ihr ein Bussel auf die Wange. „Geht's dir gut, Mahm?"

Sobald er diese Worte ausgesprochen hatte, kamen sie ihm beinahe grausam dumm vor. Jeder, der nicht ganz blind und gefühllos war, mußte erkennen, wie elend sich die alte Magd fühlte, die ihm so viele Jahre lang die Mutter ersetzt hatte. Sie aber streichelte ihn voller Glück mit ihren hageren Fingern über die Wangen und log: „Gut geht's mir, recht gut. Besonders jetzt, weil du zu mir 'kommen bist, Anderl."

Die Dori brachte einen Stuhl aus dem Nebenzimmer, lächelte der Berta zu und ging. Sobald sie die Tür geschlossen hatte, fing der Andreas zu reden an, überhaspelte sich vor lauter Hast und kam ins Stottern, bis er es klar heraussagte: „Du mußt wieder heimkommen, Berta-Mahm! Wär' doch eine Schand', wenn ich dich allein lassen und ..."

Zwar durfte er nicht ausreden, aber sie dankte ihm mit einem stillen Leuchten in den Augen. „Wie tut's mit dir und der Traude?" fragte sie.

„Wirklich gut", beteuerte er schnell, damit sie sich nicht aufregen sollte. „Viel besser als früher. Das heißt, sie arbeitet noch allerweil, was sie derpackt, jammert nie und ist ruhig geworden. Ich glaub', sie freut sich narrisch auf das Kindl."

„Und du?" konnte die Alte nachbohren, denn diesmal hatte er nicht rasch genug weitergeredet.

Er antwortete ehrlich, aber nicht recht geschickt: „Ich freu' mich auch schon auf meinen Buben. Da weiß ich nachher wenigstens, für wen ich mich abgeschunden hab'. Ein junges Leben gehört auf jeden Hof!"

Mit einem unwilligen Schnaufer brachte sie ihn zum Schweigen und forschte weiter: „Meinst, es könnt' wirklich *dein* Kind sein? Und wenn nicht?"

Er mußte nicht überlegen, denn darauf gab es für ihn nur noch eine Antwort: „Unser Kind, Berta. Der Traude ihres und darum auch meines."

Die Alte legte ihre Hand auf seine und murmelte:

„Wenn du das wirklich schon so anschaust, könnt' alles gut werden. Sei dir nur nicht gar so sicher ..." Und als er sie unterbrechen wollte, tuschte sie ihn mit beinahe alter Frische nieder: „Ausreden sollst du mich lassen! Ich will sagen: Sei dir nicht so sicher, daß es ein Bub sein muß! Könntest du ein Dirndl nicht auch so liebhaben?"

„Das schon!" Er seufzte erleichert, denn aus den Worten der alten Mahm hörte er keine Feindseligkeit mehr. Darum konnte er zu ihr sagen: „Glaub mir, als Vater tät' ich mich über ein Dirndl genauso freuen, wenn's nur so lieb und schön wär' wie die Traude. Aber als Bauer muß ich mir noch allerweil einen Buben wünschen." Dann wollte er nicht nur von sich reden. Um sein schlechtes Gewissen zu überlisten, fragte er: „Gelt, Berta, im ‚Fischerhaus' hast du's schöner als im Altenhäusel. Die Wirtsleut' sind anständig, und die Dori ..."

„Wie ein Engerl", bestätigte sie ihm. „Ich hab's allerweil noch besser, als ich es verdien'."

Mit soviel Einsichtigkeit machte sie es ihm auch nicht leichter. Er holte tief Luft und versprach: „Wenn im Frühjahr der Steindl alle Fremdenzimmer für seine Gäste braucht, will ich ... Berta, denk' ich daran, daß ich dich nach so vielen Jahren vom Hof weggebracht hab', könnt' ich mir vor lauter Reue den Schädel an der Wand einrennen!"

„Depp", sagte sie leise und tastete nach seiner Hand. „Ich fühl' mich da recht zufrieden. Muß ich im Sommer wieder nach Laab ins Altenhäusel gehen, macht es mir auch nicht soviel aus. Mit achtzig nimmt man hin, was gut ist. Das weniger Gute geht an einem schon vorbei. Umschmeißen kann akkurat ein schwaches Weiberl nichts mehr. Heimkommen ... ich mein', auf den Sommer-Hof, mag ich gar nicht mehr. Daß du mit der Traude gut zusammen haust, ist mir allerweil noch wichtiger, als daß ich bis zum Sterben auf dem Berg hock'. Im Dorf hat's zumindest den Vorteil, daß es nachher nicht mehr so weit zum Friedhof hinaus ist."

Die Berta war ihr Lebtag dickschädlert gewesen, aber zum Abschied trug sie ihm sogar einen Gruß an die Traude auf.

„Da wird sie sich freuen", log er.

Als er erst gegen Abend auf den Hof zurückkam, war er vom Nebelreißen bis auf die Haut naß. In der Stube brannte Licht. Die Traude neigte sich über einen Korb mit Garn und häkelte an der Erstlingsgarnitur. „Bist schon weit", lobte er sie, denn es fiel ihm schwer, seine Befangenheit zu verbergen.

Sie legte zwei Hoserl und zwei Jackerl vor ihn hin. Mit einem Blick bat sie um Anerkennung und erklärte ihm: „Nur einsäumen darf ich das noch nicht."

„Warum nicht?"

Sie konnte schon wieder manchmal lächeln. „So gedankenlos sind nur die Mannsbilder", hielt sie ihm vor. „Wie sollt' ich jetzt schon wissen, ob es ein Bub oder ein Dirndl wird?"

Er hörte sie wie von weit her reden. In ihm klang noch die Stimme der alten Berta nach, die er seinem Weib zuliebe vom Hof fortgeschickt hatte. Er schreckte auf, als ihn die Traude fragte, wo er so lang gewesen sei. Die Wahrheit wollte er nicht so unvermittelt sagen, denn auf keinen Fall durfte er sie aufregen. Also brummte er: „Eigentlich nirgendwo."

Sie nickte gleichmütig. Ihrer beider Gedanken gingen weit auseinander. Ihr fiel ein, daß manche Männer, sobald die Frau in ihrem Zustand unförmig und reizlos wurde, anderswo ihr Vergnügen suchten. So einen Verdacht gegen den Andreas verwarf sie gleich wieder. Ihm brannte es auf der Seele, ihr zu sagen, daß er die Berta so gern wieder auf den Hof holen wollte. Rechtzeitig beobachtete er noch, wie scharf in der letzten Zeit die Gesichtszüge seiner Frau geworden waren. Schon in der kurzen Zeit ihrer Ehe hatte sie manches durchgemacht. Während der letzten Monate war sie durch die Hölle gegangen. Nicht schuldlos, aber bestimmt auch nicht allein schuldig.

Ihre Augen glänzten samtig weich, als sie flüsterte: „Jetzt bewegt es sich wieder."

Mit einem Kopfnicken forderte sie ihn auf, seine Hand an ihren Leib zu legen. Da spürte auch er das ungeduldige Drängen des jungen Lebens. Seines Kindes! Ein heißes Glücksgefühl durchströmte ihn. Darüber vergaß er, daß er die Traude hatte bitten wollen, sie sollte ihn die alte Berta wieder heimbringen lassen.

Noch zwei Wochen bis Weihnachten.

„Kinderkriegen ist keine Krankheit. Alsdann geh' ich auch in kein Krankenhaus!" wiederholte die Traude Sommer.

Die Burga stellte das gespülte und getrocknete Geschirr in die Kredenz. Dann machte sie sich daran, den Fußboden in der Küche aufzuwischen, wobei sie vor sich hin schimpfte: „Hundertmal kann man es den Mannsbildern sagen, sie sollen die Schuh' bei der Haustür ausziehen. Nicht einmal abputzen tun sie die Haxen! Wie wenn sie es uns zu Fleiß machen wollten!"

Als müßte die Traude sogar den Bauern vor der erbosten Magd entschuldigen, sagte sie mit einem kleinen Lächeln: „Er hat's halt gar so eilig gehabt. Ich muß nur ein bissel quietschen, schon fürchtet er, mir wär' was zugestoßen."

Während die Burga das Tuch im Kübel auswusch, schaute sie zur Bäuerin auf. Sie dachte sich nichts dabei, sondern fragte, wie es unter Frauen so üblich war: „Bist schon bald soweit? Unser Bauer ist wie jeder Mann: Beim ersten Kind werden sie leicht spinnert!"

Nur weil der Burga des Rechnen schwerfiel, verwendete sie zum Nachzählen die Finger. Dann schreckte sie zusammen, denn die Sommer Traude schrie sie zornig an: „Hast keine Arbeit? Mir mußt du nicht nachrechnen, ich brauch' die Hebamm' erst im halben Februar. Hat mir der Doktor gesagt!"

Dem widersprach die Wendner Burga nicht mehr, aber blind war sie nicht, und dumm machen konnte sie niemand.

Am Abend half der Andreas seiner Frau beim Auskleiden, denn sie bückte sich ein bissel mühselig. Geradezu rührend bemühte er sich um sie. Beschwerden hatte sie keine mehr, also konnte sie tun, wie wenn sie die Geburt ihres Kindes in stiller Heiterkeit erwartet hätte. Der Andreas gab ihr noch ein Gutenachtbussel und verlöschte das Licht. Er lag auf dem Rücken und starrte zur Kammerdecke hinauf. Nur noch eine Woche bis Weihnachten, und die Berta-Mahm wartete noch allerweil im „Fischerhaus", daß er sie heimholen würde. Auch wenn die Wirtsleute, und besonders die Dori, zu ihr lieb waren, welkte sie dahin wie eine alte Pflanze, die man mit allen Wurzeln aus der Erde gerissen hatte. Daß ausgerechnet ihr Anderl sie vom Hof geschickt hatte, ließ sie schmerzhafter frieren, als wenn sie hätte in Eis und Schnee liegen müssen.

„Kannst nicht einschlafen?" fragte ihn die Traude aus der Dunkelheit.

„Draußen weht ein ziemlich arger Wind. Eis und Schnee, da können leicht alte Leut' erfrieren, wenn man ihnen das Dach über dem Kopf genommen hat."

Sie hörte gar nicht auf seine Worte, aber im Finstern sagte sie ihm, was sie bei Tag nicht einmal sich selbst eingestanden hätte: „Ich hab' Angst."

Er lag neben ihr und sagte: „Ich möcht' die Berta-Mahm auf den Hof zurückholen. Die arme Haut . . ."

Mit einem Polsterzipf wischte sich die Traude Schweißtropfen von der Stirn, zerrte aber gleich darauf wieder die Tuchent bis ans Kinn, denn sie fror erbärmlich. Wieder bettelte sie: „Bring mich in kein Krankenhaus, Andreas! Das Kindl muß in seinem Papier stehen haben: Geboren auf dem Sommer-Hof! Und ich will bis zuletzt bei dir bleiben dürfen."

„Eine Hausgeburt? Schon, daß die Zeling auch so tüchtig ist wie die Ärzte, aber in einem Spital hättest du's vielleicht besser als auf einem Einschichthof im Februar." Er schwieg eine Weile, dann sagte er: „Wenn wir uns doch so gut vertragen! Mir ist, wie wenn wir noch nie so eng beisammen gewesen wären wie jetzt. Ich hab's dir ohnehin schon allerweil gesagt: Mit einem Kindl wird's auch zwischen uns schön. Richtig glücklich sind wir. Oder vielleicht nicht?"

Sie schob eine Hand unter der Tuchent hervor und suchte nach seiner. Als er ihre Finger schon festhielt, zuckten sie noch immer wie kleine verschreckte Vögel. Mit der Zeit wurde die Traude ruhiger und flüsterte: „Ich hab' dich lieb. Du wirst bestimmt dem Kindl ein guter Vater sein. Versprich mir das!"

Behutsam schob der Andreas sich zu ihr hinüber, legte einen Arm um ihre Schultern und eine Hand auf ihren gesegneten Leib. Als er an ihren Wangen Tränen spürte, wurde er patzweich und versprach ihr: „Ich hol' dir rechtzeitig die Zeling von Laab herauf."

Dieser Gedanke beschäftigte ihn sosehr, daß er nicht mehr an das alte Weiberl in der „Fischerhütte" dachte.

Zwei Tage vor Weihnachten ging der Andreas Sommer ins Dorf hinunter. Die beiden Jahre zuvor hatte sich die Traude um alle Vorbereitungen gekümmert. Diesmal schrieb sie ihm nur auf einen Zettel: Honigkerzen vom Wachszieher, fünf neue Glaskugeln und einen silbernen Engel für die Baumspitze. Von der Scholz Vreni Lebkuchen, von der Bergler noch drei Karton Windbäckerei.

Seit dem Morgen lag sie still auf dem Bett, das ihr die Burga und die Gerti in der Stube gerichtet hatten. Sie fühlte sich gar nicht gut und klagte manchmal leise auf.

In ihrer Wehrlosigkeit schlug die Traude Sommer um sich wie ein geschundenes Tier: im Inneren verletzt, wozu noch körperliche Beschwerden kamen. Da quälte sie die

Erinnerung an das Geschehene ebenso wie die Angst davor, was noch geschehen würde.

„Bäuerin, warum trenzst du?“ fragte die Burga, die ältere Magd. „Tut dir was weh, so mußt du es uns sagen.“

Man konnte meinen, die Traude habe sie überhaupt nicht gehört, denn sie flüsterte vor sich hin: „So viel vom Leben hab' ich versäumt, aber nicht durch seine, sondern durch meine Schuld.“

Gegen drei versank die Traude in seichten Schlaf. Hammerschläge rissen sie aus einem Alptraum. Verwirrt stammelte sie: „Mein Gott, zimmern sie schon meinen Sarg?“

Der Burga krampfte sich das Herz zusammen. Sie streichelte der Bäuerin über die Hand und erzählte: „Der Toni und der Hannes haben aus dem Wald eine Fichte gebracht. Die schlagen sie jetzt ins Christbaumkreuz.“

Langsam fand die Traude in die Wirklichkeit zurück und beruhigte sich wieder. „Wann wird der Bauer zurückkommen?“ fragte sie.

Die Dirn erinnerte sie lächelnd: „Gelt, eine Weile wird es bestimmt dauern, denn heuer muß er für Weihnachten eine ganze Menge besorgen, der werdende Vater.“

An diesem Tag mußte der Andreas Sommer in jedem Laden lang warten, bis er an die Reihe kam, und ein, zwei Weiber, die es besonders eilig hatten, drängen sich noch immer vor. Beim Scholz-Bäcker bestellte er fünf Striezel Früchtebrot und zwei Christstollen. „Wenn doch meine Traude heuer nicht zum Backen kommt und der Gerti jeder Kuchen sitzen bleibt!“

Die Scholz Vreni legte noch fünf Bauernkrapfen dazu:

„Gelt, richt deiner Frau frohe Weihnachten aus, und ich lass' ihr sagen: So ist es schon allerweil auf der Welt gewesen. Die Mannsbilder haben den Gspaß, wir Weiber das Gfrett. Aber wenn nachher so ein Kind erst in der Wiege liegt, vergißt jede Mutter Angst und Schmerzen. Wann ist es bei ihr soweit?"

Bevor der Andreas in die Verlegenheit kam, darauf antworten zu müssen, war er schon wieder dahin und teufelte über den Hauptplatz davon. Dort erwischte ihn allerdings der Pfarrer. Auch der erkundigte sich sehr wohlwollend nach der Bäuerin und seufzte: „Im Sommer könnt' ich leichter auf euren Hof gehen, aber im Winter fällt es mir zu schwer. Ihr kommt ohnehin zur Tauf' mit dem Kind in die Kirche?"

„Sobald nicht zuviel Schnee liegt", antwortete der Andreas.

„Mit dem Geländeauto?" Zu spät fiel es dem Hochwürden ein, daß es damit Schwierigkeiten geben würde.

„Mir spielen sie kein Geländeauto mehr."

Der Andreas wollte grüßen und weitergehen. Da zeigte der Herr Pfarrer an, daß er auch nicht ganz ahnungslos sei, und predigte aus dem Stegreif: „Friede allen Menschen auf Erden, die guten Willens sind. Das ist die Weihnachtsbotschaft, und nur wer frei ist von aller Schuld, der werfe den ersten Stein."

„Wir freuen uns alle narrisch auf das Kindl", sagte der Andreas rasch. „Jetzt muß ich rennen, ich hab' noch viel zu tun."

Noch hatte er das Spießrutenlaufen zwei Tage vor Weihnachten nicht bis ans Ende durchlitten. Im Laden der

Martha Bergler drängten sich gut zehn schnatternde Frauen zusammen, zwischen denen zwei Männer als Minderheit zusammengepreßt wurden. Nur den Andreas bemerkten sie sofort. Auch wenn er als letzter gekommen war, schrie die Kramerin: „Leutln, ihr werdet einsehen, daß ich den werdenden Vater vornehmen muß. Einen Bergbauern, der heute noch einen weiten Weg bis heim zu seiner Frau hat. Was kriegst, Andreas?"

Er holte den Zettel hervor, auf dem ihm die Traude das Wichtigste zusammengeschrieben hatte. Dazu bestellte er noch eine Menge, die ihm einfiel. „Packst mir alles in den Rucksack, Martha?"

„Freilich. Du hast schon so viel auf deinem Buckel zu schleppen, da kommt es auf ein bissel mehr oder weniger auch nicht mehr an." Ihr ganzes Mitgefühl gehörte ihm. Die kleinen dunklen Augen leuchteten aus dem Gesicht wie Rosinen aus einem runden Kuchen. Der Mund ging der Martha so flink, daß man mit dem Zuhören kaum nachkam. Niemand im Laden zweifelte daran, von welchen Lasten sie redete.

Damit machte die den Andreas Sommer allerdings so fuchtig, daß er ihr zurief: „Jetzt packst du mir noch ein paar Spielsachen für mein Kindl ein. Du weißt schon, was es für den Anfang haben muß. Halt etwas zum Scheppern und zum Klingeln."

Als der Andreas aus dem Geschäft ging, wünschte er noch allseits im voraus ein gesegnetes Weihnachtsfest, doch draußen hängte er murmelnd die Worte daran: „Alles Gute denen, die's ehrlich meinen. Die falschen Greteln sollen sich in die Zunge beißen!"

Nachher schleppte er doch ziemlich schwer das Zeug auf seinem Buckel den Berg hinauf. Die Abkürzungen über Wiesen und Wald waren wenig begangen und deshalb vereist. Immer wieder torkelte er und erfing sich gerade noch mit Mühe. Schweiß sickerte ihm unter der Wollmütze hervor. „Das kann noch schön werden", schimpfte er vor sich hin. Damit meinte er weniger die Mühen auf winterlichen Pfaden als vielmehr die Kränkungen auf dem Weg durchs nächste Jahr.

Das Heimkommen nach diesem unguten Tag voller Ärger verlief auch nicht recht angenehm. Die Burga fing ihn schon im Vorhaus ab und zischelte ihm entgegen: „Schön, daß du überhaupt wieder da bist! Ihr Mannsbilder hockt im Wirtshaus, und wir . . ."

„Redest du auch schon so frech zu mir!" machte er sie nieder, aber von seiner Würde als Bauer war ohnehin nicht mehr viel geblieben. „Nimm mir den Rucksack herunter! Wie lang soll ich noch warten?"

Auch die Traude empfing ihn nicht besonders freundlich. „Hast du dich gut geredet? Bist auch gleich zur Steindl Dori in die ‚Fischerhütte' gerannt?"

Beinahe hätte der Andreas zornig geantwortet, aber das ließ er sein, denn an diesem Tag reichte ihm der Ärger. Frauen in ihrem Zustand wurden leicht hysterisch, hatte man ihn gewarnt. Also tat er recht geheimnisvoll: „Unserem Kindl wird das Christkind auch schon was bringen."

Sie lachte. „Geh weiter, Andreas! Zu Weihnachten ist es noch nicht auf der Welt." Und als könnte sie das ungewisse Schicksal beschwören, erinnerte sie ihn: „Im Februar. Erst im Februar!"

Er streichelte sie und spürte, wie sie unter seinen Liebkosungen ruhiger wurde. Ändern konnten sie alle miteinander nichts mehr daran: Jänner oder Februar, das war längst entschieden!

Am Weihnachtsmorgen schneite und stürmte es. Während der Nachtstunden war mehr als ein halber Meter Schnee gefallen, und bei den Wächten türmte er sich noch viel höher auf. Der Sommer-Hof schien unter einer weißen Flut zu versinken, aber das Leben mußte weitergehen. Die Knechte schaufelten Wege zu Stallungen und Scheunen, hinter ihnen wehte der Sturm alles wieder zu. Nur mit Mühe kämpften sich der Bauer und die Mägde zum Vieh durch.

„Die Bäuerin sitzt am Küchenfenster und schaut zu uns herüber", sagte die Gerti. Sie stand auf einem umgestürzten Melkeimer, damit sie zum Wohnhaus sehen konnte. Dann breitete sie ängstlich die Arme und bettelte: „Hilfst mir herunter, Bauer? Ich fürcht', der Eimer könnt' umkippen!"

Erst recht am Weihnachtstag fühlte der Andreas keine Lust, auf die gewissen Spielchen der Dirn einzugehen, und sagte: „Bist allein hinaufgestiegen, wirst du auch allein heruntersteigen können. Wenn nicht, bleibst oben."

„Und wenn ich fall'?" klagte sie mit einem lustigen Augenzwinkern zur Burga hin.

Ungerührt ergänzte der Andreas: „Nachher liegst du im Kuhdreck!"

Als sie in die Küche zurückkamen, saß die Bäuerin noch immer am Fenster. Sie schaute den Schneeflocken nach, die jetzt groß aus dem dunkelgrauen Himmel niederschwebten. Von den Bergen sah man nichts, und sogar der Pirker-Hof war hinter dem silbrigweißen Vorhang verschwunden. „Schön", sagte die Traude leise zu sich, „richtig weihnachtlich."

Zum Frühstück gab's den Weihnachtsstriezel vom Scholz-Bäcker und dazu einen stark gezuckerten Milchkaffee. Dabei wurde sogar den beiden Knechten festlich zumute. Nachher holte der Andreas Heu, Stroh und Häcksel. Gleich bot ihm die Gerti an: „Ich komm' mit dir. Soll ich dir helfen und ..."

Er schnitt ihr das Wort ab: „Du kochst den Sautrank. Heut besonders gut, das Vieh soll auch etwas von Weihnachten merken."

Eine Stunde lang konnte er in Ruhe allein arbeiten. Niemand war da, der ihn angeredet, geärgert oder aus seinen Gedanken gerissen hätte. Plötzlich aber riß eine Sturmböe die Stadeltür auf, die Gerti stand davor, und bevor er sie noch wieder wegschicken konnte, stammelte sie: „Kommen sollst. Gleich! Die Bäuerin ist auf einen Stuhl gestiegen, weil sie von der Kredenz etwas hat herunterheben wollen. Dabei ... eh nicht tief gestürzt, aber ... sie treibt's, wie wenn ihr der Teufel in den Leib gefahren wär'!"

Dann hörte der Andreas die Traude bis ins Vorhaus stöhnen und weinen. Von der Türschwelle her versuchte er noch, sein Erschrecken zu verbergen. „Mein Gott, du schnaufst wie eine alte Lokomotive!"

Sie lag schon wieder auf dem großen Lehnstuhl, bäumte sich auf, stieß wieder einen Schrei aus. Als sie ihm das

Gesicht zuwandte, erstickte ihm die Stimme. Sie setzte zum Reden an, doch es packte sie wieder, so daß sie vor Schmerz die Lippen blutig biß. Mühselig keuchend, brachte sie heraus: „Ich hab' so viel ...“

„Schmerzen?“ wollte er ihr helfen und nahm sie an der Hand.

Sie schüttelte den Kopf und schrie es ihm entgegen: „Angst!“

Während er ihr mit seinem Schneuztüchl die Stirn trocknete, schlug er ihr ohnehin nur ganz behutsam vor: „Willst nicht doch in ein Krankenhaus gehen? Eh nicht grad' heute, zu Weihnachten, aber nach den Feiertagen, wenn's mit dem Schnee leichter wird.“

Sie schrie so entsetzt auf, als hätte er ihr den Tod angedroht, schlang plötzlich die Arme um ihn mit einer Kraft, die er ihr nicht mehr zugetraut hätte. Nahe seinem Gesicht stammelte sie leise, wie wenn sie ihm ein schreckliches Geheimnis anvertraut hätte: „Die Hebamm' ... Viel zu früh, weil ich halt vom Stuhl heruntergestürzt bin. Mein Gott, schaut mich nicht so an!“

„Wann soll ich dir die Zeling holen?“ fragte er.

Gleich blickte sie ruhiger drein und flüsterte klar verständlich: „Schon jetzt! Dem Kindl zuliebe! Nach dem Sturz eine Frühgeburt. Sieben Monat'! Nicht im Februar, sondern jetzt!“

Er fühlte sich erleichtert, daß er vor diesem Elend davonlaufen konnte. Im Vorhaus stieß er beinahe die Burga nieder, die ihn gerade noch am Wetterfleck erwischte und hastig fragte: »Wieso? So weit soll's doch erst im Februar sein! Hab' ich mir ausgerechnet.“

Wenn es von ihm gewesen wäre. Aber jetzt wußte es doch niemand. Ein Siebenmonatkind? „Wenn sie doch vom Stuhl gefallen ist!" Und draußen war er. „Ist auch ganz unwichtig!"

Auf den vereisten Stufen vor der Haustür stolperte er und stürzte aufs Gesicht vor. Es tat höllisch weh.

„Jessas, Maria!" hörte er hinter sich die Gerti jammern. „Jetzt fliegst du auch noch über den Christbaum, den die Männer aus dem Wald gebracht haben! Ein Unglück nach dem anderen."

Er rappelte sich auf. Die Dirn wollte ihm noch mit Schnee das Blut aus dem Gesicht wischen, aber er stieß sie zurück und rannte schon durchs Hoftor. Auf dem Wiesenweg sank er tief ein. Wie ein Wolf arbeitete er sich mit Sprüngen durch die eintönig grauweiße Fläche weiter, und stürmisches Wehen nahm ihm die Sicht, wie wenn er in eine Wüste hineingeirrt wäre. Schon nach ein paar Minuten mußte er keuchend rasten, aber er peitschte sich weiter. „Sonst wird es zu spät für die Traude!"

Bald darauf tauchten vor ihm links am Hang Lichter auf: in der Richtung vom Pirker-Hof. Beinahe hätte er vor Erleichterung einen Schrei ausgestoßen. Die Lichter wurden schnell größer, blendeten ihn. Der andere sagte: „Ich hab' beobachtet, wie du bei deinem Hof herausgeteufelt bist. Hat's was mit ... der Traude?"

Ein Satz, und er packte den Robert an den Schultern. An ihm klammerte er sich fest wie ein Ertrinkender am rettenden Floß. „Du mußt helfen, sie braucht ganz schnell die Hebamm'!"

„Eh klar, komm!" schrie ihm der Robert zu, ohne auch

nur eine Frage zu stellen. Mit zuviel Gas raste er den Wiesenhang hinunter, krachte in verwehte Gräben und arbeitete sich im Vierradantrieb mit heulendem Motor heraus. Kurz vor dem Wald riß er das Auto hinüber zur Straße.

„Erst zur Zeling!“ schrie ihm der Andreas zu. Mit aller Kraft mußte er sich an den Haltegriffen festklammern. „Die Hebamm' kennt sich allerweil noch am besten aus.“

Kurz vor dem Dorf nahm der Robert etwas von der Geschwindigkeit zurück. Vier Autos waren ihm entgegengekommen, keines hatte ihn überholt. Sie mußten durch ganz Laab fahren, denn das Haus der Zeling Rosa lag auf der anderen Seite. Noch immer redeten sie nichts, nur einmal schrie der Andreas auf, als ihnen beinahe der Bub vom Bäcker unter die Räder gerannt wäre. Im letzten Augenblick konnte der Robert den Wagen verreißen und vor einer Hausmauer zum Stehen bringen. Im nachhinein stieg ihm kalter Schweiß auf, zehn Sekunden brauchte er zum Verschnaufen, dann ging's weiter. Bald darauf hielt er vor dem Häusl der Hebamme.

Vorerst blieb die Zeling Rosa aufreizend ruhig. „Versteht sich“, grollte sie mürrisch und löffelte ihren Suppenteller leer. „Wie wenn sie's mir zu Fleiß machen wollten: Jedes Jahr ausgerechnet zu Weihnachten! Dabei wär' die Traude noch gar nicht so weit.“ Als sie der Andreas flehend zur Eile antrieb, greinte sie: „Allerweil mit dem Kopf voran, denken muß der Mensch. Mit dem Hintern voraus, kommt er nicht einmal gut auf die Welt. Keine Panik, Sommer, beim ersten Kind dauert es meistens viel länger.“

Der Andreas packte es nicht, beschwor sie: „Geh weiter! Die Traude ist vom Stuhl heruntergefallen. Seit der Zeit ...“

Damit machte er auch die Hebamme so unsicher, daß sie fragte: „Ist es arg? Sollt’ da nicht auch der Doktor mitkommen?“

Davon wollte der Andreas nichts wissen. Nur keine Zeit verlieren! Auch fürchtete er, die Traude würde beim Anblick des Arztes argwöhnen, man wollte sie doch in ein Krankenhaus verschleppen. Er flehte die Zeling an: „Wenn du ohnehin so geschickt bist! Mit meiner Traude wird alles gutgehen, denn sie ist stark und gesund.“

Seiner Entscheidung fügte sich die Zeling, aber sie verlangte: „Auf jeden Fall brauch’ ich noch eine Helferin. Eine gescheite!“

Der Andreas zählte auf: „Die Burga und die Gerti von meinem Hof. Auch ich ...“

Die Hebamme stellte ihn mit einem geringschätzigen Schnaufer ab. „Was versteht ihr schon von einer Hausgeburt? Ihr seid bestenfalls fürs Kälberziehen gut genug. So ein Mandl von Kindsvater steht mir wahrscheinlich im Weg herum.“ Dem Robert befahl sie selbstherrlich: „Fahrt mit mir zur ‚Fischerhütte‘! Los, schaut nicht so langsam!“

Ohne sich zu widersetzen, fuhr der Robert in die Au hinunter. Noch ehe er das Auto auf dem vereisten Vorplatz der Wirtschaft angehalten hatte, sprang schon die Hebamme heraus und schlittelte zur Haustür. Ein paar Minuten lang hielt der Robert das Warten durch, bis er wütend aufbegehrte: „Die kann sich doch nicht vorher Mut ansaufen wollen!“

Der Andreas ging in die Gaststube, wo ihm die Steindl

Dori entgegenkam. „Ist es bei deiner Frau so weit?“ fragte sie.

Gerade weil sie über das Geschehen im Bootshaus Bescheid wußte, betonte er: „Eine Frühgeburt. Sie ist auf einen Stuhl gestiegen und heruntergefallen.“

Sie sagte ohne Falschheit: „Deiner Traude wünsch’ ich alles Gute. Sobald das Kindl einigermaßen beisammen ist, komm’ ich zu euch hinauf, den Besuch zum Willkommen machen, wie’s bei uns unter Freunden der Brauch ist.“

Als hätte sie mit „Freund“ ein Stichwort gegeben, sagte er: „Der Robert bringt die Hebamm’ und mich auf den Hof hinauf.“

„Und mich! Oder bin ich vielleicht niemand?“ kreischte eine wohlbekannte Stimme von der Tür her. Die alte Berta-Mahm stand da, stolz und kraftvoll aufgerichtet. Nur zum Schein feindselig, sagte sie: „Du mußt keine Angst haben, Andreas, ich werd’ bestimmt nicht für allerweil auf deinem Hof bleiben. Jetzt braucht mich die Hebamm’, und ihr zuliebe vergess’ ich dir sogar, daß du mich wegen deiner lieben Frau aus dem Hof hinausgeschmissen hast!“

„Berta-Mahm!“ sagte der Andreas und kriegte vor lauter Rührung Wasser in die Augen. „Es ist so lieb von dir, daß . . . Wir brauchen dich alle!“

Die Alte kommandierte: „Nix herumreden! Auf geht’s!“

Die Zeling packte sie schon am Arm und schleifte sie zum Auto.

„Grüß dich, Berta-Mahm“, sagte der Robert, aber dem antwortete sie erst gar nicht. Nie könnte sie ihm verzeihen, was er ihrem Anderl angetan hatte! Sie setzte sich zum

Sommer auf die Bank, die Hebamme warf sich auf den Beifahrersitz, daß die Autofedern krachend eingingen. Während der Fahrt hinauf schwiegen alle, nur die Berta kreischte, als alle vier Räder gleichzeitig in einer Kehre von der Straße ausbrachen: „Langsamer, du narrischer Depp, du narrischer! Ich mag nicht so jung sterben, schon gar nicht zu Weihnachten!“

Dem Andreas dauerte jede Minute wie eine halbe Ewigkeit im Fegefeuer. Er konnte kaum denken, noch viel weniger reden. Dafür flüsterte ihm der Robert zu: „Wirst verstehen, daß ich jetzt nicht mir dir hineinkommen kann. Ich tät' dich nur bitten: Sagst mir noch ... wie's ihr geht?“

Der Andreas nickte und folgte den anderen ins Haus. Bis auf den Gang roch es nach Schnaps in dem Jagatee, den die Gerti für alle zum Aufwärmen vorbereitet hatte. Auch wenn die Berta noch so sehnsüchtig danach schnupperte, zerrte sie die Zeling gleich in die Kammer, wohin man die Bäuerin gebettet hatte. Den Andreas verbannte sie mit einer herrischen Handbewegung. Wie wenn er kein leidender Mensch, sondern nur eine lästige Nebensächlichkeit gewesen wäre, ließ man ihn im ungewissen warten. Von Angst gepeinigt, rannte er in der Küche auf und ab, doch dabei verursachte er mit seinen genagelten Schuhen zuviel Lärm. Ausziehen wollte er sie auch nicht, grad' so, wie wenn er nicht daheim, sondern nur noch geduldet wäre. Aus der Kammer hörte er die befehlende Stimme der Hebamme und das Dienern der alten Berta. Da waren sogar ein paar ruhige Worte der Traude dabei. Vor Erleichterung wurde dem Andreas warm ums Herz. Außerdem kam nach einer Weile die Mahm aus der Kammer und flüsterte ihm zu: „Wir haben ihr ein Pulver zur Beruhigung gegeben. Jetzt fühlt sie sich schon besser. Mußt dich nicht um sie sorgen, sie ist tapfer und stark. Alles wird in Ordnung gehen."

Er wandte sich rasch ab, damit sie nicht sah, daß er vor Erleichterung flennte wie ein Dirndl. „Draußen wartet noch allerweil der Robert im Freien. Ich muß ihm sagen ..."

Sofort kreischte die Alte feindselig: „Dem mußt du's gleich berichten, dem verreckten Lumpen, dem verreckten!"

Der Pirker rannte unruhig und halb erfroren ums Auto. Schnee hatte sein blauschwarzes Haar weiß gemacht, wie wenn er in einer Stunde aus lauter Sorge zum alten Mann geworden wäre. Als er den Andreas aus der Tür kommen sah, sprang er auf ihn zu: „Was? Bringst du den Mund nicht auf?"

Soviel Anteilnahme des Robert rührte ihn, denn auch ihn hatten die letzten Stunden zermürbt. „Es wird", sagte er leise und schluckte noch immer schwer. „Die Hebamm' hat mir sagen lassen, daß alles in Ordnung geht."

„Gott sei Dank", murmelte der Robert und wischte sich ein paar geschmolzene Schneeflocken aus dem Gesicht. Er lehnte sich mit dem Rücken gegen die Hauswand. „Ich fahr' jetzt heim. Wenn du Hilfe brauchst, kannst du zu jeder Stund' hinüberkommen. Was geht, tu' ich."

„Wird nicht nötig sein", erwiderte der Andreas schon etwas pelziger. „Ich wüßt' nicht, was jetzt noch geschehen sollt' und wozu wir dich brauchen täten."

„Ich mein' nur, falls du vielleicht den Doktor holen willst."

„Dank' dir." Er ging sogar auf den Robert zu und reichte ihm die Hand.

Den verführten die Erlösung aus der Angst und die Erwartung von Weihnachten zu einer Unvorsichtigkeit. Er würgte herum, bis er doch fragte, was ihn schon die ganze Zeit über gepeinigt hatte: „Ihr habt das Kind doch erst im Februar erwartet. Jetzt ... soll das heißen ...?"

Der Andreas fühlte sich, wie wenn er von innen heraus zu Stein würde, zog seine Hand zurück und machte einen Schritt vom Pirker weg. Drohend sagte er: „Bestimmt eine Frühgeburt nach ihrem Sturz. Nur noch etwas, damit du's weißt: Mit dem bissel Dankbarkeit ist nicht alles ausgelöscht, was du der Traude und mir angetan hast. Frag nie mehr, ob du der Vater sein könntest! Frag auch nicht von hinten herum. Und wenn du noch einmal so tust, wie wenn das dein Kindl wär' ... ich sag's dir im Ernst: Nachher bring' ich dich um!"

In der Nacht wurde der Nordwind zum Orkan und peitschte die Schneemassen fast waagrecht gegen die beiden Einschichthöfe am Berg. Binnen kürzester Zeit wuchsen die Fenster mit Eis und Schnee zu. In der Luft brauste es, wie wenn dieses Jahr die Rauhnächte in der Weihnacht gekommen und die Toten schon jetzt in wilder Jagd über den Himmel getobt wären.

„Das bringt nichts Gutes", brabbelte die Berta-Mahm. Sie rührte nicht einmal den Striezel und den Milchkaffee an, sondern horchte mit ihren halbtauben Ohren hinaus, als könnte sie die Stimmen der bösen und der guten Seelen unterscheiden.

Dafür fuhr ihr die Burga hart über den Mund: „Altweibergeschwätz! Mach mir unseren Bauern nicht ganz narrisch!“ Zur Gerti hin keifte sie: „Heißes Wasser für Umschläg’, hat die Zeling gesagt! Geh schon, der Bauer braucht dich jetzt bestimmt nicht, dem hält schon die Berta-Mahm die Hand!“

Der Andreas konnte es kaum mehr ertragen, aber von Zeit zu Zeit hörte er das Stöhnen, dann wieder einen gellenden Schrei seiner Frau. Beide Ellbogen stützte er auf den Tisch und hielt den Kopf zwischen den Händen. Gleich darauf beschwor er die Mahm: „Geh wieder hinein nachschauen!“

Die Alte verbarg ihre Sorgen und brabbelte: „Es ist noch nicht so weit, aber die Wehen kommen schon regelmäßiger. In dieser Nacht, Anderl! Wie ich dich vor achtundzwanzig Jahren in die ersten Windeln gewickelt hab’, hätt’ ich mir nicht vorstellen können, daß du auch einmal ein Vater sein wirst.“

Er oder der Robert! Voll Erstaunen merkte der Andreas, daß ihm das in dieser Stunde gar nicht mehr so wichtig war. Er schreckte aus seinem Grübeln auf. „Hörst nicht, Berta? Da schleicht einer ums Haus!“ Er wurde noch einen Schein bleicher. „Doch nicht der Tod?“

Die Stimme erstickte ihm, aber die Alte fauchte ärgerlich: „Schlaf lieber, sonst verlierst du noch dein letztes bissel Verstand! Wenigstens eine Stund’.“

Wieder sprang die Kammertür auf, die Burga polterte in die Küche und schrie aufgeregt: „Sollst hereinkommen,

Mahm! Bei der Bäuerin geht's los, und die Zeling bildet sich ein, sie braucht akkurat dich. Weiß Gott, was du ihr helfen könntest."

Die Alte stand auf, torkelte ein bissel hin und her und trippelte schon durchs Vorhaus.

Sobald der Andreas in der Stube allein hockte, faltete er die Hände und legte sie vors Gesicht. Beten wollte er, aber nicht ein Wort, das er gelernt hatte, fiel ihm ein. Alsdann stammelte er seine Bitten so, wie sie ihm Not und Verzweiflung eingaben. Zum Schluß gelobte er: „Auch wenn ich's dir nicht genug hab' zeigen können, bist du mir alles, Traude. Für unser Kindl tät' ich dir bis an mein Lebensend' danken. So oder so."

Er vergrub sich in Reue. Geradezu eisig wurde es um ihn, der recht wild tobende Sturm drückte von irgendwo Kälte ins Haus. Als der Andreas aufschaute, merkte er, daß die Tür zum Vorhaus offen war, und darin stand die kleine, verhutzelte Berta-Mahm. Ihr Gesicht war tränenüberströmt, Schweiß sickerte ihr noch von der Stirn. „Mein Anderl", flüsterte sie heiser, „einen Buben hast, einen gesunden."

„Nein!" All die überstandene Angst brach mit diesem Schrei aus ihm. Er packte die Alte, hob sie in die Höhe und busselte ihr das Gesicht ab. „Einen Buben? Ich hab's gewußt!" Das Schluchzen warf ihn beinahe hin. „Ich muß zu ihr und ihr danken . . ."

Wie in einem Alptraum tauchte hinter der Mahm ein blutverschmiertes Gesicht auf. „Da bleibst!"

„Jessas, Maria", stammelte er entsetzt. Der Keulenschlag traf ihn voll. „Ist was mit der Traude?"

Zum mitleidigen Herumreden nahm sich die Hebamme keine Zeit, sondern sie befahl hastig: „Den Doktor! Aber gleich, verlier keine Minute, denn sonst könnt's knapp hergehen! Um Leben oder Tod! Sag ihm, mit dem Mutterkuchen hat's was!"

Vom Glück über einen gesunden Buben stürzte der Andreas tief ins Elend zurück. Nach so einem Fall konnte er nicht mehr klar denken, riß automatisch seinen Wetterfleck vom Haken, fuhr in die Stiefel und rannte aus dem Haus. In panischer Angst, voll Haß gegen sein Schicksal, das ihn allerweil wieder niederhauen wollte, kämpfte er sich zum Tor hinaus. Dort packte ihn eine Sturmböe. Nur die Angst um die Traude trieb ihm einen Stachel in den Leib, und so rannte er weiter. Sehen konnte er in den dichten Schneewirbeln nichts, aber da tauchte vor ihm ein schwaches Licht auf, armselig wie seine Hoffnung oder wie ein verlöschendes Lebenslicht. Wild schlug er mit den Fäusten gegen das Tor vom Pirker-Hof. Im nächsten Augenblick öffnete es sich, als ob der Robert dahinter gewartet hätte.

„Um Himmels willen, den Doktor! Schnell!"

Während der Pirker sein Geländeauto über den tief verschneiten Anger zur Waldstraße hinüberhetzte, fragte er: „Geht's ihr so schlecht? Sie wird doch nicht sterben müssen? Die Straf' hätt' eher ich verdient."

Darauf antwortete der Andreas nur: „Ein gesunder Bub." Der flüchtige Freudenstrahl durchwärmte ihn, aber gleich packte ihn wieder eisig die Verzweiflung. Soviel Blut an den Händen der Hebamme!

Im Wald kam es in der Haarnadelkurve zum Unfall.

Auch mit dem Allradantrieb konnte der Robert sein Auto nicht mehr auf der vereisten Fahrbahn halten. Es brach aus, ließ sich noch einmal herumreißen, dann krachte es gegen eine Fichte.

„Drück mich auf die Straße zurück!“ schrie der Robert. Schon stemmte sich der Andreas zwischen Grabenwand, Baum und Wagen. Mit heulendem Motor drehten sich die Reifen auf dem Eis durch. „Gib, was geht! Der Traude zuliebe!“

Immer war der Sommer-Bauer bärenstark gewesen, aber die Aufregung und Kränkungen der letzten Monate hatten ihn viel von seiner Lebenskraft gekostet. Jetzt bäumte er sich in hilfloser Wut dem Schicksal entgegen. Das Herz hämmerte ihm zum Zerspringen, Schweiß sikkerte über seinen ganzen Körper. Das schwere Geländeauto grub sich nur noch tiefer ins Eis, bis die Räder plötzlich griffen. Mit einem Aufbrüllen warf sich der Andreas vor, und da hatten sie den Wagen frei.

So lang nach Mitternacht brannte in Laab kein Christbaum mehr, nur vor der Kirche wirbelte der Sturm die elektrischen Kerzen auf einer Fichte durcheinander. „Ein bissel Hoffnung!“ erflehte der Andreas vom Herrgott.

Am Doktorhäusl drückte er die Glocke im Dauerton, und als das nichts nützte, hieb er mit den Fäusten gegen die Tür.

„Komm’ schon“, hörte er drinnen den Doktor schlaftrunken rufen.

„Da ist der Sommer-Bauer! Du mußt mit hinauf, meiner Traude geht’s schlecht!“

Der Doktor Oberndorf zog ihn und den Pirker ins

Haus. Fröstelnd hielt er sich den Schlafrock zusammen. „Deine Frau kriegt das erste Kind“, wehrte er sich um seine Nachtruhe. „Das dauert allerweil länger und tut weh. Deswegen sollt’ ich gleich mitten in der Nacht bei dem Sauwetter auf den Berg hinauf?“

Dem Andreas verschlug es den Atem. Zweimal setzte er an, bis er es herausbrachte: „Die Zeling läßt dir sagen, es hat was mit dem Mutterkuchen. Hilf, Herr Doktor, oder willst du meine Frau verbluten lassen?“

Keine fünf Minuten später hockte sich der Oberndorf ins Geländeauto des Pirker-Bauern. Dabei forschte er nach: „Ist das Kind in Gefahr? Droht es zu ersticken? Was hat die Hebamm’ noch gesagt? Mach endlich den Mund auf, Sommer!“

„Ein Bub“, antwortete der Robert, weil der Andreas kein gescheites Wort mehr herausbrachte. „Gesund, hat die Hebamm’ gesagt. Aber die Wehmutter ...“

„Versteh’ schon.“ Der Doktor tätschelte dem jungen Vater beruhigend die Hand und erklärte ihm: „Für das Kind wär’s gefährlich geworden, hätte der Mutterkuchen vor der Geburt den Muttermund verlegt. Kennst dich aus? Nein? Macht auch nichts. Nachher hätten wir nur noch das Kind aus dem Mutterleib schneiden können. Bei dir auf dem Hof? Oder wir hätten es in der Mutter drehen müssen: Mutter vielleicht gerettet, Kind wahrscheinlich tot.“

„Herr Doktor, jetzt halt mir meine Frau am Leben! Um alles in der Welt!“ bettelte der Andreas.

„Schneller!“ trieb der Oberndorf den Fahrer an. „Mußt nicht ans Ärgste denken, aber ich hab’ in der Einschicht weniger Möglichkeiten als in einem Spital. Ein Landarzt ist auch nicht der liebe Gott."

Auf den letzten hundert Metern von der Wirtschaftsstraße zum Sommer-Hof hinüber grub sich das Auto wieder fest. Mugel und Gräben waren zu einer weiten Fläche zugeschneit. Also nahmen sie den Doktor in die Mitte und schleppten ihn weiter. Ein paarmal versank er bis an die Hüften im Schnee. Völlig erschöpft erreichten sie mit ihm den Hof.

„Daß du halt noch daherkommst!" schrie ihm die Zeling gleich im Vorhaus entgegen, „Das viele Blut!"

Plötzlich taumelte der Andreas gegen die Mauer, weiß wie Kalk. Alles um ihn drehte sich, und vom Magen wurde ihm totenübel. Der Robert konnte ihn gerade noch an den Schultern festhalten.

„Laß mich nicht allein!" murmelte der Andreas. „Ich steh's sonst nicht durch. Du bist doch mein Freund, ich bitt' dich!"

Ohne darauf zu antworten, schob der Robert ihn durch die Küche in die Stube. Als im nächsten Augenblick ein Schmerzensschrei der Traude durchs Haus gellte, drückte der Andreas die Tür ins Schloß und stemmte sich mit dem Rücken dagegen, als könnte er auf diese Weise das Grauen hinaussperren. Er schloß die Augen, um nicht wieder die Hände der Hebamme sehen zu müssen.

„Wär's nicht besser, ich ging' doch?" hörte er den Pirker unsicher fragen. „Wenn du mich brauchst, kannst du zu jeder Stund' auf meinen Hof hinüberkommen."

„Hock dich!" Der Andreas packte ihn am Jankerkragen, drehte zu, wie wenn er ihn erwürgen wollte. Dann fielen seine Hände kraftlos ab, und er flüsterte: „Deine oder meine Schuld? Wenn sie mir nur nicht stirbt, die Traude."

Als nach langer Zeit die Berta-Mahm in die Stube trat und den Pirker am Tisch sitzen sah, schreckte sie zurück. Das galt nicht einmal mehr für sie als eine Stunde zu hassen, und so würgte sie ihre giftigen Worte hinunter. „Anderl", sagte sie weich und samtig, „dein Büberl liegt schon im Stubenwagerl. In der Kindskammer. Dein Hoferbe!"

„Die Traude?" fragte er leise, aber die Mahm nickte ihm beruhigend zu. Damit erlöste sie ihn für ein paar trügerische Augenblicke aus seiner Verzweiflung. Deshalb getraute er sich auch zu fragen: „Meinst, ich dürft' ihn mir schon anschauen?"

Mit einem feindseligen Blick auf den Robert schüttelte die Alte den Kopf und bestimmte: „Ich und der Doktor meinen, dein Bub braucht Ruhe. Für so ein armes Würmerl ist das Geborenwerden eine arge Plag', und es tut ihm bestimmt auch weh. Dabei hat es nicht weniger Angst als eine, die stirbt. Sagt die Hebamm'."

Stirbt! Jetzt mußte er es wissen, bewegte die Lippen und brachte es flüsternd heraus: „Sag's mir: Wird die Traude . . .?"

Die Berta-Mahm kam auf ihn zu, voller Mitleid und echtem Mitleiden. Sie streichelte ihm über die Hände. Sie, der Doktor und die Hebamme wußten, wie gefährlich jede Infektion für die Wehmutter werden konnte, aber sie beruhigte ihn: „Der Oberndorf ist noch ein Landarzt vom alten Schlag. Über die Zeling muß ich dir nichts sagen.

Miteinander haben die zwei den Mutterkuchen aus der Traude herausgekriegt. Ein Glück, sagt die Rosa, daß die Panne nicht vor der Geburt geschehen ist, denn dabei wär' dein Büberl wahrscheinlich gestorben. So ein Glück! ... Wegen was bin ich überhaupt herausgekommen? Ach ja."

Mit einem schnellen Griff holte sie die Schnapsflasche aus der alten Anrichte und trippelte davon.

„Hast gehört, es geht ihr besser", redete ihm der Robert zu. „Man hört auch nichts mehr, und das ist allerweil ein günstiges Zeichen."

Unter Tränen lachend, schimpfte der Andreas: „Hat uns doch die alte Hex' auch noch den Schnaps davongeschleppt!"

Das Ticken der Standuhr dröhnte ihm wie Hammerschläge im Kopf. Er holte vom Kachelofen den Tee, den ihnen die Gerti dort warm gestellt hatte. Übernächtig und erschöpft, wie er war, fror er von innen heraus. In der nächsten Zeit redete keiner der beiden Männer. Sie dösten dumpf vor sich hin. Als die Tür wieder aufging und diesmal der Doktor in die Stube kam, meinte der Robert, er solle jetzt den Arzt nach Laab hinunterbringen. Der aber winkte ab: „Damit du ganz ruhig sein kannst, Sommer-Bauer, bleib' ich diese Nacht auf deinem Hof. Bei so einem Sauwetter fahr' ich ohnehin nicht gern spazieren."

Die Angst während der letzten Stunden hatte den Andreas hellhörig gemacht, und so warnte ihn gerade der verlogen gütige Unterton in der Stimme des Arztes. „Sag's mir, Herr Doktor!" verlangte er überraschend gefaßt. „Geht's ihr wirklich besser?"

Nach kurzem Zögern entschloß sich der Oberndorf zu

einer halben Wahrheit: „Nicht grad' schlecht, wenn man bedenkt, was die Arme durchgemacht hat. Jetzt ist sie müd. Seit sie begriffen hat, daß ihr Büberl außer Gefahr ist, hat sie plötzlich wieder Lebenskraft bekommen und wehrt sich gegen das Fortgehen. Ich bleib' bei ihr heroben."

Die Bäuerin Traude Sommer starb tatsächlich nicht in dieser Nacht. Am nächsten Morgen hatte sich der Sturm fast gelegt, und man hörte die Glocken von Laab am Berg den Christtag einläuten. Bis herauf in die Einschicht.

Vom Fenster aus starrte der Andreas in die schmutzigweiße Masse aus Schnee und Nebel, die sich zwischen den Felswänden drehte, bis sie über den Schutzwald heruntergezogen kam und sich über die beiden Höfe legte. Der Robert war vor dem Morgengrauen heimgegangen. Von dem Augenblick an wurde dem Andreas die Einsamkeit im Raum noch schwerer erträglich. Nur das Uhrenpendel schwang tickend hin und her. Es war wichtig, lebenswichtig, daß es nicht stehenblieb! Darum hatte die Berta die Gewichte ganz hinaufgezogen.

Die Tür ging fast lautlos auf, und die Mahm streckte den Kopf herein. Im fahlen Morgenlicht wirkte sie mausgrau, verfallen, wie wenn sie in dieser schrecklichen Nacht noch mehr zusammengeschrumpft wäre. Aber sie keifte den Andreas an: „Was stehst du herum? Christtag, und du bist nicht einmal rasiert! Was soll das Büberl von so einem Vater denken? Und wenn dich die Bäuerin so sieht, kommt ihr's Grausen!" Sie lächelte ihm ermutigend zu. „Jetzt schlaft sie."

Er wollte noch mehr erfahren, doch gegen die kleine Alte setzte er sich nicht durch. Als er eine halbe Stunde später in die Küche zurückkam, strahlte sie ihn stolz an, stellte ihm das Kaffeehäferl auf den Tisch. Sie strich auch ein Schmalzbrot. „Mußt anständig essen, Anderl, du wirst deine Kraft noch brauchen!"

Weil sie auch jetzt nicht weiterredete, machte er einen Schritt auf sie zu, packte sie an den zerbrechlichen Schultern und schüttelte sie: „Sag mir die Wahrheit: Lebt sie überhaupt noch? Ihr lügt mir doch alle den Buckel voll!"

Beleidigt befreite sie sich von seinen Händen. Dennoch sagte sie sanft und lieb: „Depp! Iß, nachher wird es grad' soweit sein, daß du ins Wöchnerinnenkammerl gehen darfst."

Plötzlich konnte der Andreas das Warten in Ungewißheit nicht länger durchstehen, wollte sich an ihr vorbeidrängen, aber sie hängte sich an ihn und ließ sich nicht abschütteln. Sie herrschte ihn an: „Da bleibst! Noch ist die Reih' nicht an dir. Die Hebamm' und der Doktor bestimmen, du hast überhaupt nichts zu reden!"

Er mußte sich gedulden, aber zum Essen brachte sie ihn doch nicht. Eine Viertelstunde später holte ihn die Burga. „Sollst jetzt kommen, Bauer."

Der Andreas spürte, wie ihm vor Angst die Knie weich wurden. Als er schon bei der Tür stand, getraute er sich nicht, die Klinke niederzudrücken. Dazu mußte ihn erst die Mahm mit einem Puffer in den Rücken ermutigen.

In der Wehkammer waren die Vorhänge zugezogen, gedämpftes künstliches Licht brannte. Gott sei Dank, keine Kerzen!

„Grüß dich, Traude", sagte der Andreas leise von der Tür her. Erst sah er nur den Rücken der Hebamme, die sich über das Bett neigte. Dann stand neben ihr die Burga, auf der anderen Seite der Doktor, der mit einem feinen Lächeln meinte: „Die Mahm wird uns etwas zur Stärkung machen. Kommt, wir gehen in die Küche."

Die Dirn folgte ihm mit der Berta hinaus, nur die Zeling blieb in einer Ecke auf einem Stuhl hocken. Recht mühselig hob die Traude eine Hand, um den Andreas herzuwinken. Schon der erste Blick in ihr Gesicht schreckte ihn: Die Haut schimmerte bleich, durchsichtig. Nur auf ihren Wangen glühte ein Rot wie von Fieberhitze.

„Ist dir so heiß?" fragte er und mußte das Zittern in seiner Stimme verbergen.

Schon war die Zeling da und tupfte der Wöchnerin die Stirn ab. Schnell griff die Traude nach ihrer Hand und bat sie: „Nimm mir das grausliche Kopftüchl herunter. Nicht, daß ich noch eitel wär', aber mein armer Mann soll sich nicht vor mir fürchten."

Ihr rötlichbraun glänzender Haarschleier floß, schön wie immer, über das Kissen, und die Hebamme kehrte auf ihren Platz zurück.

„Bist *du* schön, Traude", sagte er zärtlich. „Die Mutter von unsrem Büberl! Schau dazu, daß du bald wieder wirst!"

„Geht schon besser", beruhigte sie ihn. Genau hatte sie bemerkt, wie arg er vorhin erschrocken war, vor den fiebrig brennenden Augen, den tiefen Schatten darunter und den blutig aufgesprungenen Lippen.

„Alles wird gut", redete er ihr zu. Wieder huschte die

Zeling Rosa her. Diesmal drückte sie ihn auf einen Stuhl nieder, als fürchtete sie, er könnte sich sorglos auf die Bettkante setzen. „Ein Prachtbüberl, Traude! Ich bin so glücklich und dank' dir! Unser Leben wird erst richtig schön!"

Sie unterbrach ihn mit einer mühseligen Handbewegung und fragte: „Wie schaut er aus, mein Bub?"

Damit verwirrte sie ihn. Um Zeit zu gewinnen, fragte er zurück: „Du hast ihn noch nicht gesehen?"

Sie schüttelte den Kopf. „Der Doktor meint, es wär' besser für das Kind. Ich bin noch nicht wieder ganz gesund. Sag's schon, Andreas, wie ist mein Bub?"

Aus dem Brennen ihrer Augen las er ab, was sie quälte. Verzweifelt suchte er nach den Worten, die sie gern hören wollte. „Gesund ist er. Gelt, das ist die Hauptsach'. Ich weiß auch schon, wie wir ihn taufen werden: Paßt dir Andi? Andreas, halt wie sein Vater, denn mein Vater hat auch so geheißen." Ohne daß er den Buben schon gesehen hätte, beschrieb er sein Wunschbild: „Blaue Äugerl hat er."

„Alle Neugeborenen haben blaue Augen", unterbrach sie ihn.

Er deutete den warnenden Blick der Zeling richtig und war bereit, das Blaue vom Himmel herunterzulügen. „Groß und stark ist er. Halt für sein Alter. Und was noch? Ja, weißschädlert. Der kriegt einmal genauso strohblondes Haar wie ich." Keine schwarzen wie der Robert! Der Andreas zwang sich sogar zu scherzen: „Wie aus dem Gesicht gerissen ist er mir. Mit einem Wort: bildschön!"

Die Spannung in ihren Zügen löste sich, sie lächelte. Recht kraftlos lag sie auf dem Kissen, ihre farblosen Lippen zuckten. Im richtigen Augenblick griff die Zeling Rosa ein und entschied: „Das langt fürs erste! Gelt, Traude, dein Mann hat viel Arbeit, von der du ihn nicht abhalten darfst. Das Vieh will auch am Christtag fressen, und du mußt jetzt schlafen!"

„Schlaf dich gesund, Traude", wünschte der Andreas ihr und streifte scheu mit den Fingerspitzen über ihre Hand. Brennheiß fühlte die sich an. „Du mußt bald wieder aufstehen können. Wir brauchen dich, das Büberl und ich!"

„Der Andi und der Andreas." Ein Lächeln, dann machte sie die Augen zu.

Schon drängte ihn die Hebamme zur Tür hinaus. Wie in einem unguten Traum ging er in die Stube zurück. Dort ließ er sich schwer auf einen Stuhl fallen. Sein Kopf sank vor und schlug mit der Stirn hart auf die Tischplatte. Jetzt hatte er seine Frau gesehen, mit ihr gesprochen, sie berührt, aber er wußte nicht, ob er sich erleichtert oder ganz verzweifelt fühlte. Sorgen und Reue machten ihn zu elend.

Als sein Blick zufällig zum Fenster hinausfiel, sah er eine Gestalt, die sich durch den Schnee auf seinen Hof zu kämpfte. „Jetzt kommt der schon wieder daher", murmelte er.

Der Robert Pirker zog im Vorhaus gehorsam die Schuhe aus, wie das die Traude auch von jedem Besucher verlangt hatte, und schlüpfte in die bereitstehenden Filzschlapfen. Als er an die Küchentür klopfen wollte, rief der Andreas von drinnen gedämpft: „Mach keine Geschichten, komm herein." Und dann: „Wir hocken uns in die Stube."

„Nur wenn ich nicht stör'." Bevor er sich setzte, fragte er gleich: „Geht's ihr besser?"

Der Andreas schüttelte den Kopf. Er konnte nur flüstern, denn die Aufregung ließ ihm nicht mehr Atem. „Der Oberndorf meint auch, wir hätten sie unbedingt in ein Krankenhaus bringen müssen, aber da hat sie sich so aufgeregt, daß ihr Fieber noch viel höher hinaufgeschnellt ist. So würde die arme Haut eine Fahrt nicht durchstehen." Er rang mühselig um Selbstbeherrschung. „Wenn man in Eis und Schnee keinen Weg mehr sieht und die Straße wegen Lawinengefahr gesperrt ist! Nicht einmal der Schneepflug ist gefahren. Wer könnt' sie da ins Spital bringen?"

„Ich?" bot sich der Robert an, ohne viel zu überlegen. „Den Berg herauf kommt heute kein Rettungsauto, das ist klar. Nur ich könnt' hinunterfahren und sie ins Krankenhaus ..."

Vor Aufregung waren beide aufgesprungen. Der Andreas packte ihn am Janker. „Nicht, Robert", bat er. „Mir sagt niemand die Wahrheit, aber ich fühl's: Die Traude geht nicht mehr fort, denn sie hat Angst, sie könnt' nicht mehr zu ihrem Büberl heimkommen."

Plötzlich brach er in die Knie. Der Robert konnte ihn gerade noch auffangen, sonst wäre er gestolpert und hingefallen. Er zitterte wie in einem Krampf. Als im nächsten Augenblick die Tür aufging, erstarrte er vor Angst. „Ja?"

Der Robert war zurückgewichen. Im fahlen Licht wirkte auch er kalkweiß wie die Stubenwand, gegen die er sich lehnte. Die Berta-Mahm warf ihm einen feindseligen Blick zu, dann sagte sie feierlich: „Dein Kind, Anderl." Sie schlug das Tuch zurück, in das ein kleines Bündel Mensch gewickelt war.

„Traude“, flüsterte der Andreas tränenerstickt, „unser Büberl.“

Schrumpelig, noch nicht ganz ausgebacken, zu zeitig aus dem Paradies verjagt, schlief es seinem Schicksal entgegen. Voller Stolz berichtete die Berta den zwei Mannsbildern, die ihr kaum zuhörten: „Gegessen hat er schon ein paar Tröpferl verdünnte Kuhmilch. Die Traude darf einstweilen noch nicht stillen. Dreimal hat mir der kleine Kerl schon in die Windeln gepfeffert. Genau wie vor achtundzwanzig Jahren sein Vater!“

Der Andi schaute ganz anders aus, als ihn der Andreas vorhin seiner Frau beschrieben hatte. Nur ein paar Haare kräuselten sich auf dem winzigen Kopf. Die waren bestimmt nicht weißblond, eher dunkel. Für den Andreas zählte das im Augenblick nur soviel, als er Angst hatte, die Traude könnte das bemerken. Aber liebhaben würde sie das Büberl auf jeden Fall.

Plötzlich hörte sich der Andreas erschreckend klar fragen: „Berta, wird sie sterben?“

Nur weil die Alte den Säugling auf den Armen hielt, flog sie ihn nicht an. Sie konnte aber fauchen: „Die und sterben? Erst gar nicht, denn sie muß sich um das Kind kümmern! Nein, Anderl, hab keine Angst, in ein paar Tagen ist alles überstanden.“

Den ganzen Tag hockten die zwei Männer in der Küche. Ab und zu huschte eine Dirn scheu herein, holte aus dem Herdwandl heißes Wasser oder aus der Speiskammer etwas zu essen. Am Abend sagte der Andreas: „Das halt' ich nicht mehr länger durch. Ich geh' und mach' Stallarbeit!“

Wortlos kam der Robert mit ihm. Eine Stunde lang

arbeiteten die beiden Bauern nicht nur das Notwendigste, sondern taten alles, um sich müde zu rackern. Einmal mußten sie dann doch ins Haus zurück.

Die Berta-Mahm werkelte am Herd herum. „Die Hebamm' und der Doktor müssen was essen", sagte sie, als wollte sie sich für die Störung entschuldigen.

„Die Traude?" fragte der Andreas.

„Eh recht gut." Aber er glaubte ihr nicht, denn sie rührte gar so wild in den Häfen herum.

Eine Weile wartete er zu, dann verlangte er: „Ich möcht' zu ihr. Gleich jetzt!"

„Sie schlaft endlich", verwehrte ihm das die Alte. „Gönn ihr die Ruhe!"

Ihm blieb keine Wahl, er mußte sich fügen. Der Traude zuliebe. Also zog er den Robert in die Stube und bettelte: „Bleib wenigstens du bei mir! Laß mich nicht allein. Wenn schon ich soviel Angst hab', wie muß erst die Traude leiden!"

Kurz nach Mitternacht schaute die Berta wieder zu ihnen herein und beruhigte den Anderl: „Mußt dich gar nicht heruntersorgen, es geht ihr recht gut. Das Fieber ist gestiegen, aber wir wissen: Hitze macht die Kranken schneller gesund."

„Sagt man", stimmte ihr der Andreas halbherzig zu, um sich wenigstens an dem kleinsten Strohhalm Hoffnung festzuklammern.

„Kindbettfieber?" flüsterte der Robert ensetzt, aber zum Glück hörte das weder die Mahm noch der Andreas. Als von der Kindskammer her ein winziger Jammerschrei ertönte, huschte die schwerhörige Alte davon.

Um fünf Uhr früh, als es vor den Fenstern des Sommer-Hofs noch tiefe Winternacht war, kam sie noch einmal in die Stube, trippelte wortlos zur Standuhr. Mit zittrigen Händen hielt sie das Pendel an.

Da wußte der Andreas Sommer, daß seine Frau gestorben war.

Beim ersten Tageslicht erstarb sogar der Sturm zur Gänze. Der Andreas Sommer stand, wie zu Stein erstarrt, am Fenster. Die Worte des Doktors gingen an ihm vorbei. Er begriff nicht eines. Der Hebamme bestätigte er: „Ja, dank' für alles, ich dank' euch."

„Dein Bub ist gesund", redete ihm die Zeling Rosa noch gut zu, aber was hätte er in dieser Stunde mit tröstenden Worten anfangen sollen?

Er schreckte erst zusammen, als er eine Hand auf seiner Schulter spürte. Der Pirker Robert brachte kein Wort des Beileids über die Lippen, sondern murmelte: „Das Unwetter hat nachgelassen. Wahrscheinlich komm' ich jetzt mit dem Geländeauto ins Dorf hinunter. Der Oberndorf und die Hebamm' müssen nach Laab."

„Ich dank' dir", sagte der Andreas auch zu ihm automatisch.

Während der Doktor, die große Ledertasche in der Hand, schon unruhig auf und ab ging, streichelte die Zeling dem Andreas über den Arm und sagte ihm, wie es nun weitergehen würde: „Sobald der Schneepflug gefahren und die Lawinenwarnung aufgehoben ist, schick' ich den Hallsteiner mit dem Totenauto herauf. Der holt . . .

Gelt, sie liegt da, wie sie eingeschlafen ist. Trag aber nichts von ihr zum Kindl. Man kann nicht wissen . . . und du willst bestimmt nicht auch noch deinen Buben verlieren."

„Will ich nicht", versprach der Andreas stumpf. Er hatte sich schon in einen Eisenpanzer geschlossen, durch den von außen her nichts mehr bis zu ihm dringen konnte. Nicht einmal mehr Tränen rannen ihm über die Wangen. Der Robert Pirker ließ drüben auf seinem Hof den Motor warmlaufen. Bald würde alles vorbei sein, wie wenn überhaupt nichts geschehen wäre.

Von der offenen Haustür aus beobachtete der Andreas, wie sich dann das Auto mit Allradantrieb durch die tiefen Schneemassen zur Straße hinüberquälte. Erst als ihn ein Schüttelfrost packte, bemerkte er, daß er noch immer regungslos vor der Tür stand, so als fürchtete er sich vor dem Hineingehen. Seine Dienstleute hatten zwischen den Wirtschaftsgebäuden tiefe Hohlwege in den Schnee gegraben. Sie getrauten sich nicht, zu ihrem Bauern herüberzuschauen. Beileidsworte wären ihnen ohnehin nur schwer über die Lippen gekommen, aber sie fühlten ehrlich mit ihm. Nachher stand der Andreas eine ganze Weile im Vorhaus und wußte nicht, was er hätte anfangen sollen. Das Haus war leer, im wahrsten Sinne des Wortes ausgestorben. Selbst als aus der Kindskammer Wimmern drang, sagte ihm kein Gefühl mehr, das käme von seinem Kind. Er hörte die Berta-Mahm mit gebrochener Altweiberstimme ein Wiegenlied summen, wie wenn ein Neugeborener schon darauf gehört hätte. Auch sinnlos. Alles sinnlos.

Langsam ging er auf die Tür zum Sterbezimmer zu, schloß sie auf. Im Kerzenschein sah er eine Gestalt am Bett kauern. Sie stand auf und murmelte ein paar Worte, die er nicht verstand. „Dank' dir, Gerti", flüsterte er. Als sie unentschlossen stehenblieb, bat er: „Laß mich mit ihr allein. Der Leichenwagen wird sie ohnehin viel zu bald holen."

Der Andreas ließ sich auf die Knie sinken. Er faltete die Hände wie zum Beten, sagte aber: „Gelt, Traude, jetzt ist zwischen uns alles wieder gut. Du hast mir verziehen, was ich manchmal in meinem Zorn gesagt hab'? Bist mir nicht mehr bös? Ich bin nur traurig gewesen ... Unser Andi tät' dich dringend brauchen. Niemand kann dich ersetzen, aber ich versprech' dir: Alles werd' ich für ihn tun. Wirst sehen ..."

Er verstummte erschrocken. Mit ihren geschlossenen Augen würde sie nie mehr etwas sehen können. Er machte ein hastiges Kreuzzeichen und rappelte sich mühselig auf. In dem Augenblick war ihm, als hätte er von draußen her ein Geräusch gehört. Doch nicht schon den Leichenwagen! Am Vorhangl vorbei, sah er das Geländeauto vor dem Haus stehen. Der Robert ging unschlüssig auf und ab, denn unaufgefordert traute er sich nicht ins Haus. Der Andreas wieder wagte es nicht, das Fenster aufzumachen, denn die Kerze hätte verlöschen, die Traude vielleicht frieren können. Also klopfte er leise an die Scheibe, und als der Pirker herschaute, gab er ihm mit gekrümmtem Finger das Zeichen zum Hereinkommen. Er ging ihm bis ins Vorhaus entgegen.

„Robert, willst sie noch einmal sehen?" Das klang eher wie eine Bitte.

Der nickte. Lautlos traten sie ins Sterbezimmer. Eine

Weile schaute der Pirker regungslos in das Gesicht der Toten, bis sich ein Schleier vor seine Augen legte. Auch wenn er dagegen ankämpfte, entrang sich seiner Brust ein trockenes Schluchzen. Er preßte die Fäuste vor den Mund. Dafür legte ihm der Andreas eine Hand auf die Schulter und sagte: „Mußt dich gar nicht schämen. Du hast sie doch auch liebgehabt. Jetzt hat sie uns allein gelassen, mich, das Büberl ... und dich."

Die Kette von Sorgen und Kummer riß deswegen noch lang nicht ab. Nach dem Begräbnis der Sommer-Bäuerin versank der Hof vorerst in dumpfe Stille. In der Schneewüste lag er genauso verloren wie ein Grabhügel auf dem tief verschneiten Dorffriedhof. Kein heftiges Wort fiel, aber auch jedes Lächeln war erstorben. Der Bauer rührte sich kaum jeweils aus der Stube, nur die alte Berta trippelte bei Tag und Nacht geschäftig durchs Haus. Bald wärmte sie dem Büberl Milch, dann legte sie es trocken oder badete es im verzinkten Blechschaff, wobei ihr eine Dirn Hilfsdienste leisten durfte. Die Mahm umhegte ihren Andi mit der gleichen hingebungsvollen Liebe wie einst ihren Anderl. Neben dem Stubenwagen hatte ihr die Burga eine Notliege aufgestellt, doch auf dem harten Lager spürte sie jeden Knochen ihres abgemagerten Körpers, und so kam sie wenig zum Schlafen. Beim ersten kleinen Kreischer des Andi schreckte sie ohnehin gleich in die Höhe. Sie rackerte sich beinahe bis zum Zusammenbrechen ab. Nach zwei Monaten wurde sie so schwach, daß ihr alle Augenblicke etwas aus den Händen fiel. Über ein zerbrochenes Milchflascherl des Andi konnte sie sich eine Stunde lang kränken. „Ich taug' halt nichts mehr, Anderl", klagte sie. „Es ist ein großes Unglück, wenn einem Kind die Mutter so bald stirbt. Aber auch als Alte darf ich jetzt nicht vor der Zeit in die Grube fahren. Wer könnt' sich um meinen Andi genug kümmern?"

Auf diese Stunde hatte eine vom Hof gewartet, die Schauer Gerti. Sie sagte am Herd: „Bauer, laß doch mich allein wirtschaften! Wenn ich mich allerweil mit der Burga abwechseln muß, bringt keine von uns etwas Gescheites zusammen. Auf die Dauer kannst du nicht nur von aufgewärmtem Zeug leben. Sobald die starke Frühlingsarbeit einsetzt, brauchen wir alle ein richtiges Essen. Ich schaff' den Haushalt neben der Feldarbeit, denn ich bin jung und fleißig. Aber zwei Weiber an einem Herd, das tut genausowenig gut wie zwei Bräute vor dem Traualtar."

Hinter ihrem Rücken machte die Berta-Mahm dem Andreas verzweifelt Zeichen, er sollte das ablehnen, aber diesmal hielt er Gertis Worte für recht vernünftig. Außerdem war er entschlossen, sich endlich einmal dagegen zu wehren, daß ihn die Alte herumschickte, wie wenn er noch ein unvernünftiger Bub gewesen wäre. Nicht zuletzt deshalb entschied er: „Paßt, Gerti. Du kümmerst dich mehr ums Haus. Außerdem kannst du beim Büberl mithelfen." Als die Berta gar so drohend mit erhobenem Zeigefinger durch die Luft stocherte, schränkte er die Zuständigkeit der Gerti etwas ein: „Gelt, ohnehin nur mit Windelwaschen und so. Im März packen ich, die Burga und die zwei Knechte noch leicht die Arbeit auf dem Hof, später kommst du mit uns hinaus."

Ein triumphierender Blick auf die Mahm, nachher versprach die Dirn: „Bauer, wirst mit mir ganz zufrieden sein.“

Die meiste Zeit verbrachte der Andreas Sommer in den Stallungen, aber der Mahm klagte er: „Wir werden die Arbeit mit dem Vieh doch nicht schaffen. Die Traude … fehlt uns.“

„Nimmst halt noch eine Dirn auf“, riet ihm die Alte. Während er gerade darüber nachdachte, warf sie ihm von unten her einen scharfen Blick ins Gesicht und brabbelte: „Nächstes Jahr, wenn die Trauerzeit vorbei ist, solltest du dich wieder nach einer Frau umschauen. Der Hof braucht eine Bäuerin, das Büberl eine Mutter, und ein gesundes Mannsbild …“

Er ließ sie stehen und rannte aus dem Haus. Von diesem Tag an besprach er auch mit ihr keine persönlichen Sorgen mehr. Ohne mit jemandem darüber geredet zu haben, stellte er Maschinen ein, für die er beinahe mehr Geld ausgab, als ihm die Banken noch leihen wollten. Dafür baute er die Stallungen so um, wie es die Fachleute für modern hielten. Automatisch kriegten Rinder ihr Heu in die Raufen, von allein füllten sich die Tränken. Der Schweinestall war sauber gekachelt. Hühner, Gänse und Enten wurden ebenfalls automatisch versorgt, doch hatte der Andreas schon bei der Auswahl der Apparate verlangt: „Keine Batteriekäfige! Auf meinem Hof wird kein Vieh aus Profitgier geschunden oder geschoppt, und Massentierhaltung gibt es bei uns Bergbauern erst recht nicht.“

Selten noch hatte der Hannes seinem Bauern widersprochen. Er war halt ein bissel schwerfällig im Denken, aber diesmal wollte er den Mund nicht halten. „Bauer, merkst du nicht, wie armselig unsere Säu' in ihrem gekachelten Badezimmer herumhocken?" meuterte er. „Gut, es stinkt nicht mehr so arg, und das Ausmisten macht fast keine Arbeit. Aber was eine Sau ist, die will auch wie eine Sau leben! Bauer, könntest du in einem sterilen Operationssaal fröhlich hausen? Dabei bist du nicht einmal eine Sau!"

„Geh und mach Häcksel!" verjagte ihn der Andreas auf die Tenne. Dort mußte man sich jetzt auch nicht mehr plagen, denn auf Knopfdruck erledigte eine elektrische Maschine beinahe alle Arbeit.

Der Frühling kam mit seiner Blumenpracht und den todbringenden Lawinen von den Bergen herunter. Die ganze Natur erwachte wieder zum Liebeswerben. Tier und Mensch stürmten glücklich aus der Enge der Gebäude, in die sie nahezu ein halbes Jahr lang eingeschlossen gewesen waren. Nur der Sommer-Bauer blieb in seiner Trauer eingesperrt wie in einem Kerker ohne Licht und Wärme.

Ein-, zweimal am Tag brachte ihm die Berta-Mahm den kleinen Andi, aber viel wußte er mit dem Säugling auch nicht anzufangen. Der schrie, aß, trank und machte in seine Windeln. Das Bild der Traude war im Andreas noch kein bissel verblaßt, aber sein Glück über das Büberl wurde von Tag zu Tag schwächer. Beinahe so, wie wenn er dem Kleinen eine Mitschuld am Tod der Mutter aufgebürdet hätte! Der Andi wurde für ihn bestenfalls zum Hoferben, der dazugehörte wie er selbst, wie auch die Dienstleute und das Vieh, die Wiesen und die Wälder. Alles sollte der Bub kriegen, was er brauchte, um gesund, groß und stark zu werden. Nestwärme und Liebe gab ihm einstweilen nur die alte Berta-Mahm.

In den ersten Julitagen wurde die Arbeit noch viel härter. Für die Alm hatte der Andreas wieder seine tüchtige Sennerin aufgenommen, die das Vieh betreute und die Wirtschaft besorgte. Auch der Pirker Robert durfte sein Vieh hinaufbringen. Dafür stellte er einen Knecht und besorgte den Transport von Milch, Butter und Käse mit dem Geländeauto nach Laab hinunter. Beinahe war alles wie früher. Nur die Traude Sommer fehlte, die lag auf dem Dorffriedhof. Sooft der Andreas in den Ort hinunterkam, brachte er ihr einen Strauß Wiesenblumen aufs Grab.

Nach Feierabend machte der Sommer-Bauer noch Holz wie ein Knecht, als fürchtete er sich, ins Haus zu gehen. In die Küche, wo ihm die Traude das Essen auf den Tisch gestellt hatte. In die Stube, wo er mit ihr an vielen stillen Abenden beisammengesessen war. In die Schlafkammer, wo ihn jetzt nur noch Alpträume quälten. Aber die Plage bei der Arbeit reichte nicht, um ihn müde zu machen. Die elektrische Kreissäge schnitt auch dicke Stämme rasch zusammen, die Scheite hackte er nicht mehr, die spaltete er mühelos mit Hilfe einer Maschine.

Bei der Nacht ging er manchmal in den Kuhstall, hockte sich auf eine Futterkiste und lehnte sich mit dem Rücken gegen die Wand. Er mußte nur die Augen zumachen, es sich fest wünschen, dann geschah immer dasselbe: Bilder aus einer glücklichen Zeit tauchten vor ihm auf. Die schönste Bäuerin von weit und breit lächelte ihm zärtlich zu. „Traude“, bat er flüsternd, „lös doch deinen Haarknoten.“ Seidenweich fiel der rotbraune Schleier bis an ihre nackten Schultern. Ihre Blicke lockten ihn, die Lippen öffneten sich . . . aber sprechen konnten sie nicht mehr. Dafür gelobte er ihr: „Ich werd' dich allerweil liebhaben. Das kann nie mehr aufhören."

„Bis du den Verstand verloren hast", flüsterte ihm eine Stimme aus der Dunkelheit zu. Diesmal hatte er sie deutlich gehört. Als die Gestalt in den Lichtschein trat, wurde ihm bewußt, daß es nicht die Traude war. Sie sagte: „Redest du schon mit dir? Oder hast du am Ende gar mich gemeint?"

Vielleicht wollte sie ihn wirklich aus seiner Traurigkeit erlösen, aber die Enttäuschung nach dem Erwachen machte ihn gegen sie feindselig. „Was rennst du mir schon wieder nach?" fuhr er sie unfreundlich an.

Die Schauer Gerti machte einen Schritt von ihm weg und sagte zornig: „Denk dir nichts, Bauer! Ich hab's noch lang nicht notwendig, einem Mannsbild nachzurennen. Aber du kannst einem halt leid tun. Dein Leben muß weitergehen, denn davon hängt auch unseres ab! . . . Deshalb bin ich gekommen: Die Mahm schickt mich. Du sollst zu deinem Buben schauen. Ich fürcht', da hat's was, der Kleine plärrt wie am Spieß. Grad' daß es einem das Herz abdrücken könnt'. Falls man überhaupt eines hat!"

Der Andreas Sommer ging an ihr vorbei und zum Wohnhaus hinüber. Bis zur Tür hörte er die Alte von der Schwelle der Kindskammer her kreischen: „Daß du halt auch schon daherkommst! Die Gerti schick' ich einmal um meinen Tod! Da werd' ich hundert!"

„Was hat's?" fragte er eher ärgerlich als besorgt.

Die Berta trippelte zur Gehschule, in deren Mitte der

Andi hockte und sich bemühte, einem Holzpferd den Kopf abzubeißen. Sie wartete, dann schimpfte sie: „Kindermachen ist alles, was ihr Mannsbilder könnt, aber verstehen tut ihr von ihnen einen Schmarren! Na?“

„Was denn?“ Er wurde ungeduldig, denn die Mahm behandelte ihn viel zu oft wie einen unmündigen Buben. Oder wie einen Deppen!

Jetzt überzog sich ihr Gesicht mit einem sonnigen Schein. „Wie ich ihm vorhin sein Koch gegeben hab’, ist er mir weinend geworden. Du weißt, er plärrt allerweil, wenn er eine Milchspeis’ essen soll, aber so schnell geb’ ich nicht auf. Und plötzlich scheppert etwas am Löffel. Geht dir noch allerweil kein Licht auf, du Rabenvater?“

„Ach so, ein Zahn?“ Mit einem Mal wurde es auch dem Andreas so feierlich zumute, wie wenn er ein Wunder miterlebt hätte.

„Der erste“, flüsterte die Mahm. Inzwischen war der Andi wieder gutmütig geworden und wehrte sich nicht besonders, sondern ließ den Zahn anschauen wie ein junges Roß auf dem Viehmarkt. „Schau, Anderl, zwei Zacken schimmern durch die Haut. Mein Gott, wenn das die Traude wüßt’! Aus dem Grab tät’ sie steigen und zu ihrem Büberl kommen!“

Diese Worte fand der Sommer-Bauer zwar übertrieben, aber vor ihm zerriß der graue Schleier, der ihm die Welt stumpf und farblos gemacht hatte. Plötzlich war es wieder da, dieses unfaßbare Glücksgefühl: „Mein Bub!“

Im nächsten Augenblick rannte er zur Tür der Kindskammer hinaus. Bei der Küche hätte er beinahe die Gerti umgestoßen, die ungeduldig nach ihm ausschaute. Noch bevor sie zu jammern anfing, sprang er schon über den Wirtschaftshof davon. Zu den anderen Dienstleuten sagte sie: „Jetzt hat er sein letztes bissel Verstand verloren." Sie sah ihm durchs Fenster nach. „Wie der zum Pirker-Hof hinüberteufelt, könnt' man meinen, es brennt!"

Mit beiden Fäusten drosch der Andreas an die Haustür, bis der Robert herauskam und erschrocken fragte: „Ein Unglück?"

„Unser Büberl kriegt einen Zahn, den ersten!" rief er. „Komm, Robert, du mußt dir den ersten Zahn von dem Prachtbüberl anschauen!"

Noch immer nicht hatte sich die Berta-Mahm damit abgefunden, daß ihr Anderl dem Lumpen vom Pirker-Hof verziehen habe sollte. Zu ihrer Zeit wär' so etwas nicht möglich gewesen, da hätte der Hopf den Schuft auf der Blutwiese wenigstens zum Krüppel geschlagen. Statt dessen schleppte ihn der Anderl noch in die Kindskammer!

Nur einen Blick durfte der Robert auf den Andi werfen, schon greinte die Alte: „Langt!" Dabei schob sie ihren kleinen, dürren Körper zwischen den Pirker und den Buben. Als auch das nichts nützte, stieß sie ihn mit ihrem knochenspitzen Hintern weg und schrie: „Schau, daß du hinauskommst, Pirker! Du hast hier kein Recht!"

In der Küche hockten die Dienstleute beisammen. Als der Bauer mit dem Nachbarn hereinkam, verstummten sie. Der toten Bäuerin wollte keiner mehr einen Stein ins Grab nachschmeißen, aber die ganze Feindseligkeit und Verachtung galt dem Pirker.

„Wir gehen gleich schlafen, Bauer", sagte die Burga und überhörte den Gruß des Robert. Die zwei Männer gingen in die Stube, aus der man sie reden, manchmal sogar lachen hörte.

Die Gerti flüsterte: „So einem tät' ich nicht einmal mehr die Hand geben. Ich versteh' unsern Bauern nicht: Da kränkt er sich noch allerweil um seine Frau herunter, daß er halb narrisch wird, aber mit dem Lumpen . . ."

„Still bist!" zischte die Burga. „Wenn er dich hört, könnt' er dich leicht zum Teufel jagen! Ich versteh' diese Freundschaft auch nicht, denn ich hätt' ihm eher eine Heugabel in den Bauch gerannt!"

Es wurde lang nach Mitternacht, bis der Andreas seinen Nachbarn zur Haustür begleitete. Dort vergewisserte er sich noch einmal: „Findest du allein auf deinen Hof, oder soll ich dich heimbringen?"

Sie reichten einander auch jetzt nicht die Hände zum Abschied, denn das war zwischen den Bauern von Laab nicht üblich, aber der Andreas schaute ihm besorgt nach, wie der Robert schwankend die Wiesen überquerte.

Eine warme Sommernacht. Die Bergwände stachen, vom Mond weißlich beschienen, ihre Zacken in den sternenübersäten Himmel. Leichter Wind vom Fels herunter streichelte wie liebkosend über sein Gesicht. In solchen Nächten war er mit der Traude oft über den Rain zum Wald hinaufgegangen, zärtlich umschlungen. Manchmal wollten sie gar nicht mehr ins Haus zurückkommen, sondern lieber im Heu schlafen. Köstliche Nächte voller Liebe und Zärtlichkeit und Leidenschaft.

Nur schwer löste er sich von solchen Erinnerungen, versperrte die Haustür und ging in seine Kammer.

Am nächsten Morgen ging der Andreas mit einem unguten Gefühl in die Küche. Die Gerti stand schon am Herd und blies durchs Feuertürl die Glut an. Vom Vorhaus her hatte sie seinen Schritt erkannt, drehte sich aber nicht nach ihm um. Dafür wünschte er um so freundlicher: „Guten Morgen."

Sie werkte weiter herum. Erst als sie ihm sein Häferl Kaffee auf den Tisch stellte, fragte sie: „Geht's dir schon besser, Bauer? Bei der Nacht hab' ich dich wieder aus deiner Kammer her jammern gehört."

„Manchmal träum' ich schlecht", redete er sich aus, denn niemand mußte wissen, daß er oft genug mit der Traude redete. „Stell mir das Salz auf den Tisch."

Er schnitt sich einen Ranken Brot ab und strich Schmalz drauf. Die Gerti setzte sich zu ihm, sie nutzte die Gunst der Stunde. „Sag's, daß ich mich im letzten halben Jahr recht gut in den Haushalt gefunden hab'! Neben der Arbeit auf dem Feld und mit dem Vieh!"

„Bist tüchtig, Gerti", lobte er sie. Mehr wollte er ihr nicht zugestehen. Darum atmete er auf, als die anderen Dienstleute in die Küche kamen. Die Berta-Mahm holte warme Milch fürs Büberl. Schnell stopfte der Andreas den letzten Bissen in den Mund und wollte schon gehen, aber die Mahm schaute ihn gar so bittend an. Weil es ihm also nicht erspart blieb, sagte er freiwillig: „Komm' ich halt mit dir, dem Andi einen guten Morgen wünschen. Jetzt freut er sich, 'bald er mich sieht."

Im Augenblick, als er die Tür hinter sich ins Schloß ziehen wollte, hörte er flüstern: „Wenn er den Pirker sieht, freut er sich genauso."

Diese Gemeinheit trieb ihm das Blut in die Wangen. Warum redeten sie sogar auf seinem Hof grauslich über das Kindl?

Als ihn der Andi sah, jauchzte er auf, streckte ihm die Ärmchen entgegen und jammerte ums Herausheben. Gleich keppelte die Berta-Mahm: „Mußt ihn nicht so schnell aus dem Stubenwagen holen, nur weil er einen Raunzer macht. Wie du ihn verwöhnst!"

Das Büberl verzog das Gesicht zu einem kläglichen Weinen. Schon wiegte es die Alte in ihren Armen, wobei sie ihm singend zulispelte: „Mein Andi, mein armer Andi, ist doch alles gut!"

Was seine Sorgen mit den Frauen betraf, konnte er sich noch allerweil am besten beim Robert aussprechen. Am Vormittag fuhren sie mit dem Geländeauto auf die Alm. Der Pirker merkte ihm den Kummer an und fragte: „Gibt's was mit dem Andi?"

Zwar schüttelte der Andreas den Kopf, aber er sagte: „Später. Wenn wir wieder von der Alm herunterfahren. Ich mag nicht vor der Birgit reden."

Die Sennerin Birgit Berghuber war erst fünfundzwanzig und fast allerweil zu jeder Gaudi aufgelegt. Jedenfalls kein Kind von Traurigkeit. Das Wort, daß es auf der Alm keine Sünd' gäb', galt für sie nur, solang weit und breit kein Mannsbild zu sehen war. Ihr Schaden, daß sie nachher ausgerechnet die anständigen und weniger frechen mit ihrem scharfen Mundwerk verschreckte.

Vom Vieh und der Milchwirtschaft verstand sie eine ganze Menge. Dem ankommenden Geländeauto winkte sie noch fröhlich zu, aber nachher konnte sie an diesem

Tag mit echter Lustigkeit dem Sommer-Bauern kein Lächeln ablocken. Nach einer Weile gab sie derartige Bemühungen auf und half nur noch tüchtig mit, die silbrigglänzenden Milchkannen, zwei Körbe mit Butterstriezeln und einen mächtigen Laib Käse ins Auto zu laden.

Selbst mit ihrem Angebot zu einer kräftigen Brotzeit fand sie diesmal kein Glück. Unwillkürlich hatte sie sich ein bissel in den Hüften geschwungen, aber nun murmelte sie gekränkt: „Aufdrängen muß ich meine guten Sachen niemandem." Und den beiden Bauern im davonfahrenden Auto keifte sie noch nach: „Da lebt man in der Einsamkeit wie eine Nonne, aber nicht einmal zwei so g'standene Mannsbilder halten etwas von ein bissel Gaudi. Tu' ich halt lieber meinen Rindviechern schön, die sind mir wenigstens dankbar!"

Während der Talfahrt konnte sich der Andreas noch immer nicht zum Reden überwinden. An diesem Vormittag sah er keinen Sonnenschein und schaute nicht einmal hin, als der Robert sagte: „Das Korn wird bald reif. Wenn uns der Herrgott nicht mit Hagel dreinfahrt, könnt' es ein gutes Jahr werden."

Die Milch brachten sie in die Molkerei von Laab, Butter und Käse lieferten sie beim „Adler" ab. Dann ging der Robert aufs Gemeindeamt, um mit dem Bürgermeister über die Baugenehmigung zum Erweitern seiner Stallungen zu reden. Der Andreas schleppte drei Körbe mit Butter und Käse ins Magazin des Kramerladens. Voller Bewunderung seufzte die Bergler Martha: „Wie du stark bist, könnt' ich grad' schwach werden!"

Statt hinzulangen oder wenigstens frech zu reden,

ging er schnell in den Laden zurück und sagte: „Die Rechnung bekommst du nächste Woche. Pfüat dich, Martha!"

Als eine Viertelstunde später ihr Mann, der Bertl, vom Markt zurückkam, kriegte er ein besonders liebes Bussel zur Begrüßung. Er hingegen schaute sie eher mißtrauisch an, denn sie hatte vergessen, die zwei obersten Knöpferl an der Bluse wieder zu schließen. Damit seine Phantasie nicht gar zu weit in die Irre ging, erzählte sie ihm bereitwillig: „Der Sommer-Bauer hat geliefert. Ich sag' dir: Ein Wunder, daß dem die Butter nicht ranzig und die Milch nicht sauer wird! So ein Grantscherben, ein langweiliger! Ehrlich, jetzt kann ich allerweil besser verstehen, warum sich die Traude – Gott hab sie selig – manchmal ein bissel Freud' mit einem anderen gesucht hat."

Inzwischen fuhr der Andreas schon mit dem Robert zum Dorf hinaus, und da schlug er ihm vor: „Jeder eine Halbe? Ich muß mit dir was bereden."

Der Pirker fühlte sich mit dem Andreas in dieser Gegend überhaupt nicht wohl, aber das zeigte er nicht und hielt bei der „Fischerhütte". Im Augenblick waren sie die einzigen Gäste, weshalb ihnen der Steindl-Wirt eifrig einen Tisch im Gastgarten abwischte und anpries: „Was zum Essen? Wenigstens eine Brotzeit? Frische Schlachtplatte, alles hausgemacht!"

„Wir haben nur Durst", enttäuschte ihn der Andreas ein bissel. „Lois, bring uns zwei Halbe."

Sie setzten sich in den Schatten, und somit mußte der Andreas zu reden anfangen. „Ich krieg' Schwierigkeiten mit der Gerti. Erst hat es mir getaugt, daß sie sich so gut um den Haushalt kümmert und außerdem beim Vieh mithilft. Aber das langt ihr nicht."

Der Robert nickte wissend. „Im Haus eines Witwers macht sich jede Dirn gewisse Hoffnungen. In der letzten Zeit spielt sie sich auch gegen mich auf, wie wenn sie schon die nächste Bäuerin wär' und mich hinausschmeißen könnt'. Wenn du meinen Rat hören willst: Verjag sie rechtzeitig! Wirst du nur einmal schwach, aus der Schlafkammer kriegst du sie nicht wieder hinaus!"

„Wer redet von der Schlafkammer? So weit ist es noch nicht, denn ..." Rechtzeitig verstummte er. Da brachte die Steindl Dori vom Haus her zwei Bierkrüge. Sie war bei der Hausarbeit gewesen, trug einen alten Arbeitskittel mit einer Schürze davor. An den nackten Füßen hatte sie Holzschlapfen. Ein bissel putzte es sie nur auf, daß unter dem grauen Kopftuch ein paar rotblonde Haarsträhne hervorschauten. Die waren ihr in den letzten Monaten wieder länger gewachsen. „Grüß euch!" sagte sie so freundlich wie immer.

„Allerweil fleißig!" lobte sie der Robert, um ihr wenigstens etwas Nettes zu sagen. Der Sommer-Bauer blieb schweigsam, er war zu tief in seine Sorgen vergraben.

„Fehlt noch was?" Sie dachte an Bierbrezen.

Um nicht ganz stumm wie ein Haubenstock dazuhokken, fragte sie der Andreas ohne jede Absicht: „Gibt's im Geschäft viel zu tun?"

Bereitwillig antwortete sie: „Eigentlich geht's schlecht. Im Augenblick. Unter der Woche arbeiten die Bauern und ihre Leut' schwer. Grad' am Sonntag kommen ein paar zu uns heraus, die im Garten sitzen oder auf dem Weiher Boot fahren wollen und ..." Sie verstummte und ging ins Wirtshaus zurück.

Beim ersten Schluck, der schon im Halse verzischte, schaute ihr der Robert noch nach und sagte: „Die hat auch nicht viel vom Leben. Nichts als Arbeit. So anständig sie ist, hört sie vom Vater wenig Freundlichkeiten. Der wacht streng über sie wie ein Kettenhund, und die Mutter kann ihr nicht helfen. Dabei hätt' sie ein goldenes Herz, die Dori. Schade, daß man ihr das von außen nicht ansieht."

Inzwischen war der Andreas mit den Gedanken schon wieder bei seinen Schwierigkeiten und grollte: „Die Gerti ist wie die anderen Dirndln auch. Die gehen aufs Heiraten aus, und wenn eine den Bauern von ihrem Hof erwischt, klatscht sie mit einem Schlag gleich zwei Fliegen."

Der Robert redete weiterhin nur von der Dori: „Die heiratet so schnell keiner. Gut g'stellt ist sie bestimmt, aber sonst grad' keine Schönheit. Sie putzt sich kein bissel heraus, aus lauter Angst, einer könnt' sie zu lieb anschauen. Zimperlich! Wer wollt' schon so eine heiraten?"

„Recht lieb ist sie!" unterbrach ihn der Andreas unwillig. „Aber was kümmert mich die Dori? Mein Sargnagel heißt Gerti. Einstweilen rennt sie mir bis in den Stall nach. Wenn ich nicht aufpass', frißt sie mich mit Haut und Haaren!"

Ganz so tragisch nahm der Robert dieses Gejammer nicht, weshalb er nur mit einem Lacher riet: „Sperr bei der Nacht deine Kammer gut ab, und schick die notleidende Dirn auf meinen Hof herüber. Vielleicht mach' ich sie vernünftig." Als der Andreas auch in diesen heiteren Ton nicht einstieg, sagte der Pirker bereitwilliger: „Stimmt.

Wenn die Schauer Gerti was erreichen will, ist ihr fast jedes Mittel recht. Ich hab' nur einmal gesehen, wie sie das Roß den Berg hinaufgepeitscht hat. Grad' leid hat mir das arme Viech getan!"

Somit reichte es dem Andreas. „Die schick' ich fort! Besser heut als morgen! Spätestens nächste Woche."

Ein Gefühl warnte den Robert, er könnte leichtfertig schon wieder ein Unheil ausgelöst haben. Also strich er sich sorgenvoll über die Stirn und dachte ernsthaft nach. „Gut, daß du mich gefragt hast, denn du zahlst bei den Weibern allerweil drauf."

Für ein paar Augenblicke verstummte er ganz erschrocken, dann redete er rasch weiter. „So einfach solltest du sie auch wieder nicht verjagen. Schaff dir keine Todfeindin, denn Weiberhaß zündet schneller als ein Blitz! Wart zu, es wird sich einmal die günstigste Gelegenheit finden, daß du sie los wirst. Am besten, sie bildet sich ein, du wärst für sie ohnehin nicht gut genug. Sei recht langweilig! Hast mich?"

„Kein schlechter Rat", urteilte der Andreas und fühlte sich tatsächlich besser.

Sie fuhren mit dem Auto auf den Berg zurück. Das letzte Stück vom Pirker-Hof heim machte der Andreas zu Fuß. Ihn beunruhigte ein neues Gefühl, das er nicht erkannte, von dem er nur wußte, daß es einfach da war. Darum ging er nicht gleich ins Haus, sondern hockte sich allein auf die Bank im kleinen Gemüsegarten. Von hier aus blickte er weit über das Tal bis zu den gegenüberliegenden Bergen. Tief unten schlängelte sich die Landstraße zwischen Feldern und Wiesen dahin. Vom Dorf Laab am Berg sah er die Kirche, das Pfarramt, die Gemeinde und das Wirtshaus „Zum Adler“. Die meisten Höfe duckten sich hinter sattgrüne Baumkronen. Weiter draußen schimmerte silbriggrau der Weiher, an dessen Ufer sich dunkel das Bootshaus abhob. Und der Gasthof „Fischerhütte“.

Während der nächsten Tage stellte der Sommer-Bauer alles an, um der Schauer Gerti auszuweichen. Die merkte das und zog sich vorerst schweigend zurück. Gerade so viel Friedfertigkeit machte sie ihm unheimlich. Ohne daß die Berta-Mahm seine Sorgen gekannt hätte, sagte sie zu ihm: „Langsam könnt' ich vor der Gerti beinahe Angst kriegen. Mich schaut sie oft an wie eine Schlange die Maus, bevor sie ihr die Giftzähn' hineinhaut!“

Seine Antwort konnte sie nicht abwarten, denn sie mußte losrennen. Der Andi krabbelte in einer Gehschule vor dem Küchenfenster. Auf der Wiese konnte ihm nichts Böses geschehen. Langweilig wurde ihm, und als ein recht verwöhntes Kind begann er zu raunzen. Bevor er noch weinend wurde, nahm sich die Gerti um ihn an. Sie hob den Buben auf und stemmte ihn gaudig in die Luft.

„So eine narrische Urschel!“ keifte die Berta erschrokken, „die laßt ihn mir noch fallen!“

Aber das Büberl jauchzte, und die Dirn sagte so laut, daß der Andreas jedes Wort bis in die Küche hörte: „Jetzt gehen wir zu deinem Vater. Der soll ruhig sehen, wie gut wir uns vertragen, du und ich. Bist ein wunderschönes Kerlchen, nur nicht ganz so goldhaarig wie er.“

Sie stellte sich, als entdeckte sie ihn erst jetzt hinter dem Vorhang, lächelte zu ihm her und forderte den Andi auf:

„Schick deinem Vater ein Bussel! Schau, so: die Lippen zuspitzen und nachher richtig schnalzen!“

Das zeigte sie ihm vor, nachher gleich noch einmal. Die anderen Dienstleute waren ohnehin weder blind noch taub.

Am Abend kam die Gerti zum Andreas in die Stube. Sie hatte sich nach Feierabend umgezogen und schaute recht hübsch aus. Dazu wiegte sie beim Gehen reizvoll die Hüften und klagte: „Bauer, schaff einmal Ordnung! Der Hannes und der Toni ziehen mich dauernd auf. Sie reißen über mich sogar unanständige Witze, nur weil ich keinen von ihnen fensterln lass'!“

Rechtzeitig erkannte er die Gefahr. Ihre Vorwürfe tat er mit einem Lacher ab, doch um sie nicht ganz grantig zu machen, gestand er ihr zu: „Du bist halt ein sauberes Dirndl.“ Das Leuchten in ihren Augen dämpfte er wieder ab, indem er ihr riet: „Spiel nicht mit beiden herum, sondern entscheid dich für einen oder keinen. Nachher hast du deine Gaudi, wenn nicht, so doch deine Ruh'. Du bist die jüngste Dirn weit und breit und ...“

Dankbar hakte sie ein: „Gelt, nicht meine Schuld, daß die Burga schon mehr als einen Vierziger auf dem Buckel hat! Sie sollte sich beim Essen mehr zurückhalten, dann würde sie nicht jede Woche dicker werden. Mir ist sie feindselig und neidisch, denn ich gefall' eben besser als sie. Heute hab' ich ihr nur gesagt, sie dürft' beim Melken nicht so ungeduldig am Euter herumreißen. Dafür hat sie mir boshaft hergeschnabelt: ‚Ich werd' mich bemühen, Bäuerin!‘ hat sie gesagt. Mein Gott, ich kann's halt nicht leiden, wenn jemand mit dem wehrlosen Vieh derb umgeht.“

Diese Worte wären geschickt auf eine empfindsame Stelle des Bauern gezielt gewesen, aber akkurat da fiel diesem ein, was ihm der Robert gesagt hatte: herzlos das Pferd mit dem schweren Wagen auf den Berg hinaufgepeitscht!

Also lächelte er nur eisig und ging aus dem Raum.

Drei Tage lang hielt auf dem Sommer-Hof die Ruhe, dann goß ausgerechnet die Berta-Mahm unwissentlich Öl ins Feuer der Gerti. Wenn jemand dem Andi etwas Gutes tat, zerschmolz halt ihr Herz. Sie drückte die frischgewaschenen Windeln an ihre Wangen und fand sie so mollig weich wie noch nie. Fein geschnittenes Hühnerfleisch mit Kartoffelbrei, die Lieblingsspeise des Andi, stand vorbereitet da. Gerührt lobte die Berta das Dirndl: „Bist tüchtig, Gerti. Du verstehst was vom Wirtschaften und weißt, wie man für ein Kindl sorgt. Tragst du mir das Schaffel mit dem Badewasser für den Andi in die Kindskammer?"

„Freilich, Berta-Mahm", dienerte die junge Magd und bat sich recht lieb aus: „Dürft' einmal ich das Büberl baden? Versteht sich, unter deiner Aufsicht, denn du bist ihm schon was wie die gute Großmutter geworden."

Vor Rührung kriegte die Alte glänzende Augen. Sonst war sie allerweil mißtrauisch und wachsam wie ein Kettenhund, aber auf solche Worte der Gerti Schauer fiel sie herein. Die verstand es halt, bei jedem an den empfindlichsten Stellen zu schmeicheln oder weh zu tun.

Sie arbeiteten auf der Weide, besserten Zäune aus, nagelten an das Gatter ein paar neue Bretter. Als der Hannes aufschaute, legte er die Hand über die Augen und flachste:

„Bauer, so ein schönes Bild! Man könnt' fast meinen, da käm' deine Zukünftige mit eurem Kind!"

„Red nicht so deppert daher!" fuhr ihn der Andreas wütend an. Zur Gaudi duckte sich der Hannes, wie wenn er Angst vor Schlägen gehabt hätte, und der Toni lachte glucksend unterdrückt.

An diesem Tag brachte die Gerti die Brotzeit mit einem Leiterwagen. Hinten hatte sie den Essenskorb aufgestellt, daran lehnte sich der Andi. Je wilder die Räder über die Grasmugel holperten, desto fröhlicher jauchzte der Bub.

Zwar winkte ihr der Andreas zu, aber er warnte seine Leute: „Macht mir die Dirn nicht ganz narrisch! Wenn einer von euch sie zur Gaudi mit ‚Bäuerin' anredet, kann er leicht erleben, wer da noch allerweil der Bauer ist! Macht ihr mich fuchtig, so schmeiß ich alle hinaus, euch genauso wie die Gerti. Wenn es sein muß, auch mitten während der stärksten Arbeit! Nachher hab' ich wenigstens meine Ruh'!"

Nicht einmal mehr der Hannes getraute sich dagegenzureden. Er beteuerte nur: „Ich hab's wirklich nicht boshaft gemeint, sondern nur ein bissel Unsinn getrieben. Wie man halt ein Dirndl gern aufzieht."

Schon kam die Gerti so nahe, daß sie etwas von der Streiterei mitbekommen hätte, und das wollte niemand. Der Andreas ging ihr entgegen, packte aber nur sein Büberl und ließ es auf den Schultern reiten.

„Heut gibt es eine besonders gute Brotzeit!" verkündete die Gerti und schaute lachend im Kreis. Dem Bauern schenkte sie einen noch heller strahlenden Blick. Als sie ihren Korb auspackte, zauberte sie außer dem üblichen

Speck, Brot und Most noch frische Krapfen hervor. „Die hab' ich grad' vorhin für euch gebacken. Wer sich bei der Arbeit so hart schindet, muß auch gut essen!"

Mit solcher Freundlichkeit belohnte sie die Leute in einer Art, wie wenn sie die Bäuerin gewesen wäre. Der Andreas stellte sich noch immer, als merkte er das nicht, und balgte mit dem Andi im Gras herum. Auch der Toni wurde wieder übermütig, hielt sich zwei Krapfen an die Brust, verdrehte die Augen und flüsterte: „Gerti, hast du 'leicht noch schönere?"

Diesmal lachte nicht einmal mehr der Hannes. Der Bauer war aufgesprungen, schien aber von der Gaudi nichts bemerkt zu haben, denn er suchte argwöhnisch den Waldrand ab. Hinter ihm keifte die Burga los: „Jetzt siehst du, Bauer, wie du dich auf so einen Hüterbuben verlassen kannst: Der kommt schon unter der Woche . . ."

Mit einer herrischen Handbewegung stellte sie der Andreas ab. „Ich fürcht', da ist was geschehen! Hoffentlich hat sich keine Kuh verstiegen!"

Von weitem schwenkte der Loisi beide Arme wie Windflügel. Nachher stellte sich heraus, daß das Unglück noch viel ärger war als befürchtet. Der Bub verteidigte ohnehin seine Sennerin genauso, wie sie ihm das eingeschärft hatte: „Sie hat der Kuh nichts angetan, das depperte Rindvieh ist plötzlich grundlos wild geworden und hat ihr das Horn gegen die Brust gerannt. Das schaut nicht schön aus, Bauer!"

Schon rannte der Andreas zum Pirker-Hof. Mit ein paar Worten erklärte er dem Robert, was auf der Alm geschehen war, und noch in derselben Minute rasten sie mit dem

Geländeauto nach Laab hinunter. Zum Glück trafen sie den Oberndorf daheim an, bereit, der Verunglückten zu helfen. Nur seine Frau keifte: „Daß er nicht einmal in Ruhe essen kann! Magengeschwüre wird er kriegen!"

Der Doktor drückte ihr ein Bussel auf die Schläfe und beruhigte sie: „Ich werd' der Kuh sagen, sie soll das nächste Mal auf meine Mittagszeit Rücksicht nehmen."

Er fuhr mit seinem alten Rostkübel bis zum Sommerhof, dort stieg auch er zum Pirker ins Geländeauto um, der sie alle auf die Alm brachte. Unterwegs murmelte der Andreas immer wieder verzweifelt: „Nix als lauter Unglück, eines nach dem anderen. Auf meinem Hof komm' ich zu keiner Ruh' mehr!"

Der Hüterbub hingegen fühlte sich im Auto sauwohl, denn er war schon froh, daß er nicht zu Fuß bis zur Alm latschen mußte. Auf den ersten Blick bot sich dort ein Bild voll Frieden und Harmonie. Als sie aber vor der Sennhütte hielten, sagte der Loisi ein bissel zittrig: „Ich hab' sie in ihre Kammer geschleppt und in die Bettstatt gelegt. Weil sie kaum mehr hat stehen können!"

Der Oberndorf ging allein zu ihr, untersuchte sie und kam nach etwa zehn Minuten wieder heraus. Schmunzelnd berichtete er: „Zum Glück ist die Birgit eine echte Sennerin, oben herum gut gepolstert. Nichts gebrochen, aber die Fleischwunde muß ich nähen. Vorerst hab' ich sie fest bandagiert, damit wir sie mitnehmen können."

„Ins Krankenhaus?" sorgte sich der Andreas.

Aber der Doktor beruhigte ihn gleich: „So arg ist es auch wieder nicht. Du hast doch auf deinem Hof eine Kammer, die du für sie einrichten kannst?"

„Das schon“, sagte der Andreas zu. „Paßt schon, Herr Doktor, du mußt uns nur genau sagen, was wir machen sollen.“

Während der Oberndorf seine Tasche einräumte und nachher die Hände am Brunnentrog unters Wasserrohr hielt, versprach er: „Komm' ich halt wieder zu dir in die Einschicht. Eines ist klar: Die Berghuber Birgit kannst du nicht so schnell wieder auf die Alm schicken. Was da zusammenwachsen muß, sind grad' keine Kratzer. Wenigstens einen Monat lang wird sie nichts Schweres schleppen dürfen, und möglicherweise dauert es noch länger, bis sie wieder ein narrisches Rindvieh in ihre Nähe laßt. Apropos: Daß sich halt kein Knechtl erlaubt, sie zu verbinden!“

Plötzlich versprach der Andreas verdächtig fröhlich, ihr lang Zeit fürs Gesundwerden zu lassen, warf dem Robert einen Blick zu und sagte: „Von mir aus muß sie heuer überhaupt nicht mehr auf die Alm gehen. Ich hab' schon eine, die ich an ihrer Stelle hinaufschicken werd'.“

Die Birgit tastete sich recht blaß und mühselig aus der Sennhütte. Von ihrer reschen Art war nichts geblieben. Dann bewies sie, daß sie noch immer ebenso dickschädlert wie eine ihrer Kühe sei, folgte nicht den Anweisungen des Arztes, sondern ging zum Auto, ohne sich stützen zu lassen. Sie verbiß die argen Schmerzen, doch sobald der Oberndorf Blutflecken durch den Notverband sickern sah, drängte er zur Eile: „Höchste Zeit, daß ich dich in meiner Ordination zusammenflicken kann!“

Der Andreas flachste: „Keine Angst, Birgit, wir fahren dich ins Dorf, damit dich die Sternecker-Schneiderin neu nähen kann. Anschließend bringen wir die nächste Sennerin herauf."

„Die Burga?" fürchtete sich der Hüterbub. Die machte halt nicht mehr allen Unsinn mit, sondern teilte bei Ungehorsam kräftige Kopfstückel aus.

„Eh die Gerti!" beruhigte ihn der Bauer, wozu der Robert wissend und beifällig nickte. Der Loisi stieß vor Freude einen Pfiff aus, wofür sich die Birgit von ihm nicht einmal mehr verabschiedete.

Auf der Fahrt über den Almboden wurde die Verletzte recht arg durchgeschüttelt. Auch wenn sie die Zähne zusammenbiß und nicht zimperlich erscheinen wollte, stöhnte sie immer öfter vor Schmerz auf. Der Andreas nahm ihre Hand, aber das nützte wenig. Vom Beifahrersitz trug ihr der Doktor an: „Wenn du's anders nicht aushältst, geb' ich dir schon unterwegs eine Spritze gegen die Schmerzen."

Von dem Augenblick an ließ die Birgit keinen Mucks mehr hören, aber ihre Lippen wurdem vom Zusammenpressen weiß, und sogar im Fahrtwind blieben ihr auf der Stirn kleine Schweißtropfen stehen. Als sie beim Sommer-Hof vom Geländewagen ins Auto des Doktors umsteigen sollte, stimmte sie ein Angstgeschrei an, sie wolle nicht ins Krankenhaus gebracht werden. Erst nachdem der Oberndorf feierlich geschworen hatte, er würde ihr die paar kleinen Kratzer in seiner Praxis zusammennähen, ließ sie sich in sein Auto schieben. Der Andreas versprach ihr: „Wir bringen nur inzwischen die neue Sennerin auf die Alm, denn sonst macht unser Hüterbub vor Angst in die Hosen."

Der Robert konnte es auch jetzt nicht lassen, sondern flüsterte ihr zu: „Gelt, Birgit, zum Dank für so schöne Spazierfahrten zeigst du mir später einmal die Narben?"

Um diese Stunde waren alle Dienstleute auf dem Hof. Sogar die Berta-Mahm kam aus der Kindskammer und verlangte: „Red schneller, Anderl, ich möcht' auch was erfahren!"

Als sie hörten, daß nun eine andere Dirn vom Hof auf die Alm gehen müsse, seufzte die Burga Wendner schicksalergeben: „Komm' also wieder einmal ich an die Reihe!"

Der Andreas warf einen hilfeheischenden Blick auf den Robert, aber der schaute schmunzelnd zum Küchenfenster hinaus. Somit blieb dem Sommer-Bauern keine Wahl, er mußte selbst sagen: „Reg dich nicht auf, Burga, ich schick' ohnehin eine andere." Den feindselig aufblitzenden Blick der Gerti beachtete er nicht, sondern er streute ihr Blumen auf den Weg: „Ich brauch' eine junge, starke Sennerin, die sich von dem halb wildgewordenen Vieh nichts gefallen laßt."

„Nicht mir mir!" fauchte die Gerti, als wollte sie sich unter keinen Umständen für Monate vom Hof abschieben lassen. Mit der Zeit sah sie dann doch ein, daß ihr alles Dagegenreden nichts nützte, sie fügte sich und schlug für sich noch das Beste heraus. Recht zahm klagte sie: „Ohne Musik, Tanz und Gaudi? Gelt, Bauer, dafür versprichst du mir, daß du mich oft besuchen wirst. Kommst halt, wenn der Pirker die Ware abholt. Sobald ich nur ab und zu ein paar gescheite Wörtl reden kann, leb' ich schon leichter unter lauter Rindviechern."

„Paßt!" Um sie möglichst bald loszuwerden, hätte der

Andreas ihr das Blaue vom Himmel herunter versprochen. Als sie jedoch mit einem Blick auf ihn bat, jemand sollte ihr helfen, das nötige Zeug aus ihrer Kammer ins Auto zu bringen, bestimmte er: „Die Burga geht mit dir."

Ganz gab sich die Schauer Gerti auch an diesem Unglückstag noch nicht geschlagen. Während der Fahrt zur Alm saß der Andreas zwar neben dem Pirker, aber sie mußte sich bei dem Holpern am Haltegriff festklammern. Dabei neigte sie sich so weit vor, daß ihre Wange beinahe an die des Bauern streifte. Viel zu schnell fand diese Fahrt ein Ende. Vor der Sennhütte begrüßten sie der Hüterbub und der alte Knecht. Dann jammerte die Gerti beim Fenster der Schlafkammer heraus: „Mein Gott, Bauer, komm! Das Bettzeug ist voller Blut, da leg' ich mich nicht hinein!"

Mit einem flehenden Blick auf den hilfreichen Nachbarn rief der Sommer-Bauer zurück: „Wenn du jemand brauchst, schick' ich dir den Pirker hinein!"

Eine Viertelstunde später drängte er zum raschen Aufbruch, denn er wollte die Berghuber-Dirn nicht länger als notwendig im Doktorhäusl liegen lassen. Unterwegs warnte ihn der Robert: „Teufel, sakra noch mal, hat die Gerti auf dich eine Viechswut! Aber eines muß ihr sogar der Neid lassen: Wenn sie richtig zornig ist, schaut sie gut aus. Nicht nur funkelnde Augen! Umgezogen hat sie sich auch gleich zur Arbeit. Mein Lieber, da könnt' unsereiner blind werden!"

Nun hatte der Andreas alles halbwegs gut hinter sich gebracht und konnte schon wieder lachen: „Wenn sie dir so taugt, die Gerti, schick' ich sie ab Herbst auf deinen Hof hinüber."

„Tät' mir für mein Glück noch fehlen", wehrte sich der Robert mit sehr übertriebenem Entsetzen. „Stell dir vor: Damit ich ihr ein bissel schöntun darf, müßt' ich sie allerweil erst in Wut bringen! Zuletzt haut die mir noch ein Hackl ins Kreuz!"

Im Dorf hielten sie beim Doktor. Der führte sie ins Behandlungszimmer, wo die Birgit bleich auf einem Stuhl saß. Als sie ihren Bauern sah, seufzte sie so tief, daß sie der Doktor warnte: „Vorsichtig sein! Ich hab' mich genug geplagt. Zeig in der nächsten Zeit keinem Mannsbild deine Reize, denn platzt du aus allen Nähten, so mußt du ins Krankenhaus."

„Ich werd' mich schonen", gelobte sie erschrocken. Auf der Fahrt zum Sommer-Hof hinauf setzten die Schmerzen wieder ein und nahmen ihr viel von ihrer Schneid'.

Der Robert half noch, die Birgit ins Haus zu bringen. Inzwischen hatte die Burga schon für die Verletzte aufgebettet. Die Knechte flachsten zwar ein bissel frech, aber im Grund tat ihnen die Dirn ehrlich leid.

„Mir reicht's für heute", lehnte der Robert von der Tür jeden Dank für seine Hilfsbereitschaft ab.

„Wenigstens eine Maß könnten wir noch trinken", schlug ihm der Andreas vor. „Du weißt, ich hab' für alle Notfälle ein Faß im Keller stehen."

Da sprang die Tür zur Kindskammer auf, die Berta-Mahm streckte ihren hochroten Kopf heraus und keifte: „Das tät' dir so passen! Die Gerti hast du mir weggenommen, den ganzen Tag bist du unterwegs, und jetzt willst du dich auch noch drücken? Dein Bub ist heut wieder einmal die Pest. Wie der mich abmartert, das geht auf keine Kuhhaut! Bist du der Vater oder nicht? Nimm dir den Fratzen, den verreckten, und spiel mit ihm! Der jammert ohnehin die ganze Zeit nach dir. Keine Spur von Dankbarkeit für mich!“

Gegen die Befehle der Berta setzte sich der Andreas nur selten zur Wehr, aber den Robert bat er: „Laß mich nicht im Stich! Nach so einem Tag Spazierenfahren mit Gaudi fehlt mir die Kraft, da komm’ ich allein dem Andi nicht auf. Spielen wir halt eine Stund’ mit dem Kindl Kutschenfahren. Wenn wir ihm zwei Roß machen, ist er bestimmt zufriedener als nur mit einem Einspänner, und uns wird nachher das Bier zweimal so gut schmecken.“

„Eh klar“, sagte ihm der Robert auch noch diese Hilfe zu.

„Paßt“, murmelte der Andreas, hackte aber zuletzt doch auf die Berta hin: „Was sollen wir Mannsbilder machen? Wenn’s der jüngste und der älteste Tyrann vom Sommer-Hof verlangen!“

Immer lauter verlangten die beiden Tyrannen einen Ersatz für die Schauer Gerti. Vor allem die Mahm keifte hoch und schrill, nun würde auf dem Hof überhaupt nichts mehr in Ordnung gehen: Die Hemderl des Buben fühlten sich brettelhart und kratzig an, die Hosen wären weder rechtzeitig gewaschen noch getrocknet worden. „Schau, die Decke auf dem Betterl ist so dreckig, wie wenn sich darauf ein Ferkel gewälzt hätte!“

Bei ihrem Greinen unterstützte sie der kleine Quälgeist nicht weniger lautstark. Das Milchkoch der Wendner Burga spuckte er in hohem Bogen aus. Sein Spielzeug verstreute er im Gras. Sogar die kleine Holzente war nicht mehr zu finden, denn die Burga hatte sie aus Versehen mit dem Badewasser weggeschüttet.

Die beiden Knechte murrten, daß sie die Arbeit auch dann nicht mehr erpacken könnten, wenn ihr Bauer für drei von ihnen arbeitete.

Der Böck Toni jammerte: „Bauer, unsereiner hat überhaupt kein Liebesleben mehr. Unlängst bin ich zu einer Dirn fensterln gegangen . . ."

„Also doch!" empörte sich die Berta-Mahm, die wieder einmal an der halbgeschlossenen Tür spioniert hatte. „So schlecht hätt' einer zu meiner Zeit sein sollen!"

Der Toni verzichtete sogar darauf, etwas Unanständiges zu erwidern und sagte: „Ausreden lassen! Bevor ich noch hätt' sündigen können, bin ich eingeschlafen und erst wieder aufgewacht, wie mich die Dirn verjagt hat."

Davon ließ sich die Alte auch nicht friedlicher stimmen. „Wirst allerweil noch genug haben, was du unserem Hochwürden beichten mußt! Das ist die heutige Jugend: hautschlecht, leichtfertig, ohne Moral! Aber wenn's darauf ankommt, taugt er erst recht nichts. Lang ist es her, daß ich jung gewesen bin, aber bei mir in der Kammer ist kein Bursch eingeschlafen!"

Auf dem Sommer-Hof brachen von allen Seiten her die aufgestauten Feindseligkeiten los. Das Haxelbeißen wurde immer ärger, bis der Andreas wieder einmal die Flucht ergriff und in seiner Not auf den Pirker-Hof hinüberging.

„Robert, das halt' ich nicht länger aus", klagte er. „In meinem Haus fühlt sich nur noch eine wohl: die Berghuber Birgit. Die laßt sich von hinten und vorn bedienen.

Dabei schneidet sie mir den ganzen Tag ein Gesicht, wie wenn ich schuld wär', daß sie sich von einer zahmen Kuh hat aufspießen lassen. Gib mir einen Rat, was soll ich tun?"

Der Robert Pirker kämmte mit gespreizten Fingern durch sein blauschwarzes Haar, ließ die dunklen Augen übermütig aufblitzen und riet: „Schick die Burga auf die Alm und hol die Gerti ins Haus zurück. Ich tät' mich freuen, denn ohne sie gibt's keine Gaudi mehr: Nicht bei der Tanzerei im ‚Adler' und in der ‚Fischerhütte' . . ."

Ein plötzlich feindseliges Aufblitzen in den Augen des Andreas warnte ihn, daß es noch immer gefährlich sei, über die Gaudi in der „Fischerhütte", am Ende gar im Bootshaus, zu reden. „Hast nichts Gescheiteres im Schädel?"

Rasch redete der Robert drüber: „Hol dir eine saubere Dirn, die nicht grad' zimperlich ist. Die darfst du nachher nicht wieder aus deiner Schlafkammer schmeißen, denn so etwas verzeiht dir keine."

„Langsam mit den jungen Rössern!" unterbrach ihn der Andreas, der Ungeduld und Zorn nicht länger beherrschen konnte. „Ich brauch' keine für die Schlafkammer, sondern eine Arbeitskraft auf dem Hof. Gut zum Andi muß sie sein, tüchtig im Wirtschaften und im Kochen. Von Zeit zu Zeit möcht' ich auch ein frisches Hemd im Schrank finden. Eine, die fürs ganze Haus sorgt, ausgenommen meine Bettstatt! Sonderbar, daß akkurat du das nicht verstehst: Ich kränk' mich nämlich noch allerweil um die Traude!"

Damit machte er den Robert unsicher, denn der fühlte die Gefahr. Also suchte er nach einem Fluchtweg, bis er sagte: „Ich versteh' dich sehr gut. Andreas, du brauchst einen Engel als Dirn für den Hof. Über so ein Wundergeschöpf muß ich erst nachdenken. Wart einmal!“ Als einer, der sich bei Dirndln und Frauen auskannte, kam er bald zu dem Schluß: „Alsdann eine, die recht tüchtig und lieb ist, aber nicht hoffen kann, von dir gebusselt zu werden. So weit haben wir's. Grad' häßlich soll sie auch nicht sein, darf es aber nicht darauf anlegen, daß du sie packst. Mit anderen Worten: ein schmuckloses Vergißmeinnicht, eine eiserne Jungfrau. Eh klar, Andreas, da gibt es nur eine in Laab und Umgebung.“

Sie schaute unsicher zwischen dem Pirker- und dem Sommer-Bauern hin und her. Ihre Wangen färbten sich hochrot, entweder vor Verlegenheit oder vor Freude. „Wirklich, Andreas, meinst du das im Ernst?“ vergewisserte sie sich ungläubig. „Du wolltest dir auf deinem Hof von mir die Wirtschaft führen lassen? Von der Bauernarbeit versteh' ich halt nicht viel, und ich weiß nicht, ob ich mich geschickt anstellen werd'.“

Er umriß ihren Aufgabenbereich genauer: „Nicht so arg, Dori: für sieben oder acht Leut' kochen, einer Alten und einer Verletzten beistehen. Was halt sonst noch anfällt: Wäsche, Speisekammer und das Haus sauberhalten. Zwischendurch könntest du fallweise auf dem Feld, mit dem Vieh oder beim Heuen mithelfen.“

Weil es der Robert für klüger ansah, die Dori nicht gleich ganz zu verschrecken, scherzte er: „Sonst eh nichts! Kochen kannst du von deiner Mutter her, arbeiten mußt du im Wirtshaus gerade genug, auch wenn dein Vater allerweil jammert, die Gäste gingen euch fremd. Kommst also mit uns auf den Hof?"

„Mit dir?" Schon wurde sie wieder unsicher.

Schnell sagte der Andreas: „Zu mir auf meinen Hof."

Somit hatten sie nur noch eine Hürde zu überwinden: „Gelt, wenn halt der Vater einverstanden ist. Nachher gern."

Wie erwartet, stimmte der Steindl Lois vorerst ein Gejammer an. Er und seine Frau könnten lang nicht mehr alle Arbeit allein schaffen. Schwankend wurde er, als der Andreas dem Dirndl doppelten Lohn in Aussicht stellte und daß es über jedes Wochenende in der „Fischerhütte" aushelfen dürfe. Den letzten Ausschlag gab es, als der Andreas auch damit einverstanden war, daß die Dori zum Erntedankfest im September auf drei Tage heimkommen könne. Unter solchen Bedingungen gab der Steindl-Vater alle seine Bedenken auf und sagte sogar: „Am End' ist es für die Dori gut, wenn sie auf eine Weile vom Elternhaus wegkommt. Bei uns ist sie mitten unter so vielen Menschen menschenscheu geworden, denn allerweil hab' ich sie verteidigen und schützen müssen. Haben die Mannsbilder erst ein Glas getrunken, halten sie jede Kellnerin, und sogar die Wirtstochter, für Freiwild. Andreas, mir gilt sie mehr als mein Augenlicht! Aber ihr ganzes Lebtag kann der Vater auch nicht allerweil zur Stelle sein und ihr gegen die schlechte Welt helfen. Jetzt hat sie Angst vor jedem Mannsbild und kann die anständigen nicht mehr von den Lumpen unterscheiden. Ich stell' mir vor, bei dir auf dem Berg kriegt sie eher einen klaren Blick als bei uns in der Au, bei den Heuhütten und beim Bootshaus."

„Ich werd' wachen, daß sie keiner auch nur deppert anschaut", versprach der Andreas Sommer.

Damit beruhigte er den Steindl-Wirt, so daß dieser seiner Tochter scherzhaft riet: „Nachher beeil dich, bevor dir eines von den schnellen Dirndln den Platz wegnimmt!"

„Zehn Minuten?" bat sich die Dori beim Sommer-Bauern fürs Packen aus. In ihrer Stimme klang schon Angst vor dem Fremden mit, aber in ihren Augen leuchtete die Erwartung des unbekannten Abenteuers.

Der Andreas und der Steindl-Wirt besiegelten den Vertrag mit Handschlag. Nachher stellte der Lois drei Maß Bier auf den Tisch, um die Vereinbarung zu begießen. Diesmal nippte der Robert nur. „Gelt, mich geht die ganze G'schicht nichts an. Ich berate nur meinen Freund, weil der sich bei den Weibern überhaupt nicht auskennt."

„Kannst trotzdem trinken", ermunterte ihn der Steindl. Und zum Andreas sagte er: „Bei dir weiß ich mein Dirndl gut aufgehoben, denn du bist allerweil ein ernster, guter Mensch gewesen. Einer, der selbst schon draufgezahlt hat, tut anderen nicht leichtfertig ein Leid an. Du . . . du bist kein Lump!"

Weil er dabei zufällig auch zum Robert geschaut hatte, fuhr der zornig auf: „Ich vielleicht?"

Beinahe wären sie streitend geworden, denn der Wirt wußte genau, was im Bootshaus geschehen war. In dem Augenblick kam die Dori über die alte Eichentreppe herunter. Bei ihrem Anblick versetzte es dem Andreas einen Stich, so reizlos schaute sie aus. Das Sonntagsgewand war ihr halt in den letzten Jahren zu kurz und zu eng geworden. Das knallblaue Dirndlkleid hätte gerade noch zu einer

Fünfzehnjährigen gepaßt. An der Dori brachte es die vielen Sommersprossen in ihrem Gesicht so richtig zum Leuchten. Nur ihr Lächeln war lieb und machte sie ein bissel hübscher. Im Vorbeigehen drückte sie dem Vater ein Abschiedsbussel auf die Wange und sagte nachsichtig: „Die Mutter kommt nicht herunter. Sie hockt in der Kammer und laßt wieder einmal das Tränenkrügerl übergehen, nur weil ich zum erstenmal außer Haus in'n Dienst geh'. Ich hab' ihr gesagt, daß es ohnehin nur für ein paar Wochen sein wird, denn 'bald die Schauer Gerti mit dem Almabtrieb auf den Hof zurückkommt, braucht mich der Sommer-Bauer nicht mehr, und am Samstag nach Feierabend bin ich auch wieder da."

Beim Wegfahren winkte sie zurück, wie wenn es ein schmerzlicher Abschied für immer gewesen wäre. Der Vater stand klein und hager an der Tür, die Mutter schaute ihr verweint vom Fenster der Dachkammer aus nach. Aber die Befangenheit der Dori hielt nicht lange an, denn zum Andreas war sie voll Vertrauen. Je höher die Straße über das Dorf hinaufführte, desto freier fühlte sie sich. Der Pirker Robert lenkte sein Geländeauto an seinem Hof vorbei. Von den Koppeln her schauten ihnen wohlgenährte Rinder ebenso sanft wie neugierig entgegen. Ein Dirndl hängte sich zum Kammerfenster des Sommer-Hofs heraus, eine etwas ältere Magd stand bei der Stalltür, neben der Tenne flachsten zwei Knechte miteinander, denn die konnten sich nicht erklären, wer ihnen da akkurat im August ins Haus schneien sollte.

Die Haustür sprang auf, die kleine, verhutzelte Berta-Mahm stellte sich wie der Erzengel Gabriel mit dem Feuerschwert in den Weg und fragte voller Empörung: „Andreas, was willst du akkurat mit der Dirn? Wenn doch die Traude erst . . ."

„Mahm!" rief er sie schnell zur Ordnung. „Du kennst doch die Dori Steindl, die zu dir in der ‚Fischerhütte' so lieb gewesen ist!"

Er verstand die Welt nicht mehr, denn die Berta beruhigte sich nicht, sondern kreischte feindselig: „Das hier ist ein Bauernhof und kein Wirtshaus! Die kommt mir da nicht herein, ich brauch' niemanden!"

Allerweil die Eifersucht, wenn es um Anderl und Andi ging! Da spuckte sie leicht Gift und Galle, als hätte sie kein gutes Herz gehabt. So ruhig wie nur möglich bestimmte der Andreas: „Die Dori wird uns ab jetzt die Wirtschaft führen, damit du eine Hilfe hast und die Burga wieder voll bei der Feldarbeit mitmachen kann."

„Wenigstens aufgemascherlt ist sie noch nicht. Meinetwegen, solang sie ihre Arbeit anständig macht, könnt's mit ihr gehen", murmelte die Berta schon versöhnlicher, aber sie spielte sich noch immer wie eine Altbäuerin auf. „Gelt, Leichtfertigkeit lass' ich keine durchgehen. Anderswo kann's anders hergehen, aber auf dem Sommer-Hof herrscht allerweil noch die Moral! Laß dir von der Burga deine Kammer zeigen, nachher wird sie dir eine Arbeit zuweisen."

„Ja, Bäuerin." Die Dori war jetzt ganz verschüchtert. Mit der unpassenden Anrede wollte sie die Mahm nicht ärgern, sondern die kam nur als Versprecher infolge von Aufregung.

Zum Glück drangen im nächsten Augenblick aus der

Kammer ein paar zornige Aufschreie. Die Alte zuckte zusammen wie das Roß unter einem Peitschenschnalzer und rannte schon davon. An der Schwelle drohte sie der Dori noch: „Kümmere dich um deine Arbeit, um sonst nix. Wenn nicht, hast du kein gutes Leben und wirst auf unserem Hof nicht alt. Schon eine hat mich von meinem Anderl vertrieben. Aber nie wieder!“ Nachdem sie ins Zimmer gehuscht war, hörte man sie liebevoll sagen: „Ja, mein Andi, freilich! Ich komm' schon, mein Büberl!“

Für den halben Lohn der Dori stellte der Steindl-Wirt eine vollwertige Kellnerin ein. Die zeigte neidlos, wie gut sie beisammen war. Kniff sie einmal so ein frecher Lotter, so stimmte sie nicht gleich ein Geschrei an, sondern schlug ihn höchstens auf die Finger. Dafür beteiligte sie der Wirt am laufend steigenden Umsatz. Seiner Dori ließ er sagen, sie könne bis zum Erntedankfest auch über die Wochenenden auf dem Sommer-Hof bleiben. Wenn sie doch der Bauer so dringend zur Hilfe brauchte! Und in der „Fischerhütte“ wäre sie ihm möglicherweise sogar im Weg gestanden.

Der Andreas Sommer zeigte sich nur noch selten in Laab. An Sonntagen ging er entweder schon um sieben in die Kirche zur stillen Messe und kam gegen neun auf den Hof zurück, oder er wanderte gleich von früh bis spät auf möglichst einsamen Wegen. Als ihn deswegen die Berta-Mahm zur Rede stellte, rechtfertigte er sich: „Der Wald ist noch allerweil die schönste Kirch'. Die hat nämlich kein Maurer aus dem Dorf gepfuscht, sondern der Herrgott selbst gebaut! Da wird mir beim Nachdenken vieles klar.“

„Hoffentlich hast du allerweil nur gute Gedanken!" sorgte sie sich um ihren Anderl. Besonders zufrieden war sie, sobald er seinen kleinen Andi in den Kinderwagen setzte und für eine Stunde mit sich schleppte. Dann schaute sie ihm verzückt nach. Zur Dori, die gerade schwere Kübel aus dem Haus schleppte, sagte sie mit einem Lächeln auf den dürren Lippen: „Meine zwei Buben!"

Weniger paßte es ihr in den Kram, als der Andreas am zweiten Sonntag fragte: „Dori, willst mit uns auf ein paar Stunden in den Wald kommen? Ich zeig' dir ein schönes Platzerl am Röthenbach. Zu zweit können wir auch den Andi besser versorgen und bändigen."

Noch bevor die Dirn den Mund aufmachen konnte, redete schon die Berta-Mahm von der Gangtür her dagegen: „Das tät' ihr so passen! Im Wald herumspazieren wie ein Sommergast! Urlaub am Bauernhof! Aber wer die Wirtschaft führt, darf ruhig auch am Sonntag die Arbeit machen!"

Der Andreas verdarb es sich nicht gern mit der Alten. Er hatte sie ebenso von Herzen gern, wie er ihre Herrschsucht und Dickschädlertheit fürchtete. Darum zählte er ihr nur ganz behutsam auf: „Unsere Dienstleut' sind nach Laab hinuntergegangen, und du wirst dir noch allerweil dein Essen aufwärmen können. Dafür erlösen wir dich für ein paar Stunden von deinem Jungbauern."

Als sie merkte, daß offener Widerstand hier nichts genützt hätte, jammerte sie kläglich, wie wenn der Bauer und seine Dirn das Büberl in eine Schlucht schmeißen wollten. Es nützte nicht viel, daß die Dori gelobte: „Mahm, ich lass' den Andi keinen Moment lang aus den Augen!"

Daraufhin greinte sie nur noch weinerlich: „Auf dich könnt' ich mich eher verlassen als auf den Anderl." Das Eifern machte sie so ungerecht, daß sie sogar ihn beschuldigte: „Der ist wie alle Mannsbilder: Wenn er mit einem Dirndl in den Wald geht, vergißt er den Herrgott und alle Pflichten. Jeder Weiberrock macht ihn narrisch!" Dann war sie überzeugt, sie habe die Dori gegen ihn unempfindlich geimpft.

Die Dirn hielt ihr Versprechen, in allem vorsichtig zu sein. Sie schob die ganze Zeit über den Kinderwagen vor sich her und redete beinahe nur mit dem Büberl. Während der Andreas recht still einen Schritt hinter ihr nachtrabte, blieb ihm keine andere Möglichkeit, er mußte sie sich genauer anschauen. Gerade gewachsen war sie, natürlich nicht annähernd so anmutig wie die Traude. Die hatte wunderschönes Haar gehabt; die Dori schaute von hinten eher aus wie ein rotkopferter Bursch mit halblangem Schopf. Schon daß er das Wirtshausdirndl mit seiner toten Frau verglichen hatte, machte ihn zornig.

Am Waldrand erlebte er noch eine unerfreuliche Überraschung. Dort saß nämlich der Robert Pirker allein im Gras und kaute an einem Halm. Noch hatte er einen beinahe verträumten Gesichtsausdruck, doch als er die Dori mit dem Kinderwagen und hintennach den Andreas sah, verbarg er seine Gedanken hinter einem Spötteln: „Da schau' ich aber! Das junge Paar geht mit dem Kind spazieren!"

Auch wenn der Robert dabei vielleicht nichts Feindseliges gedacht haben mochte, ärgerte sich der Andreas. Akkurat der Pirker sollte nicht so über das Kind der

Traude reden, wie wenn man dem eine Magd als Stiefmutter geben dürfte! Vom schnellen Gehen war er kurzatmig geworden, so daß er nur zornig fauchte: „Red nicht so talkert! Pfüat dich!"

Er stupste die Dori in den Rücken, daß sie weitergehen sollte. Eine ganze Weile redeten sie nicht miteinander, was seinen Grund aber auch darin haben konnte, daß der Andi beim Holpern über den Waldweg eingeschlafen war. Mit der Zeit wurde es der Dori mühsam, den Kinderwagen über Wurzeln und Steine steil bergan zu schieben, weshalb sie beim nächsten Bankerl bat: „Könnten wir ein paar Minuten lang verschnaufen?"

„Nein!" entschied er barsch. „Oder willst du, daß uns noch einer so deppert anredet?"

Kurz darauf bog er in einen Seitenweg ein, der parallel zum Hang durch den Wald und eine Moräne führte, bis er auf einer Latschenlichtung endete. Dort wies der Andreas auf einen freien, bemoosten Platz und sagte: „Solang der Andi schlaft, bleiben wir, sobald er aufwacht, gehen wir zurück."

Sie setzte sich neben dem Kinderwagen auf einen Stein, der Andreas ließ sich gut einen Meter abseits auf ein Mooskissen fallen. Eine ganze Weile schaute er zum Himmel hinauf, über dessen Bläue eine Herde von Schäfchenwolken dahinzog. Von diesem Platz aus übersah er beinahe das ganze Tal. Gegen Norden zu rückten die sattgrünen Vorberge immer enger zusammen, und dahinter wuchsen bleichgrau die Felswände empor. Im Süden öffnete sich das Tal zum Flachland, das sich in blaugrauem Dunst verlor. Von diesem reichen, sanften und viel weicheren

Landstrich her war die Traude zu ihm in die Einschicht am Berg gekommen. Aus lauter Liebe.

Ausgerechnet in diese Erinnerungen sagte die Dori: „Der Weg dort führt zur ‚Fischerhütte'. Siehst du ihn?" Die Dirn rutschte ein Stückl näher an ihn heran und zeigte mit ausgestrecktem Arm ins Tal. „Ob der Vater wenigstens heut ein paar Gäste kriegen wird? Die neue Kellnerin soll recht gaudig sein. Wie's halt die Männer gern mögen."

Hinter dem Ausflugsgasthaus schimmerte der Weiher. Als könnte der Andreas damit ein häßliches Bild verwischen, schüttelte er den Kopf. Er ließ sich auf den Rücken fallen und redete sie feindselig an: „Wärst halt unten im Wirtshaus geblieben. Ich kann's mir denken, daß dir eine Tanzerei besser taugt, als mit mir da zu hocken. Ihr seid doch alle gleich!"

Sie war sich keiner Schuld bewußt, schaute ihn verständnislos an und kriegte dennoch brennrote Wangen. Es ging an ihm vorbei, daß sie klagte: „Warum bist du auf einmal so zu mir, Bauer? Ich hab' nichts Böses gesagt. Außerdem mach' ich mir nichts aus dem Tanzen. Von Festen hab' ich nie viel gehabt, denn ich bin allerweil mit der Arbeit angehängt gewesen. Hat mir der Vater eine Stund' freigegeben, ist das auch nie gaudig geworden. Eine Wirtstochter, die sonst auch rauschige Gäste bedienen muß, gilt höchstens als Freiwild. Und da ist der Vater narrisch geworden. An mich ist keiner herangekommen! In keine Heuhütte, nicht ..."

Sie verstummte, noch bevor sie auch das Bootshaus mit den Netzen aufgezählt hätte. Der Andreas aber verwünschte sich dafür, daß er ausgerechnet eine, die seine ganze Geschichte von damals so genau kannte, auf den Hof geholt hatte. Um sie davon abzulenken, fragte er sie unfreundlich: „Wenn du schon bisher beim Gspaß zu kurz gekommen bist, warum hast du nachher zu mir kommen wollen?"

Mit solchen Worten ermutigte er sie auch nicht, etwas Freundlicheres zu sagen, und so murmelte sie nur: „Es gefallt mir eh recht gut auf deinem Hof. Nur . . ."

Auch wenn sie schnell verstummte, hörte er aus dem letzten Wort, daß sie sich über etwas beklagen wollte. Oder über jemanden! Damit er alles erfahren konnte, redete der Andreas sie noch barscher an: „Was hast du dir erwartet? Sollen alle jubeln, nur weil du kommst? Du machst deine Arbeit ohnehin recht ordentlich und brichst dir dabei nichts ab. Was also paßt dir nicht?"

Sie schüttelte den Kopf und wollte um nichts mit der Sprache heraus. Damit machte sie den Andreas narrisch, denn alles konnte er eher leiden, als wenn er einem dickschädlerten Dirndl erfolglos gut zuredete. Erst als er beinahe schon am Ende seiner Geduld war, klagte sie leise: „Daheim haben mich die Mutter und der Vater gern, aber auf deinem Hof mag mich niemand wirklich. Der Hannes . . ."

Sie blieb stumm, bis er ihr wütend auf den Kopf zusagte: „Der hat dich gepackt, der Lotter. Wenn aber auch die Weiber beim Heuen halb nackert umherrennen, müssen die Männer auf schlechte Gedanken kommen!"

„Nein, Bauer, so ist das nicht gewesen!" versuchte die Dori sich herauszureden, ohne den Hannes noch tiefer hineinzureiten. „Versuchen hätt' er's vielleicht wollen, aber wie ich ihm gut zugeredet hab', hat er's aufgegeben. Dafür sagt er mir jetzt bei jeder Gelegenheit ..."

„Was sagt er? Laß dir nicht alle Wörter wie Würmer aus der Nase ziehen!" knurrte er sie an.

Ihr blieb keine andere Wahl; sie mußte weiterreden: „Der Hannes meint halt auch, das Wirtschaften im Haus stünd' eher der Burga als mir zu. Die ist schon so lang Dirn auf deinem Hof und dazu eine echte Bauernmagd."

„Aber der Bauer bin noch allerweil ich!" begehrte er auf. Dann beruhigte er sich und erklärte ihr friedlich: „Sie kennt jede Bauernarbeit, fahrt sogar mit dem Traktor."

Die Dori ergänzte: „Ich taug' bestenfalls fürs Dreckputzen."

Damit machte sie den Andreas fuchsteufelswild, daß er sie anschrie: „Drehst du mir jedes Wort im Mund um?"

Im nächsten Augenblick stimmte der Andi in seinem Kinderwagen ein höllisches Gebrüll an, denn ungestraft ließ er sich gerade auch nicht aus dem besten Schlaf reißen. Alle Versuche, ihn noch einmal zu beruhigen, schlugen fehl. Deshalb bestimmte der Sommer-Bauer, daß sie unverzüglich auf den Hof zurückfahren sollten.

„Die Berta-Mahm kann besser mit einem Kind umgehen", sagte er zwar wütend, doch ohne jede Absicht, die Dori noch weiter zu kränken. Nur unabsichtlich traf er sie genau dort, wo es ihr am meisten weh tat.

„Ich bin halt für nichts gut", flüsterte sie. Grad' daß sie nicht zu flennen anfing.

Während sie rasch den Weg zum Hof hinfuhr, beruhigte sich der kleine Schreihals nicht einmal beim Holpern des Wagens, krächzte und verschluckte sich, daß er hustete.

Dafür kam ihnen die Berta bis hinter die Scheunen entgegengehumpelt, stürzte sich auf das Wagerl und jammerte: „Mein Gott, Andi, was haben sie dir angetan? Sich nicht um dich gekümmert? Kann mir schon denken, warum! Komm zu deiner Mahm, ich hab' ein gutes Papperl für dich gekocht! Wenn du halt mich nicht hättest!"

Genauso ein Lied wollte der Andreas an diesem Tag nicht mehr hören. Deshalb tuschte er die alte Frau viel zu hart nieder: „Umgebracht haben wir ihn auch nicht! Falls mich jemand unbedingt braucht, ich bin beim Robert drüben!"

Was daraufhin die Alte hinter ihm hergreinte, verstand er zum Glück nicht mehr. Ebensowenig sah er, daß die Dori in den Obstgarten hinunterschlich, sich aufs Bankerl setzte und regungslos vor sich hin starrte. Bei all seinem Ärger konnte er sich nicht auch noch um die Launen der Steindl-Dirn kümmern.

Eine halbe Stunde später kam der Toni von der Alm herunter. Als er das Dirndl auf der Bank sitzen sah, warf er sich mißmutig dazu, so daß es im alten Holz krachte. Weil die Dori seinen Gruß nur gar so knapp beantwortete, riet er richtig: „Hast es heut nicht recht schön gehabt?"

„Eh recht schön", schwindelte sie. Akkurat der Toni war keiner, mit dem sie sich über ihre Sorgen hätte aussprechen wollen. Also fragte sie nur ohne besondere Neugierde: „Und du?"

Darauf hatte er gewartet, denn er wollte wenigstens prahlen dürfen. Leise schnalzte er mit der Zunge und tat, als kostete er noch einmal die Erinnerung aus. „Das ist halt ein Weibsbild, die Gerti! Eine Haut ohne jedes Fleckerl, wie ein Pfirsich. Die hat keine Sommersprossen wie du. Allerweil ein sonniges Gesichtl. Wenn bei ihrem Mund ein Mann nicht gleich ans Busseln denkt, muß er aus einem Holzscheit sein. Wie die sich beim Brunntrog die Hitze heruntergewaschen hat . . . Ich sag' nur: alles da!"

„Und dich hat sie zuschauen lassen?" empörte sich die Dori, denn das Schwärmen von ihrer Schönheit hatte sie gegen die Sennerin feindselig gemacht.

„Das grad' nicht", gestand er und wurde grantig. „Vom Heuboden aus hab' ich durch eine Ritze im Holz geschaut. Unsereinen macht die höchstens narrisch, sonst geht bei ihr nichts. Auf dem Hof weiß eh jeder, wie unsere nächste Bäuerin heißen wird. Wenn sie nachher frisch von der Alm herunterkommt, wird' dem Bauern heiß werden, und nachher ist es für dich eher günstig, wenn du schnell vom Hof verschwindest."

„Meinst?" Mehr sagte die Dori nicht, aber schon bei diesem einen Wort zitterte ihr die Stimme.

Der Toni warf einen Blick in ihr sommersprossiges Gesicht, auf das nur langsam nachwachsende Haar und die ganze reizlose Aufmachung. Einen flüchtigen Verdacht, zwischen seinem Bauern und dem Wirtshausdirndl könnt' etwas werden, verwarf er wieder. Also konnte er frei von der Leber weg reden und beweisen, daß auch Mannsbilder mit viel Sachkenntnis über die Liebe ratschten. „Da kommt alles in Ordnung, keine Sorge", sagte er. „Der Sommer und die Gerti passen prächtig zusammen, ein richtiges, g'standenes Bauernpaar!"

„Er mag sie auch?" fragte sie, plagte sich ein Lächeln ab.

„Der ist doch nicht blind, unser Bauer!" lachte der Toni

wissend. „Da reden die Leut' so manches, und ich sag': Wer einmal aus so einem Töpferl nascht, greift nach keiner Blechschüssel mehr."

„Eh klar", stimmte ihm die Dori tapfer zu.

Dann schaute ihr der Toni verständnislos nach, schüttelte den Kopf und murmelte: „Jetzt rennt mir die auch noch davon! Grad', wie wenn ich ihr etwas angetan hätt'!"

In diesen Wochen gab es auf dem Hof des Bergbauern Andreas Sommer so viel zu tun, daß der manchmal fürchtete, es nicht mehr zu schaffen. Die meisten seiner Rinder waren noch auf der Alm, doch er mußte schon alles für den Abtrieb vorbereiten. Wann dies geschehen würde, hing vom Wetter ab. In manchen Jahren blieb es bis in den November schön, in anderen stand das Vieh auf der Alm schon Anfang Oktober einen halben Meter im Schnee. Auch in Koppeln und Stallungen mußten viele Tiere versorgt werden. Das Septemberheu sollte rechtzeitig eingebracht werden. Seit die Birgit wieder voll mitarbeiten konnte, ging mehr weiter. Außerdem hetzte der Andreas seine Leute schon beim ersten Lichtschein aus dem Haus. „Wenn wir alles Vieh über den Winter bringen wollen, fehlt's noch weit in Scheunen und Silos!" sagte er ihnen.

Die Berta-Mahm hackte auf die Dori hin, doch die nahm der Andreas in Schutz: „Sie kocht für uns, das Haus ist blitzsauber, sie weckt alles Obst aus dem Garten ein, lagert das Gemüse. Von früh bis spät arbeitet sie. Nur mit dem Vieh tut sie sich halt noch schwer."

„Versteh' schon, Andreas!" Wenn sie ihn so anredete, wurde es meistens pelzig, aber diesmal schwenkte die

Mahm unerwartet zuckersüß um. „Hast recht, Anderl, aus einer Kellnerin kann nie eine Bäuerin werden. Bei der langt's nicht einmal zur Saudirn!"

Er sah die Dori beim Gartentürl stehen, und wahrscheinlich hatte sie etwas mitgehört. „Das auch noch! Wenn sie eh bei jedem schärferen Wörtl schnell angerührt ist!" Sicherheitshalber ging er zu ihr und baute gleich mit etwas Freundlichkeit vor, indem er sie fragte: „Wie wär's, Dori, ich tät' nach Feierabend noch ein Stündl spazierengehen. Vielleicht ins Dorf. Willst du nicht auch wieder einmal zu deinen Eltern schauen?"

Statt fröhlich zu werden, fragte sie: „Willst mich 'leicht fortschicken?"

„Geh, gar nicht!" fuhr er ungeduldig auf. „Ein bissel was anderes sehen als allerweil da heroben nur Rindviecher und Bäume. Um neun, tät' ich sagen, halt nach dem Abendessen."

„Gern, Bauer."

Mehr dachte der Andreas darüber nicht nach, denn gar so wichtig war ihm das Beisammensein mit dem Wirtshausdirndl auch wieder nicht. Außerdem kam der Robert Pirker mit seinem Geländeauto vorbei und rief, ohne auszusteigen: „Mußt mir auch heute niemanden von deinen Leuten mit auf die Alm geben. Das Umladen pack' ich leicht allein. Ich komm' auf meinem Hof mit der Arbeit besser zusammen als du auf deinem."

„Wenigstens du bist mir eine wirkliche Hilfe!" rief ihm der Sommer Andreas nach und fühlte sich ehrlich erleichtert. „Wenn ich dich nicht hätt'!"

Vor ihm stand ohnehin noch ein schwerer Tag voller

Plage, Ärger und Sorgen. Die Händler versuchten alles, um ihm seine Ernte möglichst billig abzuknöpfen, wobei ihnen fast jeder Trick recht war. „Ich muß allerweil noch ein bissel gescheiter sein als die Obergescheiten", sagte der Bauer zu seinen Leuten. Beim Mittagstisch nahm er sich kaum Zeit, das Essen hinunterzuschlingen. Auf den Weiden zeigte er der Dori, wie man sich bei den Arbeiten am besten anstellte. „Das muß alles in Ordnung sein, wenn die Gerti mit dem Vieh von der Alm kommt."

Erst nach Einbruch der Dunkelheit machte er Feierabend. Auf dem Weg zurück zum Hof schlichen seine Dienstleute hinter ihm her, wie wenn man ihnen das Kreuz gebrochen hätte. Auch die Berghuber Birgit packte in letzter Zeit ordentlich mit an, und damit verfolgte sie ein heimliches Ziel. An diesem Abend fing sie ihren Bauern zwischen den Scheunen ab und schlug ihm vor: „Ich könnt' noch auf die Alm hinaufgehen. Du siehst, ich bin wieder recht gut beisammen."

Zu ihrer Enttäuschung brachte der Andreas dafür kein Verständnis auf. „In diesem Jahr steht es sich kaum dafür. Außerdem taugt es dem Vieh nicht besonders, wenn alle Augenblicke eine andere Sennerin dort ist. Besser, die Gerti bleibt bis zum Almabtrieb oben."

Vergeblich schnabelte die Birgit allerweil wieder dagegen. Damit machte sie den Bauern grad' nur fuchtig und erreichte nichts. Schlecht gelaunt stellte er sich für ein paar Minuten unter die kalte Dusche. Beim Abendessen stocherte er lustlos auf seinem Teller herum. In Grübeln und Sorgen vertieft, merkte er nicht, daß ihn die Dori schon die ganze Zeit über fragend anschaute.

Als er sich nachher noch für eine Weile auf die Hausbank setzte, stand sie plötzlich vor ihm und fragte: „Bauer, gehst du heut nicht mehr mit mir nach Laab hinunter?"

Er schaute unwillig auf und knurrte: „Kann ich nicht wenigstens am Feierabend meine Ruh' haben?"

Sie nickte, entschuldigte sich sogar: „Ich hab' nur gemeint, wenn du's mir halt versprochen hast."

„Versprochen?" Jetzt fiel es ihm doch wieder ein, aber er hatte wenig Lust, der Dirn zuliebe noch in die „Fischerhütte" zu gehen. Nur weil die Berta mitgehört hatte und beim Fenster der Kindskammer gar so fröhlich herauslachte, entschied er sich: „Versteht sich, daß ich nichts vergesse. Erst will ich nur meinem Büberl eine gute Nacht wünschen. Kannst da warten, ich komm' gleich."

Beim Andi kam er rasch weg, denn der war vom Spielen und Herumtoben im Freien so müde, daß ihm schon im Sitzen die Augen zufielen. Grad' noch ein Gutenachtbussel, dann wollte der Andreas zur Tür hinausgehen. Doch da klagte die Berta-Mahm ehrlich gekränkt hinter ihm her: „Mir hättest du auch eine gute Nacht wünschen können, Anderl, oder bin ich für dich gar niemand mehr?"

„Sei nicht allerweil so ang'rührt!" wies er sie sanft lächelnd zurecht. „Du wirst doch nicht schon mit den Hendln ins Bett gehen?"

Recht anzüglich gab sie zurück: „Du auch nicht. Aber in einer so schönen warmen Nacht kommt man nicht so schnell an den Heuhütten vorbei. Ich red' von dir und der dort."

Fast hätte sie ihm die gute Laune verdorben, aber er wollte auf keinen Fall mit ihr streiten. Auch wenn das sonst zwischen ihnen nicht üblich war, machte er einen Schritt auf sie zu, drückte ihr schnell ein Bussel auf die Wange und bat sie: „Gelt, paß mir gut auf meinen Andi auf!“

Jetzt strahlte sie ihm wieder mit leuchtenden Augen nach. „Auf mich kannst du dich allerweil verlassen, Anderl.“

Als er mit der Dori doch in Richtung Laab hinunterging, ärgerte ihn, daß ihn der Pirker Robert vom Stubenfenster aus sah. Was der sich wieder zusammendenken würde!

Unterwegs erzählte die Dori vom Andi, mit dem sie unter dem Birnbaum gespielt hatte. Auf dem Waldweg redete sie, ohne Atem zu holen, wie wenn sie vor etwas Angst gehabt hätte. Als sie beim Röthenbach wieder auf die Wiesen herauskamen, lag vor ihnen, ein bissel tiefer unten, das Tal mit dem Dorf. Aus vielen Fenstern fiel schon Lichtschein, Autos zogen wie Leuchtkäfer über die Straßen und verkrochen sich unter den Bäumen.

„Ist schon schön, die Welt“, sagte die Dori leise. „Jetzt bin ich eine ganze Weile nicht mehr herunten gewesen.“

Ohne sich viel zu denken, fragte der Andreas: „Willst ’leicht bald in die ‚Fischerhütte‘ zu deinen Eltern zurück?“

Sie ging weiter. Ohne sich nach ihm umzudrehen, fragte sie: „Willst du mich ’leicht schon loswerden?“

„Überhaupt nicht!“ beteuerte er. „Ich komm’ auf dem Hof nicht mehr mit der Arbeit zusammen, und die Gerti lass’ ich noch eine Weile auf der Alm. So lang wie nur möglich, denn das ist gut fürs Vieh. Warum also sollt’ ich dich wegschicken wollen?“

Sie zeigte auf den Dorfplatz hinunter. „Schau, wie klein die Menschen über ihren Weg kriechen. Beinahe wie Ameisen. Aber sie nehmen sich so wichtig. Ich mein', die sind auch gar nicht so bös und giftig, wie man manchmal denken würde.“

Als die Steindl-Eltern ihre Tochter so plötzlich vor sich stehen sahen, erschraken sie und dachten gleich an etwas Unangenehmes. „Doch kein Unglück?“

Dann freuten sie sich ehrlich. Viele Gäste waren an diesem Abend ohnehin nicht in der „Fischerhütte“, weshalb genug Zeit blieb, daß sie sich zur Dori und dem Andreas in den Garten setzten.

Am ehesten hörte noch die Steindl-Mutter, was ihre Tochter sagte, ohne es auszusprechen. Als sie das Dirndl zum Abschied umarmte, flüsterte sie: „Bleib nur bei ihm. Was auch geschieht, heimkommen kannst du allerweil, und daheim bist du bei uns!“

„Mutter!“ Die Dori busselte sie glücklich und verzweifelt ab, da wußte die Steindl Maria alles.

Der Andreas fand so einen Abschied mit Umarmungen zu rührselig, denn sie ging doch nicht für alle Zeiten. In einigen Wochen würde die Dori ohnehin erst zum Erntedankfest, dann über den ganzen Winter heimkommen. Ende Oktober, Anfang November gab es auf keinem Bauernhof mehr so viel Arbeit, und da kamen die Bauern leicht mit den angestammten Dienstleuten zurecht.

Am Waldrand legte die Dori plötzlich die Hand auf seinen Arm, hielt ihn zurück und flüsterte: „Schau, ein Leuchtkäferl! So lieb. Noch eines!“

Behutsam schlichen sie näher, aber die fliegenden Laterndln schwebten vor ihnen davon. Der Andreas sagte: „Die leuchten einander den Weg zum Liebhaben.“

„Gescheite Viecherln!“ Sie lächelte verträumt.

Im Wald führte nachher der Weg steiler aufwärts. Ohne es zu merken, wurde der Andreas immer schneller, als wollte er vor weiteren Schwierigkeiten davonrennen. Dann drehte er sich doch nach ihr um. „Komm, ich helf' dir“, sagte er und nahm sie an der Hand. Auf diese Weise würden sie rascher heimkommen. Von nun an hielt sich die Dori an seiner Seite, doch als sie oben aus dem Wald traten, mußte sie verschnaufen. Schwer atmend lehnte sie an einer Fichte. Als sie zu ihm aufschaute, fiel Mondlicht auf ihr Gesicht. Er sah nicht den Schimmer in ihren Augen, aber er fühlte deutlich ihre Sehnsucht nach Zärtlichkeit. Mitleid allein war es bestimmt auch nicht, und später verstand er kaum, warum er das getan hatte: Behutsam legte er die Arme um sie. Weil er spürte, daß sie unter seinen Händen zitterte, fragte er leise: „Du wirst dich akkurat vor mir fürchten?“

Das wollte er nur so leichthin sagen, doch es klang viel zu ernst. In seiner Stimme schwang ein Gefühl mit, für das er kein Wort gefunden hätte. Leise antwortete sie: „Vor dir hätt' ich nie Angst, denn du kannst einem gar nichts Böses antun.“

Es geschah von ganz allein. Er gab ihr ein sanftes Bussel auf die Lippen, vielleicht war es aber auch sie, die ihn auf den Mund küßte. Scheu und aufregend wie in einem Traum. Mit einem glücklichen Aufseufzen gestand sie ihm wortlos all die Liebe, die ihr in schlaflosen Nächten bewußt geworden war. Als er mit den Fingern durch ihr noch immer recht kurzgeschnittenes Haar streichelte, griff es sich von der feuchten Nachtluft seidenweich an. Sehnsüchtig schmiegte sie ihr Köpferl in seine Hand, und da spürte er an ihren Wangen Tränen. „Mußt nicht schon wieder flennen!" putzte er sie zusammen. Das klang sehr lieb.

„Wenn ich aber so schrecklich glücklich bin, Andreas. Grad' sterben wollt' ich für dich!"

Mit solchen Worten machte sie ihn eher wieder nüchtern. Eine innere Stimme warnte ihn, er sollte sie jetzt weit von sich wegdrängen und sie mit ein paar lustigen Worten daran erinnern, daß so ein Bussel im Mondschein noch lange kein Versprechen für die Seligkeit bedeutete. Statt dessen hörte er sich sagen: „So ein Glück für mich, daß du auf meinen Hof gekommen bist."

„Davon hab' ich geträumt", flüsterte sie. „Hast du mich wirklich so lieb wie ich dich? Schon lang weiß ich, daß du mir alles bist, Andreas, und für mich gibt es auf der Welt nur noch dich!"

Damit schreckte sie ihn ganz aus seinem Taumel. Er versuchte, auch sie auf die Erde zurückzuholen. Dazu lachte er so leichtfertig wie nur möglich: „Meinst', ich tät' dich busseln, wenn du mir auch nicht gefallst?"

„Liebhaben sollst du mich", bat sie, denn aus seinen Worten hörte sie lang nicht soviel Gefühl heraus, wie sie für ihn hatte. „Du bist meine erste Liebe, nach dir kann ich keinen mehr liebhaben!"

„Freilich hab' ich dich lieb, aber ..."

Da schob sie die Arme um seinen Nacken, legte ihre Wange an die seine und blieb regungslos, wie wenn sie auf eine Antwort gehorcht hätte. Nach einer kleinen Weile flüsterte sie: „Ja, Andreas, du hast mich lieb! Das fühl' ich schon die ganze Zeit über, doch erst seit heute weiß ich es ganz sicher."

Einen weiteren sanften Versuch, sie aus ihrem Liebestraum zu wecken, merkte sie überhaupt nicht. Weh tun wollte er ihr auf keinen Fall, denn die ersten großen Gefühle eines Dirndls waren ihm zu kostbar, als daß er sie so bald wieder hätte zerbrechen können. Also schob er sie nur behutsam von sich weg, nahm sie an der Hand und mahnte: „Jetzt ist es wirklich spät geworden. Die Berta wird mich morgen zusammenputzen, wie wenn ich noch ihr Bub wär'."

Sie ging an seiner Seite, und noch immer klang in ihr alle Zärtlichkeit nach, die sie für den Andreas fühlte. Indessen suchte er verzweifelt nach gescheiten Worten, um sie vernünftig zu machen. Auf keinen Fall würde er sie täuschen, ihr eine große ewige Liebe vorspielen und sie nachher fallenlassen.

Als sie ins Haus traten, warnte er die Dori: „Wir müssen leise sein. Die denken sich sonst gleich zuviel!"

Die Dori flüsterte, noch immer wie in einem wunderschönen Traum: „Mußt keine Angst haben, Andreas, ich werd's niemandem sagen, wie glücklich ich bin. Meine Lieb' für dich ist ganz tief in meinem Herzen, und dort bleibt sie."

Kurz vor dem Auseinandergehen wagte er einen letzten Versuch, sie zu ernüchtern. Was geschehen war, tat er mit einem leisen Lachen ab und flachste: „Wegen so ein paar Busseln in der Mondnacht mußt du nicht gleich zum Pfarrer beichten rennen. Nix ist geschehen, überhaupt nichts. Höchste Zeit zum Schlafengehen, denn bald fangt der Arbeitstag wieder an. Gute Nacht, Dori!“

„Gute Nacht“, flüsterte sie. Auch wenn er ihr jetzt kein Bussel mehr gab, war ihr, als spürte sie seine Lippen noch immer an ihren. „Ich hab' dich lieb für allerweil, Andreas!“

Sie war fest entschlossen, niemandem ihr großes Geheimnis zu verraten.

„Guten Morgen, Bauer“, grüßte die Dori ihn daher nicht freundlicher als an den vorangegangenen Tagen. Sie stellte ihm das Frühstückshäferl auf den Tisch, schnitt und strich ihm zwei Brote und war überzeugt, man könnte ihr weder Gefühle noch Gedanken aus den Augen ablesen. Wie versprochen, hatte sie ihre Liebe zum Andreas tief im Herzen verschlossen. Dort sollte sie bleiben, bis er sie mit einem mehr als zärtlichen Kuß von ihrem Schweigen erlösen würde.

Darauf wartete sie vergeblich. Stets blieb er zu ihr gut, freundlich und hilfsbereit, aber weder ein zärtliches Wort noch ein Blick voll Liebe. Dann traf sie der harte Schlag, vor dem sie sich sosehr gefürchtet hatte: Drei Tage vor dem Erntedankfest sagte der Andreas beim Mittagessen zu ihr: „Gehst halt schon heut zu deinen Leuten in die ‚Fischerhütte‘. Dort gibt es bestimmt viel vorzubereiten, und deine Eltern brauchen dich.“

„Und du?“ brach es aus ihr. Das klang so ungläubig und verletzt, daß sogar die zwei Knechtl hellhörig wurden. Die Burga und die Birgit kriegten ein seltsames Leuchten in den Augen. Sogar die Berta-Mahm unterbrach auf der

Herdbank ihr Granteln, damit ihr jetzt kein Wort entgehen würde.

Aber der Andreas sagte es ohnehin deutlich genug: „Ich komm' auch allein durch. Die Herbstarbeit ist fast abgeschlossen, und wenn das Prachtwetter durchhält, können wir von manchen Wiesen sogar noch in der ersten Oktoberwoche Heu einbringen."

„Bauer", flüsterte sie fassungslos.

Da lenkte er scheinbar ein: „Paßt schon, Dori. Wenn du willst, kannst du ein oder zwei Tage nach dem Fest noch einmal zu uns heraufkommen. Heuer wird es eine Weile bis zum Almabtrieb dauern, aber sobald die Gerti wieder bei uns ist, hab' ich genug Leute auf dem Hof."

Wie schon so oft, kam ihm der Robert wieder im günstigsten Augenblick recht gelegen. So konnte er zur Dori sagen: „Fahrst gleich mit ihm hinunter. Wie ich meinen Freund kenn', bringt er dich gern bis vor die Tür der ‚Fischerhütte'. Gelt, deinen Lohn muß ich erst durchrechnen, aber du kriegst ihn so bald wie nur möglich."

Das war alles beinahe so übertrieben leicht und nebenbei hingesagt, daß sie schon wieder hoffte, er wollte sich nur vor der Mahm verstellen. Behutsam fragte sie: „Hätt' das mit dem Lohn nicht genug Zeit? Wenn ich doch ohnehin zurückkommen soll. Oder?"

„Strenge Rechnung, gute Freunde!" Er nahm seine Arbeitsgeräte auf.

Weil die Berta keinen Schritt wegging, sondern hartnäckig nahe bei ihnen stehen blieb, konnte die Dori nur leise fragen: „Wirst nicht auch zum Erntedankfest hinunterkommen?"

Er wurde ungeduldig, nahm sich keine Zeit mehr für sanftere Ausreden, sondern sagte es geradeheraus: „Bestimmt nicht in die ‚Fischerhütte‘. Ausgerechnet bei Tanz und Gaudi zieht es mich nicht dorthin. Du weißt ... Mein Trauerjahr um die Traude ist noch nicht vorbei. Du kommst, sobald bei euch der Trubel vorbei ist. Oder halt irgendwann."

„Wenn du's überhaupt willst", versprach sie. Die Traurigkeit in ihrer Stimme wurde zur Verzweiflung. Sogar die Berta-Mahm schaute ihr mitleidig nach, als sie zum Geländeauto des Robert Pirker ging und einstieg.

Zum Erntedankfest fuhr der Andreas Sommer mit seinen Dienstleuten nach Laab hinunter. Nur die Berta blieb auf dem Hof, aber sie schnabelte ihren Anderl unwillig an: „Paßt schon! Die am längsten auf dem Hof ist, muß an diesem Festtag das Vieh hüten!"

„Und meinen Andi!" ergänzte er sanft. „Die Fahrt auf dem Traktor oder dem offenen Leiterwagen wär' für den Kleinen grad' gefährlich. Am Abend ist es zu kalt."

„Dabei hätt' ich mich schon so darauf gefreut, mit dir einen G'stampften zu tanzen!" Das war sogar die halbe Wahrheit. Die andere: Es wär' ihr wichtig gewesen, ihren Anderl beim Festtreiben zu überwachen, zu bewachen und vor allen Gefahren zu schützen. Um einen jungen Bauern, dazu noch Witwer geworden, würde es ein arges G'riß geben! Aber sie fügte sich mit dem giftigen Nachsatz: „Mein Andi ist mir allerweil noch wichtiger als du!"

Den verübelte er ihr nicht, sondern war heilfroh, als er auf seinen Traktor klettern konnte. Die Gerti war noch schneller als die Burga, drängte sich vor und schob sich auf den Beifahrersitz. Nicht umsonst hatte sie den Knecht vom Pirker-Hof und den Hüterbuben zum Aushilfsdienst auf der Alm verdonnert. Dabei hatte ihr der Pirker Robert freundliche Unterstützung geleistet. Hingegen kletterte die Burga mißmutig auf den Leiterwagen und wurde erst lustiger, als sie die zwei Knechte besorgt festhielten. „Ich fahr' los!" schrie der Sommer-Bauer.

Auf dem Wirtschaftsweg ging es noch holpernd dahin, und die Burga kreischte verdächtig lustig. Die Waldstraße hinunter fuhr der Andreas zügiger. Ab der halben Strecke drückte sich die Gerti enger an seinen Rücken und rief ihm zu: „Man merkt, es herbstelt doch! Der Fahrtwind zieht einem oben hinein, unten hinaus."

Nicht gerade schmeichelnd, gab der Bauer zurück: „Kein Wunder, wenn dein Mieder zu tief ausgeschnitten und der Rock zu kurz geraten ist."

„Wird schon keiner blind werden!" lachte die Sennerin. „Hauptsach', die Männer schauen mich überhaupt an. So wie du! Sonst hättest du nicht gesehen, wie angeblich schamlos ich mich hergerichtet hab'!"

Auf dem Hauptplatz von Laab herrschte bereits reges Treiben, denn da boten an die fünfzig Standler ihre Waren an: von Lebkuchenherzen über billigen Schmuck und Arbeitsgewand bis zu schönen, echten Dirndlkleidern. Nur mit Glück fand der Sommer-Bauer hinter dem Gasthof „Zum Adler" noch einen Platz, wo er den Traktor mitsamt dem Leiterwagen abstellen konnte. Dann forderte ihn die Burga auf: „Gehst mit uns zu den Standeln? Eh nur schauen!"

Das kannte er schon, denn vom Bauern erwarteten sie an diesem Tag kleinere oder größere Geschenke sowie die Einladung zum festlichen Mittagessen. „Gehen wir halt. Eh nur schauen!"

Billig kam er nicht weg. Die Knechte baten sich nur ein Packl Tabak aus, schielten aber sehnsüchtig nach den neuen Pfeifen. Also langte der Andreas tiefer in den Geldbeutel. Die Burga war so unvorsichtig, sich für Trachtenschuhe zu begeistern, ohnehin nur für billigere, und die Schnallen daran waren auch nicht aus echtem Silber. Zuletzt blieb noch die Gerti. Sie suchte lang herum, ließ sich Zeit, bis die anderen Dienstleute unruhig wurden. Die Burga drängte, der festliche Gottesdienst würde bald anfangen, und sie wollte noch einen Sitzplatz kriegen. Mit einem scheinheiligen Augenaufschlag fügte sich der Toni: „Muß halt wieder einmal ich beim Wirt gute Plätze besetzen. Kommen wir ins letzte Eck, so kriegen wir auch das letzte fette Stückl Fleisch!"

Kaum war die Gerti mit dem Bauern allein, entschied sie sich für einen Stand. Unschlüssig suchte sie zwischen Schürzen- und Blusenstoff, bis der Verkäufer mit einem breiten Lacher dem Bauern riet: „Kauf ihr ein Busentüchl! Das kann sie auf jeden Fall brauchen, und du darfst es ihr bestimmt anpassen. Das da?"

„Ja, das ist schön", sagte die Gerti und ließ sich das teuerste in Seidenpapier einwickeln.

Der Andreas zahlte, dachte an die kritischen Blicke von der Weiberseite in der Kirche und fragte: „Was hat's, willst du's nicht gleich nehmen?"

„Nicht vor allen Leuten!" Die Gerti spielte die Gschamige, zog ihren Bauern hinter den nächsten Verkaufsstand und drückte ihm das Tuch in die Hand. „Na, worauf wartest du noch? Hast du Angst vor mir? Oder graust dir, wenn du mir vielleicht mit den Fingerspitzen ankommst?“

Diese Herausforderung durfte er nicht unbeachtet lassen. Auch wenn sich die Dirn recht nahe vor ihn hinstellte, konnte er ihr das schöne Seidentuch umlegen und vorne ins Mieder stopfen, ohne daß er den zur Schau gestellten Köder auch nur berührt hätte. Dafür sagte sie eher pelzig als dankbar: „Lieb von dir!“

Aber zur Kirche kam er doch mit ihr hin, und da war ihm, als hätte er von weitem in der Menge das Gesicht der Steindl Dori gesehen.

Fürs Mittagessen zog er mit seinen Leuten in den „Adler“, wo ihnen Toni einen besonders günstigen Platz frei hielt: nahe genug an der Küche, daß sie jederzeit bestens bedient wurden; nicht weit von der Schank, damit das Bier unterwegs nicht warm werden konnte, und gleich neben der Tanzfläche im Festsaal. Der Toni lobte sich selbst: „Da gibt's heute alles: Trinken, Essen und Busseln!“

„Das liegt nur an den Mannsbildern“, bestätigte ihm die Gerti, doch dabei schaute sie auf ihren Bauern.

Der ließ ein großzügiges Essen auftischen, volle Bierkrüge anschleppen, erst beim Tanzen wehrte er sich: „In der Trauerzeit tanz' ich auch nicht beim Erntedankfest. Das werdet ihr verstehen.“

Sie sahen es ein, ausgenommen die Gerti. Sie seufzte, daß es ihr fast das Mieder zersprengte. „Bauer, da muß ich warten bis zum nächsten Kirtagsbussel. Oder gibt es einmal ein zusätzliches?“

„Alles muß seine Ordnung haben!" stimmte der Sommer Andreas in ihren gaudigen Ton ein, doch seine Augen blieben ernst. Damit enttäuschte er seine Sennerin, und die zeigte ihm an, daß ihr das Warten gar nicht getaugt hätte.

„Dort kommt der Pirker!" rief sie fröhlich. „Ihr müßt gar nicht gleich wieder ratschen, ich bin halt bös und berechnend. Wenn ich mit ihm fünfmal tanz', bringt er mich heut noch mit seinem Geländewagen auf die Alm hinauf. Schlecht gefahren ist allerweil noch besser als gut gegangen."

Mit ein bissel Neid auf die Jüngere stichelte die Burga: „Gar so schlecht tätest du mit dem auch nicht fahren."

Somit war die Gerti dahin, die Knechte fanden auch die richtige Gaudi fürs Trinken, Essen und Busseln. Zuletzt holte der Doktor Oberndorf die Burga zum Tanzen. Dem Sommer-Bauern sagte er: „Heut bin ich ganz glücklich dran. Meine Frau geht nie zu solchen Festlichkeiten, denn sie ist allergisch gegen Rauschzapfen. Die Zeling sitzt bei einer Erstgebärenden, kommt also heut auch nicht mehr weg. Borgst du mir deine Dirn, Andreas? Bei mir ist sie gut aufgehoben. Du weißt, ich bin ein Mann in den besten Jahren. Das heißt, daß die guten schon vorbei sind!"

Alle Leut' ringsum waren ausgelassen, fröhlich, einige vielleicht sogar wirklich glücklich. Da fühlte sich der Andreas Sommer fehl am Platz. Den Leiterwagen kuppelte er ab, mit dem Traktor fuhr er in Richtung zum Hof hinaus. Ganz flüchtig kam ihm der Einfall, mit der Dori eine Stunde lang zu ratschen. Das verwarf er gleich wieder. An diesem Festtag war er so wenig festlich gestimmt, daß er anderen jede gute Stimmung verdorben hätte. In der „Fischerhütte", nahe dem Bootshaus, hätte er sich auch nicht besser gefühlt. Also fuhr er auf den Hof zurück, wo ihn die Berta mit überschwenglicher Freude begrüßte. Nur der Andi blieb grantig, denn er kriegte wieder einmal einen Zahn.

Gegen zehn bei der Nacht schaute der Andreas zufällig zum Fenster hinaus, und da sah er den Pirker mit seinem Auto die Waldstraße zur Alm hinauffahren. „Eh klar, daß er die Gerti heimfahrt", sagte er leise vor sich hin. Ein bissel störte ihn der Gedanke, daß sich der Robert – schon wieder – die Gaudi vom Sommer-Hof holte, aber dann sagte er sich mit einem Seufzer der Erleichterung: „Da wartet die Gerti wenigstens nicht mehr so ungeduldig auf das erste Busseln mit mir!"

Vier Tage lang beobachtete die alte Berta am Anderl eine ungewöhnliche Unrast. Er begann eine Arbeit nach der anderen, machte keine fertig und schaute zuviel in die Luft. Vielleicht auch zur Straße hinüber.

Am fünften Tag kam über diese Straße die Dori Steindl herauf. Sie trug ihr notwendigstes Zeug im Rucksack. Die Mahm sagte über die Schulter in die Stube zurück: „Anderl, versäum sie nicht, sondern geh ihr entgegen!" Als er ein paar Augenblicke überlegte, ob er sich über ihr Kommen wirklich freuen dürfe, keppelte die Alte: „Sag einmal, warum bist du akkurat zu ihr so ungut?"

„Ich hab' ihr nichts Böses angetan!" verteidigte er sich unwillig, denn ihm wurde klar, daß mit der Dori Steindl wieder neue Schwierigkeiten auf den Hof kommen würden.

Ganz so leicht ließ sich die Berta-Mahm nicht hinters

Licht führen. Mit einem geradezu unanständigen Zungenschnalzer fragte sie: „Wenn nichts Böses, so vielleicht etwas zu Gutes?"

„Kümmere dich um deinen Schmarrn!" fuhr er die hartnäckige Alte an. „Hörst nicht den Andi in der Kammer schreien?"

Er ging der Dori entgegen. Unterwegs war in ihm noch so viel Ärger, daß er sich fragte, ob er es nötig gehabt habe, das Wirtshausdirndl wieder auf seinen Hof zu holen. Die war in ihn verliebt, daran gab es keinen Zweifel. Und er? Wenn doch das Bild der Traude noch so schmerzhaft deutlich vor ihm stand. In den einsamen Nächten ... Aber dann stand die Steindl Dori vor ihm, schaute fragend in sein Gesicht und getraute sich kaum zu sagen: „Da wär' ich, Bauer."

Er nahm ihr den recht schweren Rucksack ab und scherzte: „Ich fürcht', du willst dich wieder für längere Zeit einrichten."

„Eh nur bis zum Almabtrieb!" beruhigte sie ihn hastig.

Er sagte: „Freut mich, Dori, daß du wieder da bist."

„Wirklich?" Sie wollte in seinen Augen lesen, aber da hatte er sich schon abgewandt und ging zum Haus hin.

In der ersten Oktoberwoche wurde es noch lang nicht unfreundlich herbstlich, sondern ein farbenprächtiger Altweibersommer wärmte das Land. Der Sommer-Bauer trug dem Robert Pirker auf: „Sag der Gerti, heuer muß sie möglichst lang auf der Alm bleiben. Das tut dem Vieh gut, und auf dem Hof sind wir mit den Arbeiten noch nicht fertig."

Die Augen der Dori leuchteten erwartungsvoll auf, aber das ersehnte Wunder war noch immer nicht geschehen. Langsam verlor sie auch die letzte Hoffnung auf das Glück, von dem sie heimlich träumte.

Wie an jedem anderen Tag teilte der Sommer-Bauer seine Leute zur Arbeit ein, und auch er wollte mit ihnen hinausgehen. Der Dori packte er einen ganzen Pinkel voll Pflichten im Haus auf. Zu einer elektrischen Waschmaschine hatte es auf dem Hof noch nicht gereicht, denn die Melkmaschinen waren für den Andreas allerweil noch wichtiger gewesen. Gewaschen wurde für alle in der Waschküche, wohin die Dirn Körbe voll Schmutzwäsche, Reisig und Holz schleppte, um den Kessel zu heizen.

„Meinst, für den Andi müßtest du gar nichts machen?" klagte die Berta-Mahm sie an und stellte ihr noch ein Körberl vor die Tür. „Gelt, aber sauber. Und in der Sonne trocknen, damit alles weiß gebleicht wird. Ohne Chemie!"

„Freilich, Mahm", versprach die Dori. Aus den Worten der Alten hörte sie die Sorge um das Büberl heraus, und das rührte ihr ans Herz.

Die Berta musterte mit einem mißgünstigen Blick den Ansatz ihrer jungen Brüste im Mieder. Das alte Arbeitsdirndl war der Dori zu eng und zu klein geworden. Darum keifte die alte Magd feindselig auf die junge: „Hoffentlich taugst du wenigstens was beim Waschen! Daß mir keine Ränder und Grasflecke bleiben. Mußt halt ordentlich rumpeln!"

„Ich werd' mich bemühen", versprach die Steindl Dori auch das, aber ihre Freude an der Arbeit war nicht mehr so groß. Auch wenn sie noch so hilfsbereit und arbeitswillig war, kriegte sie von allen Seiten ihren Dämpfer. Als die Berta schon gegangen war, flüsterte die Dori lautlos: „Durchhalten! Es dauert ohnehin nicht mehr lang, bis die Gerti von der Alm kommt. Nachher darf ich gehen, ohne daß es deswegen einen Streit gibt. Im guten, nur nicht im bösen!"

Zufrieden zog die Berta-Mahm ab. Auf dem Weg in den Garten, wo der Andi glücklich auf einem Sandhaufen herumkroch, brabbelte sie vor sich hin: „Er ist doch ein g'standenes Mannsbild. Eh klar, daß er nach der Trauerzeit heiraten muß. Allerweil noch besser, als er verhupft sich und fallt auf die Schlechteste hinein! Er braucht eine Frau, der Hof braucht eine Bäuerin, und der Andi . . . Ich darf gar nicht dran denken, daß ich für ihn auch nicht ewig leben kann! Bald kommt die Gerti von der Alm herunter, nachher wird es sich zeigen."

Der Andreas Sommer arbeitete mit seinen Leuten auf der Waldleiten, um das letzte Heu zu machen. Dabei ging es ihm um jeden Halm. Dennoch schaute er, ganz gegen seine Gewohnheit, immer wieder auf und suchte die Straße ab, die ein Stück weiter drüben von der Alm herunterführte. Fast eine Stunde vor Mittag stellte er schon den Motor seines Traktors ab und trug der Burga auf: „Packt mir das Gras ordentlich auf die Raufen! Bei Tag ist es noch schön warm, aber in der Nacht spürt man den Herbst. Wie's feucht wird, könnt' man grad' meinen, der Winter stünd' vor der Tür."

„Wird gemacht, Bauer", versprach die Burga. „Und du?"

Als eine altgediente Dirn durfte sie sich so eine Frage

erlauben, aber er gab ihr ohnehin keine Antwort, sondern ordnete weiter an: „Zu Mittag fahrst du mit dem Traktor auf den Hof hinunter. Du und nicht der Hannes, verstanden! Der Narrische geht mit den Maschinen so schlecht um wie mit den Dirndln!“

Als er über den schon gemähten Teil der Wiese zur Waldstraße hinüberging, grollte er vor sich hin. „Das gibt's doch nicht. Da muß dem Vieh ein Unglück geschehen sein! Wenn aber auch die Gerti gar so bald zudrischt! Nie bringen sie das Zeug so spät von der Alm herunter. Oder hat der Robert sein Auto in die Schlucht gefahren?“

Unruhig rannte er die Straße hinauf und hinunter. Es dauerte ihm viel zu lang, bis er plötzlich einen Motor aufheulen hörte und den Geländewagen aus der Haarnadelkurve herausschneiden sah. Mit einem Armzeichen hielt er ihn an.

„Grüß dich, Andreas!“ rief der Pirker so unbefangen fröhlich, als hätte er kein schlechtes Gewissen haben müssen. „Willst am Ende mit mir nach Laab hinunterfahren? Unterwegs könnt' ich dir ein paar gepfefferte Geschichterln von deiner Alm erzählen!“

Solche Worte aus dem Mund des Robert bedeuteten nicht viel. Darum unterbrach in der Andreas: „Was ist heut auf der Alm geschehen?“

„Grad' kein Unglück“, beruhigte ihn der Robert mit einem überlegenen Lachen. Diesen Tonfall kannte und haßte der Sommer an ihm, und tatsächlich sagte der Pirker schmunzelnd: „Denk dir nichts, aber eines muß du wissen: Unsere Sennerin hat schon das Fieber. Wenn die nach dem Almabtrieb zu uns auf den Hof kommt ...“

Da brach im Andreas ein kaum überwundener Haß durch, so daß er hart dreinfuhr: „Allerweil noch *meine* Sennerin auf *meinem* Hof!“

Die Überraschung machte den Robert unvorsichtig. „Lieber Freund“, scherzte er, „du wirst doch nicht plötzlich futterneidisch werden?“

„Warum auch? Ich hab’ nichts mit der Gerti!“ lenkte der Andreas scheinbar ein, aber man hörte aus seiner Erregung, daß es ihm um viel mehr als Eifern um die Dirn ging. Was damals in dem Bootshaus geschehen war ...

Um keine ernsthafte Mißstimmung aufkommen zu lassen, redete der Robert schnell über das Ungute hinweg: „Ich bin draufgekommen, daß die Gerti eigentlich viel mehr sein könnt’ als eine gute Dirn oder Sennerin. Die ist nicht nur bildsauber und gut g’stellt, sondern sie hat sogar das Zeug zu einer Bäuerin! Gescheit, wie die ist, könnt’ jeder froh sein, hätt’ er sie für seinen Hof, fürs Haus und fürs Bett! Die kriegt bestimmt einmal Prachtkinder!“

Daraufhin empfahl ihm der Andreas eisig: „Heirat sie halt, nachher hast du alles. Aber leichtfertige Liebschaft gibt es auf meinem Hof keine!“

Wieder lachte der Robert, doch es klang nicht mehr so übermütig. Sogar unerwartet ernst warf er ein: „Wenn ich aber ein Zigeuner bin, der nicht seßhaft bleiben kann? Außerdem brennt die Gerti gar nicht für mich, sondern ist nach dir narrisch!“ Er schaute den Andreas von Kopf bis Fuß an: von den derben Arbeitsschuhen wieder hinauf, über die alte Hose und das verschwitzte Flanellhemd. Als könnte er es nicht fassen, murmelte er: „Da soll einer die

Gerti verstehen! Ich weiß nicht, was die akkurat an dir findet."

Ein paar Augenblicke lang schmeichelte es dem Andreas seiner Eitelkeit, daß die Gerti ihm den Vorzug gegenüber dem Robert geben könnte, doch dann argwöhnte er wieder eine Lumperei, bei der er den kürzeren ziehen würde. Solche Gedanken verbarg er, indem er halb lachend, halb unwillig knurrte: „Fahr zu, sonst machst du mit deinem Geratsche bis Laab die Milch sauer!"

Den Pirker-Bauern drückte offensichtlich noch etwas auf der Seele, und um den Frieden zu sichern, bat er schon im Wegfahren: „Kommst heut um acht zu mir? Wir schauen nachher noch eine Stund' ins Wirtshaus hinunter. Wenn man sich wieder einmal ausreden kann, tut es einem gut."

„Zum Steindl?" Gerade dort hätte er sich in Roberts Gesellschaft nicht recht wohl gefühlt. Dort erinnerte ihn zuviel an etwas, das ihn wieder feindselig machte.

Aber für die „Fischerhütte" brachte der Pirker ohnehin nur einen geringschätzigen Schnaufer auf. „Wir gehen nach Laab in den ‚Adler'. Der Heuberger laßt uns bestimmt nicht vertrocknen, und man redet sich dort gut."

So genau hörte der Andreas nicht mehr, was der andere noch sagte. Ihm tat seine Unfreundlichkeit schon wieder leid, denn er hatte doch keinen anderen Freund in der Einschicht als nur den Robert. Also rief er ihm nach: „Wenn ich bis acht nicht auf deinem Hof bin, muß mich auf meinigem etwas Wichtiges zurückgehalten haben."

Der Pirker winkte ihm noch einmal zurück.

Von der Waldstraße her hatte es der Andreas nicht mehr weit auf seinen Hof, aber die Mittagssonne brannte noch immer recht heiß vom tiefblauen Himmel. Also beschloß er, sich vor dem Essen schnell Staub und Schweiß unter der Brause abzuschwemmen.

Im Dampf der Waschküche sah er vorerst überhaupt nichts, bis aus dem Nebel die Dori auftauchte. Das nasse Kleid klebte ihr am Körper, und im Mieder trug sie keine Bluse. Bis auf die Stirn hing ihr das rotblonde Haar. „Jessas!“ schrie sie erschrocken. „Ich hab' dich nicht kommen gehört!“

Als sie seinen Blick spürte, hielt sie ein nasses Handtuch vor ihre Brust, doch er bat ohnehin gleich: „Nicht bös sein, wenn ich dich erschreckt hab'. Ich hätt' mich nur gern ein bissel abgewaschen.“ Sie zeigte auf ein Schaff mit lauwarmem Schwemmwasser, doch er wehrte ab: „Das brauch' ich wirklich nicht. Paßt schon, Dori, ich geh' zum Brunntrog.“

Beim Holztrog mitten auf dem Wirtschaftshof, wo von der Wiesenquelle unentwegt Wasser durch ein Eisenrohr zufloß, zog er sich das Hemd vom Oberkörper. Schon jetzt wurde es ihm frisch, aber das kalte Duschen verschlug ihm vollends den Atem. Als er eine Gänsehaut kriegte und es ihn zu beuteln anfing, wurde er ganz munter. Und so nüchtern, daß er sogar vergaß, was er in der Waschküche vorhin beim Anblick der Dori gedacht hatte.

Im Haus wechselte er das Gewand. Als er wieder zur Tür kam, rannte die Dori an ihm vorbei in die Küche, um das vorbereitete Mittagessen auf den Herd zu stellen. Er hätte ihr gern ein paar Worte gesagt, daß er sie nicht absichtlich in der Waschküche überrascht habe, doch da rief ihm die Berta-Mahm vom Obstgarten her. „Anderl, komm zu mir und zu deinem Büberl! Schau, Andi, da kommt dein Vater!"

Der Kleine stolperte ihm so wild entgegen, daß ihm angst und bang wurde. Er wackelte, fing sich, fuchtelte mit den Ärmchen durch die Luft und fiel doch nicht hin. Dafür packte ihn der Andreas und schwang ihn dreimal im Kreis. Das Jauchzen des Andi klang durch den Garten bis zum Haus hin. Mit leuchtenden Augen beobachtete die Berta-Mahm das Bild, denn sie fühlte, wie es ihr ans Herz rührte. Aber sie war nur ein altes, noch lang kein einfältiges Weiberl. Mit viel Verstand und Weiberlist steuerte sie auf ein ganz bestimmtes Ziel hin, und da gab es für den Andreas keine Möglichkeit mehr zur Flucht. „Du bist ein so guter Vater", sagte sie vor Liebe zittrig. „Tüchtig und anständig. Mein Gott, Anderl, auf der Welt gibt es nicht mehr viele Mannsbilder wie dich."

„Paßt schon, Mahm", wehrte er ein Zuviel an Lob ab, denn so etwas machte ihn stets verlegen. „Gar so ein Wunderviech bin ich auch wieder nicht. Ein Büberl wie unseren Andi muß man doch liebhaben."

Selten noch hatte er „mein Bub" gesagt. Von der ersten Stunde an redete er mit der Traude von „unserem" Kind, mit der Berta, später sogar mit dem Robert. Das wurde ihm längst nicht mehr bewußt, aber auf diese Weise beanspruchte er die Vaterschaft nicht mit letzter Sicherheit. Und der Andi gehörte deswegen nicht weniger zu ihm.

Die kurze Zeit bis zum Mittagessen blieb er bei der Mahm im Garten und erzählte ihr von der Arbeit. Dabei ließ er den Andi auf seinen Knien reiten, aber dem langte das allein nicht. Ohnehin kein bissel verwöhnt, verlangte der Raubersbub lautstark, der Vater solle auf Knien kriechen und ihn auf dem Rücken reiten lassen. Mit einem stolzen Seufzer, ein so gescheites Büberl zu haben, fügte sich der Andreas und jammerte nur schwach: „Kein Eheweib könnt' mich ärger abmartern als der Lausbengel!"

Vom Haus her lud die Dori recht freundlich zum Essen ein. Schlag zwölf, und die Dienstleute waren auch schon von der Leiten heimgekommen. Als der Andreas zum Haus gehen wollte, ließ sich der Andi nur widerwillig weiterschleifen. Er wollte unbedingt noch mit dem Vater im Garten spielen. Das bot der Berta-Mahm unerwartet die Gelegenheit zu einer Bemerkung, die ihr schon auf der Seele gebrannt hatte: „Gelt, Anderl, höchste Zeit, daß der Bub eine Mutter kriegt! Mich wickelt er um den Finger, und auf dir reitet er herum wie auf einem Ochsen!"

Der Andreas verbat sich lachend gerade nur die Einstufung als Ochse, aber seine Gedanken waren nicht ganz so fröhlich. Hatte ihm nicht schon am Vormittag der Robert angedeutet, er müsse wieder heiraten? Jetzt verlangte genau das von ihm die Mahm, die sonst jedes halbwegs gerade gewachsene weibliche Wesen von ihm fortbiß wie der Hofhund die Landstreicher. Eines war klar: Gerade mit dem Pirker hätte sich die Mahm nie abgesprochen. Also verwirrte ihn der Gedanke und gab ihn so schnell nicht wieder frei.

Das Mittagessen verlief in aller Ruhe, denn der Andi durfte schon mit den Erwachsenen bei Tisch sitzen. Das bedeutete, daß er kein Grießkoch essen mußte, das er wahrscheinlich in hohem Bogen weggespuckt hätte. Die Berta-Mahm zerschnitt ihm auf dem Teller mageres Selchfleisch mit einem viertel Knödel in kleine Stücke, dazu schöpfte sie ihm einen Löffel Sauerkraut. Ein echtes Bauernessen! Das schmeckte dem Buben so gut, daß er alles in sich stopfte und damit zum bewunderten Mittelpunkt wurde. Nachher war er so müde, daß er sich bereitwillig mit der Mahm im Garten auf eine Decke legte und schlief.

Der Andreas wollte mit seinen Dienstleuten das Heuen auf der Waldleiten möglichst bald fertigkriegen, denn um diese Jahreszeit schlug oft gerade nach schönen Tagen das Wetter schnell um. „Steig auf!" lud er die Burga ein und fuhr sie mit dem Traktor zum Waldrand. Die freute sich erst nur, daß sie nicht über den Wiesenweg hatschen mußte. Dann hetzte der Andreas so wild über Steine und Graben, daß sie sich krampfhaft an den Schultern ihres jungen Bauern festhalten mußte, und das war ihr recht angenehm. Beim Absteigen zitterten ihr nach so einer Höllenfahrt die Knie. Deshalb war es nicht ihre Schuld, daß sie stolperte und dem Andreas geradewegs in die Arme fiel.

„Öha, was denken die Leut', wenn sie uns zwei da so stehen sehen?" flachste er und schob sie behutsam von sich weg.

Die Burga machte sich darüber weniger Gedanken. Sie lachte. „Schlecht? Bauer, da komm' wenigstens einmal ich mit dir ins Gerede, und nachher täten die wahren Kenner sagen: Eine alte Henne gibt noch allerweil die beste Suppe!"

Dazu lachte der Andreas nicht. Die Fröhlichkeit war wieder dahin, denn ihm wurde bewußt, daß er längst nicht mehr an sie dachte, als er sagte: „Im Grund' ist es ganz unwichtig, mit wem man zusammenhaust. Vielleicht kann man mit jeder gut leben, wenn sie nur anständig ist. Grad' die größte Liebe haut einem die tiefsten Wunden, denn geht die auseinander, so tut's am meisten weh."

Er versank in so dumpfes Brüten, daß ihr ängstlich zumute wurde. Manchmal kriegte sie es richtig mit der Angst zu tun, ihr Bauer könnte plötzlich den Verstand verlieren und jemandem eine Sense in die Brust rennen. Wär's ein Wunder gewesen, wenn er doch schon soviel Bitterkeit in sich hatte hineinfressen müssen? Darum atmete sie auf, als die anderen drei Dienstleute den Anger heraufkamen.

Dann arbeiteten sie wieder mit ganzer Kraft, denn der Sommer-Bauer versprach ihnen: „Wenn wir's bis sechs packen, machen wir für heute Feierabend."

Bei solchen Aussichten stieß der Hannes einen Jauchzer aus, einen richtigen Alpenschrei, und der Toni schaute mit einem Augenzwinkern zur Birgit. Die war längst zusammengeheilt und hatte ihre volle Lebenskraft zurückgewonnen. Zumindest für die schönsten Stunden nach Sonnenuntergang.

An diesem Nachmittag wurde nicht gerastet, kaum verschnauft. Jeder packte an, bis er meinte, Arme und Hände würden ihm vor Müdigkeit abfallen. Zehn vor sechs war die vorhergesehene Arbeit getan. Bergab durfte die Birgit beim Bauern auf dem Traktor mitfahren. Gleich fürchtete der Toni um seine Gaudi, und die Burga schrie ihnen ungewöhnlich frech nach: „Gib acht, Sommer, daß du mit der nicht akkurat bei einem Heustadel umschmeißt! Dort ist es allerweil noch am gefährlichsten, das Liegenbleiben!"

Eigentlich dachte der Andreas nur laut, was ihm nachmittag bei der Burga eingefallen war, doch er sagte es recht deutlich vor sich hin: „Auch schon wichtig? Heirat' ich halt wieder. Einmal muß es sein. Für den Hof und ..."

Die Berghuber Birgit hatte nichts Eiligeres zu tun, als auf dem Hof der Erstbesten, der sie begegnete, zu ratschen: „Stell dir vor, Berta, unser Bauer hat mir gesagt: Er wird heiraten!"

„Spinnerte Urschel!" stellte sie die Mahm empört ab. Daran konnte kein wahres Wort sein, denn über etwas so Wichtiges hätte der Andreas bestimmt zuerst mit ihr, seiner alten Mahm, gesprochen.

Beim Abendessen schauten alle überrascht auf, denn er setzte sich im Sonntagsgewand an den Tisch. „Jetzt glaub' ich's auch", murmelte die Berta und musterte die Birgit mit einem feindseligen Blick. Ganz nebenbei, wie wenn sie es gar nicht unbedingt wissen wollte, fragte sie: „Anderl, hast du heut noch was Besonderes vor?"

„Eigentlich nicht", antwortete er.

Nach dem Essen ging er in den Stall, wo sich die Dori noch um die beiden Pferde kümmerte. Außerdem sammelte sie Eier zusammen, die von den narrischen Hendln wieder einmal in alle Winkel verlegt worden waren. „Dori!" rief er.

„Ja, Bauer?" Auch sie hatte das Gerücht über seine Heiratsabsichten gehört, hatte ein bissel gerötete Augen und schaute ihm traurig entgegen. Als er auf sie zukam, lehnte sie sich mit dem Rücken gegen die Wand, als müßte sie sich gegen ein feindseliges Schicksal verteidigen. Noch einmal schaute er sie kritisch an, von ihrem noch recht kurzgeschnittenen rotblonden Haarschopf und den grünen Augen im sommersprossigen Gesicht über die jungen Brüste im Arbeitskittel bis hinunter zu den Holzschlapfen. Er lächelte, entweder über ihr Aussehen oder aus Freundlichkeit.

Dann begann er recht umständlich. „Was ich dich hab' fragen wollen … Nicht, daß du gleich meinst, es wär' so, aber wenn ich dich fragen tät', ob du mich heiraten wolltest, was würdest du drauf antworten?“ Und zur Sicherheit betonte er noch einmal: „Ich frag' jetzt nur so.“

Sie hielt das Simperl mit dem Dutzend Eiern krampfhaft fest, denn beinahe hätte sie es fallen gelassen. Erst wich ihr das Blut bis auf das letzte Tröpferl aus dem Gesicht, dann liefen ihre Wangen brennrot an. „Wie meinst du das, Bauer? Du gibst mir kein Bussel und sagst mir nichts Liebes, aber …“

Mit einem Kopfnicken erklärte er das so: „Mir geht zuviel im Kopf herum, und das Schöntun ist nie meine Stärke gewesen. Ich find' es auch gar nicht so wichtig, daß man honigsüß herumredet, wenn man nachher bei der erstbesten Gelegenheit alle Liebesschwüre vergißt und vielleicht sogar fremdgeht. Dori, dich halt' ich für anständig, fleißig und recht tüchtig. Was dir fürs Hausen und Wirtschaften noch fehlt, könnt' dir die Mahm beibringen. Mein Büberl mag dich auch.“

„Und du?“ fragte sie leise, als er nicht weiterredete. Bei all ihrer Verwirrung merkte sie doch, daß gerade das Wichtigste fehlte. „Hast du mich so lieb, daß diese Liebe ein ganzes Leben lang halten könnte?“

Er wischte sich ungeduldig eine hellblonde Haarsträhne

aus der Stirn und wehrte sich: „Vom Süßholzraspeln halt' ich nicht mehr viel. Das hab' ich alles schon damals der Traude gesagt, aber geholfen hat es nichts. Ihretwegen bin ich nachher fast narrisch geworden. So etwas tu' ich mir nicht noch einmal an! Du weißt ohnehin alles. Meinetwegen, frag' ich dich halt: Willst du trotzdem meine Frau werden, die Sommer-Bäuerin, die Mutter vom Andi?"

Plötzlich fühlte sich die Dori fiebrig. Kaum verständlich antwortete sie: „Ganz so schnell kann ich dir keine Antwort geben. Vor einer Viertelstund' hätt' ich mir noch nicht träumen lassen ... Ich hab' so lang gewartet! Wenn du mich jetzt wirklich heiraten willst ... eh nicht aus der großen Liebe, sondern nur aus Vernunft ... da mußt du mich auch ein bissel vernünftig nachdenken lassen. Jetzt kenn' ich mich überhaupt nicht mehr aus."

Er bewies, daß er verständnisvoll und großmütig sein konnte und gestand ihr zu: „Freilich, Dori. Ein paar Tage, eine Woche, wenn du's willst. Mir eilt es nicht, und dir rat' ich: Überleg's dir genau, denn grad' ein Honiglecken wird das Leben mit mir auch wieder nicht sein. Die Traude hat sich so oft über mich beklagt und zuletzt ... Das wollt' ich nicht mehr erleben."

Sie unterbrach ihn, aber schon stand ein sehnsüchtiges Leuchten in ihren Augen. „Gelt, Andreas, wir müßten noch viel miteinander reden, mein' ich."

„Paßt schon." Plötzlich fühlte er sich gar nicht mehr so prächtig wie vorhin, als er dem Wirtshausdirndl angeboten hatte, seine Bäuerin zu werden. Eher unsicher wandte er sich zum Gehen.

„Willst mir nicht wenigstens ein Bussel geben?“ erinnerte sie ihn. Hatte sie in einsamen Nächten von ihm geträumt, so war er viel zärtlicher gewesen, hatte sie umworben, gestreichelt und liebkost.

Er gab ihr ein Bussel, ein zweites, und als sie die Arme um seinen Nacken legte, auch noch ein drittes. Dann sagte er hastig und verlegen: „Tut mir leid. Es ist spät geworden.“

Um wenigstens ein wenig von ihren Träumen in die Wirklichkeit hinüberzuretten, schlug sie ihm vor: „Wir müßten auch nicht die ganze Zeit im Stall bleiben. Wenn wir spazierengehen ...“

Er schaute auf seine Uhr. „Beinahe hätt' ich es vergessen! Nicht bös sein, aber ich hab' dem Pirker Robert versprochen, daß ich heut mit ihm noch für eine Stund' nach Laab hinunterfahr'. Siehst ohnehin, daß ich schon mein gutes Gewand angelegt hab'.“

Um nichts in der Welt wollte sie ihm ihre Enttäuschung nach einem Sonnenstrahl Hoffnung, die Verzweiflung über das Zerbrechen eines viel zu kurzen Traumes zeigen. Rasch wandte sie sich ab und sagte mit einem Lacher über die Schulter zurück: „Ich dumme Gans hab' mir eingebildet, du hättest dich für mich so feierlich angezogen. Wozu auch, wenn ich ohnehin grad' bei der Stallarbeit bin ... Bauer, wir müßten uns erst aussprechen!“

„Das schon, aber nicht akkurat heute. Ich hab' nämlich dem Robert schon am Vormittag zugesagt, daß ich mit ihm in den ‚Adler‘ mitkommen würde. Da hab' ich noch nicht im Traum daran gedacht, daß ich heiraten könnte. Dazu noch ausgerechnet dich! Gelt, ich geh' jetzt und lass' dir genug Ruhe, daß du dir deine Antwort genau überlegen kannst!"

Er hörte aus seinen Worten wirklich nichts, was die Dori hätte kränken können. Er ging schon. Von der Stalltür her winkte er noch einmal zurück.

Am nächsten Morgen verstand der Andreas die Welt nicht mehr.

„Davongerannt? Einfach davongerannt wie eine Landstreicherin?" empörte er sich. „Oder hat ihr jemand was angetan? Mahm, bist du ihr vielleicht grob gekommen?"

Mehr mußte er nicht sagen, schon brach aus der Alten jener Zorn, der sich in ihr während der letzten Monate gegen ihn und alle Welt aufgestaut hatte. „Ja, freilich! Ich und allerweil ich! An allem bin nur ich schuld, denn mit einer alten, hilflosen Frau kannst du das machen! Schon einmal hast du mich wegen so einer von Haus und Hof gejagt: Wie dir deine Traude mit deinem besten Freund danebengehupft ist, hast du nicht sie fortgeschickt, sondern mich! Das ist deine Dankbarkeit! Ich dank' dir dafür auch von ganzem Herzen, Andreas!"

Er wurde stiller und fragte verzweifelt: „Was hab' ich schon wieder falsch gemacht? Du selbst hast mir gesagt, daß der Hof eine Bäuerin und der Andi eine Mutter braucht!"

„Öha!" kreischte die Mahm und steigerte sich noch mehr in Wut. „Nachher kommt's auf mich! Hab' ich dir mit einem Wort geraten, du sollst ausgerechnet eine Wirtshaustochter heiraten, die ihr Lebtag keine richtige Bäuerin und dem Andi nie eine Mutter werden kann? Jetzt geht mir auf, was die hat einfädeln wollen: dir und mir schöntun, nachher sich ins gemachte Nest hocken! Für die Bauernarbeit hat sie bestenfalls zwei linke Händ' mitgebracht. Deine Traude ist auch grad' keine Bergbäuerin gewesen, aber die ist wenigstens von einem Hof gekommen!"

„Laß endlich die Traude aus dem Spiel!" fuhr er sie mächtig an und fühlte sich elend schwach wie schon lang nicht mehr.

Aber die alte Mahm merkte, daß somit ihre Stunde gekommen sei. Um jeden Preis würde sie ihren Platz auf dem Hof, in der Kindskammer und im Herzen ihres Anderl verteidigen. Darum galt ihr jetzt die Dori als tödliche Bedrohung. „Mit der Steindl-Tochter würdest du dir eine aufhalsen, die noch viel weniger zu dir paßt!"

Seit der Kinderzeit hatte sich der Andreas bei Ratlosigkeit an den Robert, den er sogar jetzt noch für seinen einzigen Freund anschaute, gewandt. Auch wenn sich ihm die Berta in den Weg werfen wollte, ging er auf den Pirker-Hof hinüber. Vorerst hetzte ihn der Robert auf, ganz in seiner Art zu denken: „Eh klar, daß du wieder heiraten mußt. Laß dir nichts von der spinnerten Alten dreinreden. Der Mann ist nicht aus Holz und braucht . . ."

„Daran hab' ich zuletzt gedacht", unterbrach ihn der Andreas geradezu geringschätzig. „Wichtig ist mir der Hof. Und der Andi."

Das fand der Pirker von ihm sehr anständig, aber unverständlich. Erst als er hörte, wen der Andreas heiraten wollte, sagte er: „Jetzt versteh' ich es." Und dann schrie er auf: „Spinnst? In Laab gibt's die saubersten Dirndln, aber du suchst dir akkurat so eine verwelkte Trauerpflanze! Haar wie ein Knechtl, scheckig im Gesicht und auch sonst grad' keine Schönheit! Man könnt' meinen, du nimmst dir die Dori nur, weil du bei der sicher bist, daß sie dir keiner ins Heu oder ..."

Hätte er leichtfertig noch „Bootshaus" gesagt, so wär's für den Pirker vielleicht gefährlich geworden. Im Andreas zitterte ohnehin plötzlich eine mordsmäßige Lust zum Dreinschlagen. Gerade noch rechtzeitig ging er weg, ohne zu sagen, wie er sich entscheiden wollte. „Ich hab' nur deine Meinung hören wollen", grollte er.

Am Abend fühlte er sich so unruhig, daß er schon überlegte, unter welchem Vorwand er nach Laab hinuntergehen könnte. Von dort möglicherweise zur „Fischerhütte" hinüber. Aber wozu hätte er ausgerechnet der Steindl Dori nachrennen sollen? „Der ang'rührten Nokken", grollte er vor sich hin. „Ich lass' mich doch von niemandem für 'n Narren halten!"

Eine Stunde später spielte er noch mit dem Andi. Schon schaute ihm die Berta-Mahm wieder mit einem guten Lächeln zu, wie er auf den Knien herumkroch, um die hölzerne Lokomotive dreimal hinter der Eckbank hervorzuholen. Der Andi nahm sie, jauchzte hellauf und rollte sie unter den Herrgottswinkel, wo sie am schwersten erreichbar war. Dennoch wurde der Andreas Sommer nicht ernsthaft unwillig, sondern schimpfte nur schwach: „Eh klar, daß mich alle zum Deppen machen, sogar der kleine Knirps!"

„Na alsdann", flüsterte ihm dafür die Berta wie eine Versucherin zu, „was brauchst du da noch eine Fremde für den Buben? Ich arbeit', so lang ich kann, also wenigstens bis zum Hunderter. Du machst ihm leicht Vater und Mutter zugleich."

Sie brachte das Büberl in die Kindskammer, wusch es und steckte es ins Bett. Ausgerechnet an diesem Abend war der Andi fürs Einschlafen schon zu müde und sekkierte die Mahm noch gut eine Stunde lang.

In dieser Zeit stellte die Burga ihrem Bauern das Essen auf den Tisch. Er schob den Teller zurück und sagte, er habe keinen Hunger.

„Willst statt der Erdäpfelsuppe lieber ein Stückl kalten Braten mit Brot? Der ist von Mittag geblieben, und ich hab' ihn für dich aufgehoben."

„Nix mag ich!" wies er sie schon zornig ab.

Damit enttäuschte er die Burga, und sie rächte sich, indem sie ihm vorwarf: „Mit deinem Dickschädel verdirbst du allen die Freud' am Leben. Heute hab' ich in aller Herrgottsfrüh nicht mehr schlafen können. Ich bin nicht verliebt, kann also nicht von der Liebe leben, und so hat mir der Magen gekracht. Kaum bin ich in der Küche gehockt, ist die Dori gekommen. Grad' um ein Schluckerl Wasser. Ich hätt' ihr einen Kaffe machen wollen, aber vor lauter Weinen hat sie nicht einmal gescheit reden können, die arme Haut!"

Der Andreas hörte den unausgesprochenen Vorwurf heraus und verteidigte sich wild: „Wie wenn ich ihr etwas angetan hätt'! Warum hat sie getrenzt? Versteht sich, daß ich sie nicht wieder auf den Hof hol', denn so eine brauchen wir nicht! Davonrennen? Keine Bäuerin tät' so was! Auch keine Magd!"

„Was schreist du so? Wer schreit, setzt sich ins Unrecht!“ Dann lachte die Burga doch. Mit einem Seufzer, daß ihr Mieder in allen Nähten krachte, beklagte sie das Schicksal der Dori und ein bissel auch ihres: „Geh weiter, Bauer, was weißt schon du? Alle verliebten Dirndln sind gleich deppert! Aber bis unsereine endlich gelernt hat, wie man mit den Mannsbildern umgehen muß, ist es schon zu spät. Was die Liebe angeht, hat unser Herrgott beim Erschaffen mehr als nur einen Fehler gemacht!“

Als der Andreas eine Viertelstunde später durchs Vorhaus ging, schoß die alte Mahm wie eine Spinne bei der Kammertür heraus. Sie hatte das Ärgste geahnt, und auch mit ihren halbblinden Augen sah sie auf den ersten Blick, daß er schon wieder einen guten Anzug angelegt hatte. „Wo gehst 'leicht noch hin, Andreas?“ fragte sie mit mühseliger Freundlichkeit. Dann gleich wieder mißtrauischer: „Zum Pirker? Der Lotter verführt dich noch zum Saufen!“

Ohne echte Fröhlichkeit gab er zurück: „Genau das fürcht' ich auch. Darum geh' ich jetzt gar nicht erst auf den Pirker-Hof hinüber.“

Draußen war er bei der Tür. Hinter ihm greinte die Mahm weinerlich nach, aber diesmal ließ er sich auch durch sie nicht von seinem geplanten Weg abbringen. Mit einem Auto wäre er schneller gewesen, zu Fuß konnte er die Abkürzung durch den Wald nehmen und vom Christophorus-Marterl an den Röthenbach entlanggehen. Die ganze Zeit über dachte er nach, wie er es anstellen sollte, um die Dori wieder auf den Hof zu bekommen. Bös sein wollte er nicht mit ihr. Nur eines würde er bestimmt nicht: ihr Gefühle vorspielen, die er für sie nicht aufbrachte.

Als er im Mondlicht den Weiher silbrig schimmern und davor den Schatten des Bootshauses dunkel aufragen sah, wurde er unsicher.

„Wer schleicht da herum?“ schreckte ihn die Stimme des Steindl-Wirts aus seinen unguten Erinnerungen.

„Ich bin's, der Sommer Andreas“, meldete er sich.

Wenn er gemeint hatte, der Wirt würde daraufhin freundlicher sein, hatte er sich getäuscht. Als kleiner, hagerer Schatten verstellte der ihm den Weg, und nur weil sich der Andreas nicht so schnell fortschicken ließ, machte er Platz. „Wenn du was trinken willst, komm halt in die Gaststube“, sagte er und fügte daran: „Wenn nicht, so gehst du besser wieder heim. Ich mag's nicht, wenn einer ums Haus schleicht, als hätt' er ein schlechtes Gewissen.“

Kaum war der Andreas in der Gaststube, dachte er nicht mehr daran, erst ein Bier zu bestellen. Er redete nicht lange herum, sondern fragte: „Ist die Dori daheim?“

Der Steindl Lois baute sich wieder feindselig vor ihm auf. „Könnt' sein, daß sie daheim ist. Wo wär' sie sonst? Ich weiß nicht, was ihr habt, doch es ist besser, du redest sie erst gar nicht mehr an. Die rennt den ganzen Tag herum, sagt und deutet nichts. Ich mag ihre verweinten Augen nicht mehr sehen, und darum sag' ich es dir gleich: Ihre Zeit auf deinem Hof ist um. Was du ihr auch angetan hast ...“

„Gar nichts hab' ich ihr angetan!“ unterbrach ihn der Andreas mit einem unterdrückt zornigen Aufschrei, denn ungerecht beschuldigen ließ er sich auch nicht länger. So hilflos er sich im Augenblick fühlte, ein Rest Stolz war ihm allerweil noch geblieben. Auf keinen Fall sollte es so aussehen, als wollte er seiner ehemaligen Dirn nachrennen. Deshalb redete er sich aus: „Nur weil ich zufällig vorbeikomm', bring' ich der Dori ihren Lohn. Den Wisch muß sie mir selbst unterschreiben. Also? Wenn ihr aber das jetzt nicht paßt, geh' ich wieder, und nachher muß sie ihr Geld auf meinem Hof abholen."

Das wollte der Steindl am wenigsten. Er meinte: „Die paar Zerquetschten wirst du auch mir geben können. Oder?"

Die Tür zum Extrastüberl ging auf, und die Dori kam herein. Sie wirkte beinahe zu ruhig, unecht heiter, und sie forderte den Andreas auf: „Sag mir lieber gleich, was du loswerden willst."

„Dori!" ermahnte sie der Steindl. „Du hast ehrlich gearbeitet, alsdann nimm dein Geld und laß alles andere sein."

Sie lachte, wie wenn es für sie um nichts Wichtiges gegangen wäre. „Vater", bat sie, „ich muß ein paar Minuten mit ihm allein reden. Da wird er sich eher zu sagen trauen, was ihn herführt. Das ist bestimmt nicht viel, und es wird auch nicht besonders lang dauern."

Als sich der Steindl noch immer nicht von der Stelle rührte, drängte sie sich an ihm vorbei ins Freie, und der Andreas kam gleich hinter ihr her. Sie gingen ohnehin nicht weit, denn sonst wären sie zum Weiher und zum Bootshaus gekommen. Jetzt müßte halt der Sommer-Bauer alles sagen, was er sich unterwegs zusammengedacht hatte, aber davon fiel ihm kein Wort mehr ein. Hinter dem

Gastgarten blieben sie einander gegenüber stehen. Nach einer Weile fragte er nur: „Warum, Dori?“

Als hätten sie ausgerechnet die vielen Kränkungen stark und selbstsicher gemacht, gab sie zurück: „Nichts fragen! Ich hab' gemeint, du wärst gekommen, um mir was zu sagen.“

So ließ er sich auch nicht herausfordern, und er warf ihr vor: „Einfach davonrennen, wie wenn dir jemand etwas angetan hätte! Eigentlich bin ich von dir schon enttäuscht.“

„Ist das alles?“ fragte sie, als er nicht weiterredete. Sie dachte nicht daran, sich bei ihm zu entschuldigen. Im Gegenteil, sie führte sich auf, als fühlte sie sich sogar im Recht!

„Das ist fast schon alles!“ sagte er deshalb recht scharf. „Ich bin am wenigsten zum Streiten heruntergekommen, aber wenn du so uneinsichtig bist, muß ich dir klar sagen: Grad' so etwas hätt' ich von dir nicht erwartet. Da reden wir noch gut miteinander, ich sag' dir, daß ich dich vielleicht sogar heiraten würde, und was machst du? Es wär' sogar noch anständiger gewesen, hättest du mir offen gesagt, daß du das nicht willst. Statt dessen rennst du bei nachtschlafender Zeit aus dem Haus!“

„*Du* bist weggerannt!“ schrie sie ihm plötzlich unbeherrscht entgegen. Er sollte nicht merken, daß sie damit ein Schluchzen überschrie. Überhaupt nichts mehr sollte er von ihr wissen! Erst als sie ein bissel ruhiger geworden war, klagte sie ihn an: „Wie bei einem Viehhandel hast du zu mir im Kuhstall geredet: eine Kuh kaufen, die gut genug ist für den Hof und für deinen Buben. Aber eine geduldige, die keine Schwierigkeiten machen wird. Und das soll die erste, die einzige und große Liebe gewesen sein? Alles fürs ganze Leben? Armselig, sag' ich dir, Andreas, erbärmlich!"

Der verstand sie immer weniger. „Na und?" fragte er schon streitbar, denn für ihn war sie noch immer das uneinsichtige Wirtshausdirndl, das gar nicht begriff, welches Glück die Heirat auf den Sommer-Hof bedeuten würde. „Hätt' ich mich vielleicht vor dir niederknien sollen?"

„Nur das nicht!" fauchte sie. Sobald ihr Zorn stärker wurde als alle Kränkungen zusammen, fühlte sie sich schon besser. „Dabei hättest du deinen schönen Anzug mit Kuhmist dreckig gemacht! Ich dummes Weibsbild hab' gemeint, du kämst als Brautwerber zu mir im guten Gewand, doch aus jedem deiner Worte hab' ich hören müssen, was ich für dich bin!"

Er wurde feindselig und schrie es ihr beinahe voller Haß entgegen: „Ich biete dir einen gesunden Hof, ein gesichertes Leben als Bäuerin und bitt' nur, daß du dich dafür um mein Büberl annimmst. Was fehlt da noch für die Dori von der ‚Fischerhütte'?"

Wie er das sagte, klang es für sie beleidigend und ließ keine Hoffnung mehr auf ein Einlenken aufkommen. Darauf antwortete sie nur noch unendlich traurig: „Lieber Sommer Andreas, schon wie du mir auf dem Heimweg zum Hof hinauf die paar notigen Busseln so gnadenhalber gegeben hast, und ganz besonders, wie du mich vorsichtig im Stall ausgefragt hast, hat mir etwas gefehlt. Mußt erst gar nicht lang nachdenken, ich bin mir sicher, du kommst nie drauf!"

„Nachher sag's du mir!" Beinahe erschrak er selbst, so feindselig klang seine Stimme. Aber war das seine Schuld, wenn er mit dem besten Willen gekommen war und sich hier doch nur gegen unsinnige Anschuldigungen verteidigen mußte?

Die besten Vorsätze zu einer ruhigen Aussprache hatten ihm nichts genützt, denn jetzt hörte er die Dori sagen: „Liebhaben von ganzem Herzen, Schöntun und Zärtlichkeit! So ein Gefühl hast du noch nie für mich gehabt!"

Vor ehrlichem Erstaunen machte er einen Schritt zurück, weg von ihr. Aber noch einmal versuchte er es im guten. „Dori, red dir nichts ein", bat er. „Sei vernünftig! Ich hab' dir gesagt, daß ich den ehrlichen Willen hab', mit dir anständig zu hausen. Aber ich hab' dir auch gesagt, daß mir das honigsüße Geturtel nicht liegt. Könnt' sein, daß meine große erste Liebe drüben im Bootshaus . . ."

Damit war die Entscheidung gefallen. Sie atmete ruhig durch und sagte: „Ich dank' dir für deinen guten Willen, Sommer-Bauer, aber ich mag nicht deine Frau werden."

Scheinbar ganz ruhig ging sie zum Haus zurück, wo der Steindl die ganze Zeit über an der Tür auf sie gewartet hatte.

Das Leben auf dem Sommer-Hof mußte weiter seinen geregelten Lauf nehmen. Das half dem Andreas, denn er kam fast nicht mehr zum Nachgrübeln. Innerhalb von zwei Tagen mußte alles für den Almabtrieb vorbereitet werden, denn im Westen zogen schwere Wolken auf. Bei der Nacht wollte er auf keinen Fall an die Dori denken.

Aus Erschöpfung fiel er zumindest gegen den Morgen zu in einen bleiernen Schlaf.

In der Nacht vor dem Abtrieb fand er überhaupt keine Ruhe, warf sich stundenlang wach in der Bettstatt herum, bis es ihn nicht mehr in seiner Kammer litt. Als er in die Küche kam, trippelte gleich wieder die Berta-Mahm aus der Kindskammer herüber. Seinen Morgengruß beantwortete sie nur mit einem Brummen, aber sie stellte das Frühstück auf den Herd.

Nachher rührte er grad' wie narrisch im Kaffeehäferl, bis ihn die Mahm fuchtig ermahnte: „Die Leut' werden bald in die Küche kommen. Ich seh's dir an, daß du über was reden willst."

„Wenn ich mich überhaupt nicht mehr zurechtfind'", murmelte er.

Die Berta mußte keine Fragen stellen, sie wußte ohnehin, woran es fehlte, und so konnte sie es ihm auf den Kopf zusagen: „Ohne die Liebe geht halt gar nichts. Verstehst, was ich sagen will? Vor der Gaudi kommt noch allerweil ein Gefühl, das so stark ist, daß es einem fast weh tut. Hast du für die Dori so ein Gefühl?"

Er hieb mit der flachen Hand auf den Tisch, daß es wie ein Schuß krachte. „Redest du auch schon so talkert daher wie eine junge Dirn? Schmachten im Mondschein ist ein Schmarrn! Man schwört ewige Liebe und vergißt alles, wenn der nächste bei Mondschein besser heulen kann! Die richtige Lieb' kommt erst, wenn ein Paar im Ehebett ..."

Fuchtig kreischend unterbrach ihn die Mahm: „Was weißt schon du! Ob Heu oder Gras oder Bett, das macht wenig Unterschied, aber mit dem Zärtlichsein fangt's an, muß es in den vielen Jahren einer Ehe weitergehen. Wenn am End' keine Zärtlichkeit mehr da ist ... *davor* fürchten sich die Frauen."

Im nächsten Augenblick schrie es der Andreas heraus: „Vielleicht hab' akkurat ich Angst, daß die Liebe wieder nicht langt. Und noch einmal mag ich nicht durchmachen, was sie mir damals angetan haben!"

Ihm erstickte vor Aufregung die Stimme, aber die welken Lippen der Berta-Mahm verzogen sich zu einem zufriedenen Lächeln.

Schlaftrunken stolperten der Reihe nach alle Dienstleute in die Küche. Sie sahen noch gar nicht recht aus den Augen, aber weil der Bauer schon am Tisch hockte, schluckten sie das Essen hastig hinunter. Ein wichtiger und harter Arbeitstag lag vor ihnen.

Schon zehn Minuten später stand der Andreas auf und sagte: „Mahm, heut bleibst nur du auf dem Hof. Hüt mir gut das Haus, das Vieh und meinen Buben."

„Typisch, daß bei dir noch allerweil zuerst das Vieh kommt, nachher in zweiter Linie der Bub", greinte sie, aber sie schaute eher nachdenklich als grantig drein. „Sorg dich nicht um mich! In meinem Alter ist man schon vorsichtig. Bevor ich wo hinlatsch', schau' ich dreimal hin, denn ich weiß: Ein falscher Schritt, und ich stolpere ins Grab."

Er mochte es überhaupt nicht, wenn sie so redete. „Geh weiter, Mahm, dich mag der Teufel nicht. Gott sei Dank, denn ich brauch' dich auf dem Hof und fürs Büberl. Oder besser: fürs Büberl und ..."

„Mach keine großen Sprüch'!“ ermahnte sie ihn sanft und sonnig. „Höchste Zeit, daß ihr losgeht.“

Als erfahrene Gebirgler rannten sie den Berg nicht hinauf und gingen doch so zügig, daß sie in weniger als einer Stunde die Alm erreichten. Dabei kamen sie nicht viel zum Reden, auch wenn die Mägde gern darüber geratscht hätten, was man in der letzten Zeit von ihrem Bauern erzählt hatte. Wenn aber der auch ausgerechnet der Steindl Dori von der „Fischerhütte“ nachrannte! Das würde ohnehin aufhören, denn sobald die Gerti von der Alm herunterkäme ... Alle miteinander, ausgenommen der Bauer, fühlten sie mit einem kleinen Kribbeln, daß es bald eine neue Sensation geben würde. Diese Stimmung nützte der Toni auf seine Weise aus. Am Waldrand machte er, wie wenn er über eine Wurzel gestolpert wäre, fing sich gerade noch an der Berghuber Birgit, wobei er ihr zuflüsterte: „Ich weiß gar nicht, was unserem Bauer an der Dori so gefällt. Da find' ich schon mehr an dir!“

Zwar schob sie ihm schimpfend die Hände weg, aber ernsthaft zornig war sie nicht. Hingegen riet sie ihm als frühere Sennerin auf der Sommer-Alm: „Schmeiß den Prügel weg! Wenn der Bauer nur einmal sieht, daß du auf eine Kuh hindrischst, kannst du von ihm was erleben. Der hat fürs Vieh noch allerweil mehr Herz als für unsereinen.“

Um den Toni wieder aufzumuntern, erinnerte ihn die Burga, daß der Bauer seine Leut' für einen unfallfreien Almabtrieb in den „Adler“ einladen würde. „Mit Trinken, Essen und Tanzen!“

Damit brachte sie aber auch die Birgit auf den Gedanken, sich fürs Tanzen gleich einen Jungen warmzuhalten.

Es half immer, Eifersucht und Futterneid anzustacheln. Mit einem gut gespielten Seufzer sagte sie: „Wie's ausschaut, wird es zwischen unserem Bauern und der Dori nie mehr etwas. Das hat aufgehört, bevor es noch angefangen hätt', aber er muß nicht traurig sein, denn er hat noch allerweil uns. Zu mir müßt' er nur ein liebes Wörtl sagen, und ich tät' gleich ... mit ihm tanzen."

Diesmal durchschaute sie der Toni. Mit einem geradezu kränkenden Lacher erinnerte er sie: „Da mußt du dir nichts einbilden. Heute kommt die Gerti von der Alm auf den Hof zurück. Die versteht's, die kann jeden um den Finger wickeln. Wenn sie's darauf anlegt, wird sie unsere Bäuerin."

„Es gibt auch noch andere Dirndln!" fauchte die Birgit zornig. „Fünf auf dem Pirker-Hof und wenigstens hundert in Laab. Ob der Sommer bei der Gerti anbeißt, ist noch nicht heraußen!"

Der Toni genoß seine Überlegenheit und reizte die Birgit: „Komm ihr halt nicht ins Gehege, denn sonst bist du früher oder später draußen ... und mir tät's leid. Erst unlängst hab' ich im ‚Adler' von der Heuberger-Wirtin gehört, daß zwischen der Gerti und dem Sommer schon früher einmal ... hab' ich gehört!"

„Du wirst gleich alle Engel singen hören!" drohte ihm die Burga von hinten her.

Von alldem merkte der Andreas Sommer nichts, denn das letzte Stückl Weg hetzte ihn die Sorge ums Vieh hinauf. Schon zu oft hatte ihm das Schicksal akkurat im letzten Augenblick noch sein Glück zusammengeschlagen. Darum sah er vom Waldrand her als erster, wie gut die beiden

Rinderherden beisammen waren. Die zwei Leitkühe hatten nicht nur blankpolierte Glocken, sondern auch mächtige Kränze um den Hals gehängt. An ihren Hörnern waren Blumenbüscherl mit Seidenbändern festgebunden. Der Hüterbub vom Pirker-Hof hielt einstweilen beide Leitkühe fest, und als er die Sommer-Leute kommen sah, schwenkte er mit einem hellen Jauchzer sein Hüterl.

Vor der Sennhütte warteten schon vier Treiber vom Nachbarn, und auch sie grüßten freudig.

Als der Andreas auf das Haus zu ging, kam die Schauer Gerti heraus und stellte sich zur Begrüßung ihres Bauern auf. Dem verschlug es ein bissel den Atem. Das kam von der Natur, denn sie hatte sich mit ihrem schönsten Dirndlkleid gewandet. Das schwarze Haar, in das sie ein paar Blumen eingeflochten hatte, trug sie zu einer Krone an den Kopf gesteckt. Damit ja alle hinschauten, steckte auch am Miederausschnitt ein buntes Sträußerl.

„Bauer", sagte sie mit einem stolzen Lächeln, „ich bring' dir das Vieh so, wie du es mir anvertraut hast. Nicht ein Stück hab' ich verloren, keines ist verletzt. Für dich hab' ich ..."

Er hörte sie nur wie von weit weg reden. Als ob er sie vorher noch nie so gesehen hätte, schaute er in ihre Augen, las von ihren vollen, roten Lippen auch solch Worte, die sie gar nicht aussprach. Dabei fiel ihm ein: Kein einziges Mal hatte ihm die Dori einen ähnlich schnellen Herzschlag verursacht, und das wäre zwischen Mann und Frau recht wichtig gewesen.

„Dank' dir, Sennerin!" sagte er, wie's bei ihm Brauch war. „Du bist ..."

Die nächsten Worte blieben ihm geradezu im Hals stecken, denn da kam einer lachend aus der Sennhütte. Einer, den er beinahe vergessen hatte: der Robert Pirker. Der strahlte übers ganze Gesicht, so freute er sich, daß ihm die Überraschung gelungen war. Voller Übermut rief er: „Guten Morgen, Sommer-Bauer! Du kannst noch so zeitig aufstehen, gegen mich kommst du allerweil zu spät!"

Zur Bootshütte? Nein, zur Almhütte! „Warum zu spät? Was heißt das?"

Nach langer Zeit konnte der Robert wieder einmal seine Überlegenheit voll ausspielen und lachte sonnig wie immer, wenn er sich gut drauf fühlte. Dann lenkte er ein und sagte besänftigend: „Ich mein' nur, es ist richtig gewesen, daß wir auch in diesem Jahr die Alm wieder gemeinsam bewirtschaftet haben. Deine Alm mit deiner Sennerin, meinem Hüterbuben und meinem Knecht. Heut sind wir halt ein bisserl eher heroben gewesen als du. Noch ein Vorteil: Mit dem Auto wird man nicht schon unterwegs müde. Ich bin aber auch das ganze Jahr über gern heraufgekommen. Versteht sich: zu so einer Sennerin!"

Die warf noch rasch einen prüfenden Blick in das Gesicht ihres Bauern, und als sie darin Spuren von Ärger entdeckte, funkelten ihre Augen gleich noch einmal so fröhlich. Bevor der Robert eine andere Einteilung vorschlagen konnte, bestimmte der Andreas als Bauer dieser Alm: „Ich führ' den Zug an, meine Leut' kommen gleich hinter mir nach. Robert, zuletzt treiben die deinen."

Zum Spaß beschwerte sich der Pirker: „Da sieht man's wieder: Weil ihm hier alles gehört und er mich nur aus Freundschaft mitnaschen laßt, verlangt er auch alle Ehre und Freud' für sich allein. Meinetwegen, Andreas, aber dafür borg' ich mir deine Gerti für heute nacht aus ... Ohnehin nur zum Festtanz im Wirtshaus!"

„Auf geht's!" rief der Andreas. Ohne auf die anderen zu achten, ging er schon den Almboden hinunter. Die Gerti führte die aufgekranzte Leitkuh vom Sommer-Hof, hinter ihr feuerten Knechte und Mägde das Vieh mit Jauchzen, Geschrei und ein bissel Peitschenknallen zum Heimweg an.

Wo es im Wald steiler bergab ging, sorgte der Andreas dafür, daß die Rinder vorsichtig blieben und sich von den übermütigen Mannsbildern nicht zu schnell treiben ließen. Die Gerti war ihm eine wertvolle Hilfe, indem sie ihre Kuh mitten auf dem Weg führte, so daß sie keine andere überholen konnte. Unterwegs fragte sie leise: „Bist du wirklich mit mir zufrieden, Bauer? Freust du dich, daß ich auf den Hof zurückkomm'?"

„Das fragst du mich noch?" gab er scheinbar gleichmütig zurück. „Kein Stück Vieh verloren. Du bist die tüchtigste Sennerin, die wir jemals auf der Alm gehabt haben, der Pirker und ich. Aber heut, wie er aus der Sennhütte gekommen ist, hab' ich mich gefragt, ob du vielleicht auf den Pirker-Hof wechseln willst."

Mit grad' seidenweicher Stimme erinnerte sie ihn: „Geh weiter, ich gehör' doch zu dir, auf deinen Hof!"

Abgesehen von einigen kleinen Zwischenfällen, bei denen die Knechte härter eingreifen mußten, brachten sie die beiden Rinderherden heil zu den Einschichthöfen. Die Berta-Mahm wartete schon beim Tor, mit dem Büberl auf dem Arm. Der Andi hielt ein Blumensträußerl, denn als künftiger Bauer durfte *er* die erfolgreiche Sennerin begrüßen. Die Alte jammerte zwar bei jeder Gelegenheit, sie sei halb blind, aber noch allerweil erkannte sie es von weitem: „Aufgekranzt ist die Leitkuh, daß jeder Stier wild werden muß. Da kann man sich was denken!" Vom ersten Augenblick des Wiedersehens an zerschmolzen ihre freundlichen Gedanken für die Schauer Gerti. Voller Mitleid streichelte sie dem Andi übers inzwischen wieder heller gewordene Haar, das sie recht oft mit Kamillensud bleichte. „Büberl, wenn die auf unserem Hof Bäuerin wird, muß ich meinen Pinkel rechtzeitig packen. Aber diesmal für immer. Armer Anderl, armer Andi!"

Es war nur gerecht, daß die Gerti zuerst auf dem Sommer-Hof gefeiert wurde. Tüchtig war sie, das schätzte jeder an ihr. Alle sahen sie es: Keine konnte so lieb und lustig lachen wie sie. Besonders genoß sie die bewundernden Blicke ihres Bauern. Wenn sie sich nahe an ihm vorbeidrängen mußte, zögerte und wartete sie, aber er gab ihr noch immer kein Bussel. Was sie ihm auch lächelnd anbot, er langte nicht zu. Noch nicht, also vertraute sie auf die lustige Feier unten im Dorf.

Am späten Nachmittag kam der Robert mit seinem Auto zum Sommer-Hof herüber und bestimmte einfach: „Wir fahren jetzt alle nach Laab hinunter. Gefeiert muß werden, meinetwegen die ganze Nacht durch! Unsere erste und unsere zweite Sennerin und die Burga steigen mit dir ins Auto. Bleiben noch die anderen Dienstleut'."

Darüber entschied der Andreas: „Der Hannes kommt uns mit dem Traktor und dem großen Leiterwagen nach."

„Eh klar!" Der Pirker war über diese Lösung erfreut,

denn aus ihr ergaben sich viele Möglichkeiten. „Da können meine sieben Leut' auch gleich mitfahren. Darunter fünf Dirndln! Stell dir vor, was sich bei denen abspielen wird! Gelt, Andreas, sobald wir zwei einander aushelfen, kommt allerweil etwas heraus."

„Nur nix Gescheites!" greinte die Berta-Mahm. Sie trug den Andi, der gleich die Ärmchen ausstreckte und unbedingt zum Pirker wollte. Diesmal machte die Alte Glasaugen.

Hinter ihr kam die Schauer Gerti aus dem Haus. Von der Schwelle her vergewisserte sie sich: „Sind schon alle da, die mich heut feiern wollen?"

Dem Andreas verschlug es ein bissel den Atem. Auch eine Sennerin blieb eine Dirn, und sie hätte sich nicht prächtiger herrichten müssen als eine Bäuerin. Schon wieder trug sie ein neues Dirndlkleid mit tief ausgeschnittener Bluse, einem weit und weich fallenden Rock und darüber einer echt seidenen Schürze. Weiße handgehäkelte Strümpfe und schwarze Samtschuhe mit echten Silberschnallen lenkten die Männerblicke auf ihre langen, kräftigen Beine. Wieder spürte der Andreas bei ihrem Anblick sein Herz schneller schlagen.

Die Sitzordnung im Geländeauto bestimmte der Robert: „Heut ist die Gerti unser Ehrengast, alsdann gebührt ihr der Ehrenplatz neben mir. Gelt, Andreas, dafür darfst du dich hinten gleich mit zwei Dirndln zusammendrükken: Birgit und Burga. Aber sauber bleiben! Daß ich von unserem Pfarrer keine Klagen über euch hören muß!"

Jauchzend, unter Dirndlkreischen, kletterten alle Dienstleute der beiden Höfe, ausgenommen die Berta-

Mahm, auf den Leiterwagen. Verständlich, daß sich die Mannsbilder an den Mägden festhielten, denn der Hannes fuhr gleich los wie der Böse und ließ den Leiterwagen auf dem Wiesenweg absichtlich arg dahinholpern.

Der Andreas winkte dem Andi zurück, den die Mahm recht mühselig mit sich schleppte. „Pfüat dich, Andi!" rief er.

„Pfüat dich, Büberl!" schrie auch der Robert, aber da drehte sich die Berta zufällig weg.

Während der schneidigen Fahrt über die kurvenreiche Waldstraße schimpfte der Sommer-Bauer: „Müßt ihr zwei euch gar so breit machen? Ihr liegt schon beinahe auf mir!"

„Schlecht?" lispelte die Birgit, aber dabei lachte sie so lustig, daß man sich nichts Schlechtes denken konnte.

Wo sich die Straße teilte, schaute es beinahe so aus, als wollte der Robert mit den Sennerinnen akkurat in der „Fischerhütte" feiern. Die Birgit konnte gerade schnell ratschen: „Um die Dori muß man sich auch nicht mehr sorgen. Vorhin hab' ich von einer Pirker-Dirn gehört, die Steindl geht schon mit einem. Mit dem Zögel-Schmied. Wenn der ohnehin schon früher einmal bei ihr Maß genommen hat. Ein g'standenes Mannsbild, lauter Muskeln!"

Dem Andreas gab es einen Stich, aber er ärgerte sich nur darüber, daß er wieder einmal so dumm gewesen war, sich um eine Dirn, die das überhaupt nicht verdiente, Gedanken zu machen. „Sind doch alle Weiber gleich", murmelte er vor sich hin. Der Fahrtwind riß ihm die Worte von den Lippen weg, denn der Robert fuhr schon schneidig auf Laab zu.

Von allen Seiten her kamen Dorfleute ans Auto, allen voran der Bürgermeister Beppo Reitner. Er half der Sennerin wie einer Dame beim Aussteigen, schenkte ihr einen heimlichen Blick ins Mieder und pries sie: „Gerti, meinen Glückwunsch! Heute feiern wir dich aus drei Gründen. Erstens: Du bist eine tüchtige Sennerin. Zweitens: Du rettest mit der Arbeit auf der Alm auch unsere Kulturlandschaft. Und drittens sag' ich nur: gut g'stellt!"

„Dank' dir, Herr Bürgermeister, für deine lieben Worte." Sie zögerte schamhaft, dann hauchte sie ihm doch ein Bussel auf die Wange.

Während die Umstehenden dazu wild Beifall klatschten, flüsterte er ihr zu: „Sobald meine liebe Frau später abgezogen ist, hol' ich mir auch noch auf die zweite Wange ein Bussel. Wart bis zum Schnapseln!" Und laut wiederholte er: „Glückwunsch, Gerti!"

Der Heuberger-Wirt begrüßte seine Gäste mit einem Freudengeschrei, denn in Laab herrschte gerade die Trockenzeit im Fremdenverkehr. Auch von so einem kleinen Bauernfest versprach er sich eine gute Zeche. Weil der Robert die Gerti an den Armen geradezu zärtlich vor sich herschob, fragte ihn der Wirt: „Pirker, darf auch ich der Gerti zum Willkommen ein Bussel geben?"

Der seufzte komisch übertrieben und jammerte: „Leider hab' ich dabei nichts mitzureden, denn die Gerti gehört noch allerweil zum Andreas ... auf seinen Hof."

Darauf wollte auch der Heuberger Franz etwas Spaßiges sagen und merkte gar nicht, wie er dabei in den Fettnapf latschte: „Alsdann frag' ich am besten euch beide. Wenn ihr sie doch miteinander gehabt habt ... Ich mein', als Sennerin auf der Alm, wo ihr gemeinsam wirtschaftet und . . ."

Seine Frau, die Hanna, trieb ihn mit einem kräftigen Stoß in den Rücken weiter. Vielleicht hätte er sonst akkurat mit seinen Richtigstellungen noch mehr Unheil angerichtet.

Im Festsaal hatten sie Tische und Stühle zusammengeschoben, um fürs Tanzen genug Platz zu schaffen. Der Schankbursch holte den Sündhöringer Sepp, der mit seiner Steirischen Harmonika zum Tanz aufspielen sollte. Der Heuberger entschuldigte sich ohnehin: „Hätt' ich geahnt, daß ihr heut kommt, so wär' ich schon um eine bessere Musik gerannt."

„Gar nicht so wichtig!" tröstete ihn der Toni vom Sommer-Hof. „Auch wenn der Sepp dauernd danebengreift, langt es. Hauptsach', wir können uns beim Tanzen an den Dirndln festhalten und greifen nicht daneben!"

Erst als ihn der Hochwürden strafend anschaute, wurde er stiller und verdrückte sich im Trubel der Tanzpaare. Die Wirtin ergriff seine Partei und beruhigte den Herrn Pfarrer: „Bei dem sollst du dir nichts denken: Hunde, die bellen, beißen nicht!"

Auch die Dorfprominenten von Laab hatten sich zu den beiden Bauern und ihren Dienstleuten gesetzt. Der Bürgermeister erkämpfte sich sogar einen Platz an der Seite der Gerti, schmachtete sie an und tätschelte ihr beim Reden manchmal ein bissel die Arme. An der Seite der Burga saß der Bergler-Kramer, der als einziger einen Schlips trug. Damit er den nicht mit dem fetten Bratensaft anpatzte, band er sich ohnehin eine Serviette um den Hals. Lautstark lobte er die Heuberger Hanna als tüchtigste Wirtshausköchin. Hinter ihrem Rücken flüsterte er spöttelnd dem Andreas Sommer zu: „Noch selten hab' ich den Heuberger Franz so eifrig um uns herumspringen gesehen. Der hat schon gezittert, ihr könntet eher in der ‚Fischerhütte' feiern. Ich mein' nur, wenn dir doch die Dori bis vor einer Weile auf deinem Hof die Magd gemacht hat."

Die Schauer Gerti war und blieb an diesem lustigen Abend die Hauptperson, um die sich alles drehte. Nicht nur das Schnapseln – Wacholder, Enzian und fremdartiges Zeug – hatte in ihren Augen ein wahres Feuerwerk entzündet. Sie strahlten vor Stolz, Glück und Lebenshunger. Nach Monaten, in denen sie auf der Alm eher einsam gehaust hatte! Wie sie wild tanzte, löste sich ihr Haar und flog als blauschwarzer Schleier um ihren Kopf. Sie schwang und drehte sich, daß der Dirndlrock weit über ihre Beine hinauf schwang. Schwer atmend, löste sie sich nach einem Walzer aus den Armen des Robert.

„Jetzt hol' ich mir meinen Bauern!" kündigte sie übermütig lachend an und drängte sich zwischen den Leuten zum Andreas hin. „Der ist doch allerweil ein Tanzmuffel! Eine andere tät' ihm deswegen vielleicht davonrennen ... Ich aber pack' ihn und lass' ihn nicht so schnell wieder los!"

An der Hand zog sie ihn zur Tanzfläche. Der Sündhöringer Sepp stimmte einen langsamen Landler an. Wie es sich gehörte, legte der Andreas die Hände an ihre Hüften, aber ihr taugte es nicht recht, daß er sie so weit von sich weg hielt. Dafür schloß sie die Hände hinter seinem Nacken. „Bauer", flüsterte sie, „du weißt gar nicht, wie ich mich aufs Zurückkommen gefreut hab'! Die erste Nacht wieder auf dem Hof! Muß ich weiterhin allerweil allein bleiben?"

Die Bergler Martha hatte mit bestem Willen nicht mithören können, worum es sich handelte, aber sie beobachtete, daß die Gerti auf die ganz bestimmte Art zornig auflachte und sich aus den Armen des Andreas befreite. Dennoch winkte sie ihm zu und schickte ihm durch die Luft mit vorgespitzten Lippen ein Bussel. Am Tisch fragte sie den Robert Pirker recht pelzig: „Willst noch mit mir tanzen? Komm aber gleich, denn zweimal bitt' ich kein Mannsbild mehr!"

Der Pirker ließ sich das nicht noch einmal sagen, rannte schon mit ihr zur Tanzfläche. Wie die beiden miteinander walzten, wild die Polka sprangen und den G'stampften hinlegten! Alle anderen Paare machten ihnen Platz, die Leute im Saal klatschten den Takt mit. Kenner unter den verheirateten Männern maßen die Sennerin mit Blicken ab, die jungen Knechtl träumten still von einem unerreichbaren Glück.

Nur der Hochwürden flüsterte tonlos vor sich hin: „Helf Gott, daß heut nicht wieder ein gleiches Unglück geschieht wie damals im Bootshaus. Zweimal packt es der Andreas nicht. Geht's mit einem so ruhigen Menschen durch, nachher wird's arg!" Als Spätberufener konnte er ahnen, was in dem jungen Bauern jetzt vor sich gehen würde: beleidigte Männlichkeit, verletzte Eitelkeit. Enttäuschte Liebe? Was das betraf, war sich auch der Herr Pfarrer nicht sicher.

Nach einer Weile fiel es der Kramerin auf: „Der Andreas ist aus dem Festsaal verschwunden."

Aber ihr Mann, der schon lang genug drauf lauerte, wie er ihr entkommen und einmal mit der Schauer Gerti tanzen könnte, gab ihr nur ebenso leise wie giftig zurück: „Tu dir nichts an, Martha! Wirst heut schon noch einen zum Tanzen finden. Der Sommer ist jetzt bestimmt dorthin gegangen, wo auch der Reiter vom Roß steigen muß. Kein Wunder, bei dem vielen Bier!“

Der Andreas ging schon durchs Vorhaus und bei der Hintertür auf den Wirtschaftshof hinaus. An eine Stadelwand gelehnt, atmete er gierig die kalte, rauchfreie Nachtluft in die Lungen. Langsam wurde er auch im Kopf klarer. Als müßte er sich entschuldigen, sagte er: „Wenn's einer nicht gewohnt ist, machen ihn bald der Alkohol und so ein Dirndl rauschig.“

Ohne ein Ziel zu wissen, ging er ein Stück die Wiesen hinunter. Nur ein halber Mond stand auf dem Himmel, aber sein Licht genügte, um die Nebel wie Schleier von tanzenden Elfen erscheinen zu lassen. Oben in den Felswänden hingen schwere Wolken, die schon einen nahen Winter ankündigten. Eines Tages würde alles Leben in der Natur unter einem weißen, eisigen Grabhügel ersticken. Der Andreas Sommer ging immer schneller davon, fort von dem Lärmen und Lachen. Das abgestorbene Gras machte seine Schritte leise, kaum hörbar. Darum schreckte erst kurz vor ihm ein Vogel aus den Bachweiden auf und rettete sich mit hastigen Flügelschlägen in die Nacht. Auch der Andreas war auf der Flucht. Vor sich selbst? Nachher stimmte die Richtung, in die er rannte. Aber plötzlich stand er vor einem Weiher, und das Bootshaus wuchs als drohender Schatten in den Nachthimmel. Auch vor den Erinnerungen daran hatte er davonlaufen wollen. Noch jetzt, und akkurat in dieser Nacht, fiel es ihm schwer, daran vorbeizugehen.

Weiter vorne sah er einen Lichtschein, der aus einem Fenster der „Fischerhütte" fiel. Eine Weile, vielleicht auch viel länger, stand er vor der Tür und fand nicht den Mut, hineinzugehen.

Dann kriegte er plötzlich einen schmerzhaften Stachel in die Seele. Eine Stimme, die er gleich erkannte, rief: „Dori, hock dich zu mir! Komm, spiel nicht die Heilige, ich beiß' dir nichts herunter!"

„Also doch der Zögel-Schmied" sagte er zu sich. „Was such' ich da noch? Wozu hineingehen? Warum aber nicht? So ein Wirtshausdirndl muß für alle da sein! Jetzt erst recht!"

Als der Andreas ins Gastzimmer trat, schauten ihm die zwanzig Leute erstaunt entgegen. Unter den Gästen der Schmied, der ihn feindselig von unter her anstarrte. Es fiel dem Andreas gar nicht leicht, zu sagen: „Grüß euch, einen schönen Abend!"

Drei, vier Leute antworteten auf seinen Gruß. Die Dori stand regungslos, mit dem Rücken an die Holztäfelung der Wand gelehnt. Nur der Steindl-Wirt erfing sich schnell von der Überraschung und kam hinter der Schank hervor. Er stellte sich knapp vor den Andreas, schaute zu ihm auf und fragte kalt: „Was willst nachher du?"

Auf keinen Fall durfte der Andreas gleich feindselig antworten, denn da gab es genug g'standene Mannsbilder, die dem Wirt geholfen hätten, ihn zur Tür hinauszuwerfen. Also antwortete er so ruhig, wie es ihm über die Lippen kommen mochte: „Was schon? Eine Maß!"

Als er sich in den letzten Winkel hockte, löste sich die Erstarrung bei den anderen Gästen. Von einigen Seiten kamen Bestellungen, und der Zögel-Schmied überschrie alle: „Mir einen Klaren und Bier! Aber mir schmeckt's nur, wenn's mir die Dori so lieb wie allerweil bringt. Und ‚Zum Wohl' sagt!"

Im nächsten Augenblick kam Leben in die Dori. Mit einem schnellen Schritt war sie an der Tür zur Küche, aber ausgerechnet der Steindl-Vater verstellte ihr den Fluchtweg. Hören konnte der Andreas nichts, dafür las er ihm die Worte von den Lippen ab: „Nicht allerweil davonrennen, Kind!" Dann fügte er laut hinzu: „Hast es nicht gehört, Dori? Bedienung!"

Er stellte sich in die Schank und ließ Bier herunter. Zwischendurch schenkte er einen Schnaps ein. Mit feindseligen Blicken verfolgte der Andreas, wie das Dirndl Bier und Schnaps auf einem Tablett zum Zögel Franz trug und die Gläser vor ihn hinstellte. Im nächsten Augenblick packte der sie am Handgelenk, nicht gerade derb, aber besitzergreifend. Wie ein Stich durchfuhr den Andreas die Erkenntnis: Die gehört ihm nicht, aber sie gehört zu ihm! Um möglichst bald wieder wegzukommen, rief er: „Steindl, wo bleibt mein Bier? Oder zähl' ich bei dir nicht mehr als Gast?"

Niemand antwortete ihm, denn da verlangte der Zögel: „Wo bleibt das ‚Wohl bekomm's'? Zähl' ich bei dir gar nichts mehr?"

Die Einheimischen an den Tischen ringsum erkannten

schon aus diesen paar Worten, daß es eigentlich zwischen dem Bauern und dem Schmied gehen würde, aber Genaues wußte niemand so recht.

„Wohl bekomm's", sagte die Dori gehorsam und wand ihr Handgelenk aus seiner Faust. Er gab sie frei, denn weh tun wollte er ihr nicht. Rasch ging sie zur Schank und holte die übrigen vier Bierkrüge. An jedem Tisch, auch an dem des Sommer-Bauern, sagte sie: „Wohl bekomm's."

Rasch flüsterte ihr der Andreas zu: „Ich möcht' so gern mit dir reden!"

Sie schaute ihn ruhig, beinahe kalt an. „Ist ohnehin alles in bester Ordnung. Die Burga hat mir den Lohn gebracht, du schuldest mir nichts mehr."

„Dori!" rief der Steindl-Vater von der Schank her. Es paßte ihm überhaupt nicht, und er sorgte sich, wenn seine Tochter schon wieder mit dem Sommer Andreas zuviel redete.

Der flüsterte ihr hastig zu: „Ich schulde dir noch eine Erklärung. Mißverständnisse und Irrtümer . . ."

Sie lachte ein bissel gekünstelt, gab jedoch genauso leise zurück: „Da haben sich viele geirrt und mir eine Liebesgeschichte mit dir angedichtet. Du weißt am besten, wie weit gefehlt das gewesen ist. Jetzt muß ich wieder arbeiten!"

Sie lief von einem Tisch zum anderen und wich nur dem Andreas aus. Inzwischen hatte der Zögel Franz erst den Klaren, dann das Bier hinuntergetrunken. Diesmal schrie er es dem Wirt zu: „Gelt, Steindl, mit mir machst du das beste Geschäft. Dabei bin ich gar kein Saufkopf, aber ich hab's so gern, wenn die Dori zu mir kommt und . . . Noch einen Schnaps und ein Bier! Aber mit Liebe serviert! Nicht von dir, sondern von der Dori!“

Als der Andreas beobachtete, wie liebevoll der Schmied seinen Arm um die Mitte der Dori legte, trieb es ihm das Blut ins Gesicht. Daß sie ihm die Hand wegschob, tat sie ohne Zweifel nur der anderen Gäste wegen.

„Ich möcht' zahlen!“ schrie der Sommer-Bauer wütend dazwischen. „Mir langt's für heute!“

In den nächsten Minuten traf alles so ungut zusammen, daß es zur Katastrophe kommen mußte. Nicht die Dori kassierte bei ihm, sondern der Steindl Lois kam selbst. Aber das war dem Andreas ohnehin recht. Dafür, daß es die Dori so bald mit dem Zögel Franz hielt, wurde er gegen sie kalt und feindselig. Um so eine hätte er sich keine Stunde lang kränken müssen! Nicht einmal den Weg in die „Fischerhütte“ wäre sie wert gewesen! Wieder einmal fühlte der Andreas sich als der gutmütige, nachgiebige Depp, der mit seiner Leichtgläubigkeit beinahe auf das Gesüßel der Dori hereingefallen wäre. Wirtshausdirndl!

„Hast es nicht kleiner?“ fragte ihn der Wirt. „Heute zahlt jeder schon einen Pfiff Bier mit einem Hunderter!“

Von der Tür her sagte die Dori: „Vater, ich hol' aus dem Schuppen eine Kiste Limo. Wir haben keine mehr herinnen.“

„Ist gut, Dori.“ Er lächelte ihr wohlgefällig nach, dann sagte er sogar zum Andreas nachsichtiger: „Bleibst mir halt die paar Zerquetschten schuldig. Ich werd' sie bestimmt bekommen.“

Wütend fuhr der Bauer auf: „Ich mag' nichts schuldig bleiben! Niemandem und auch dir nicht!“

Also kramte der Steindl in allen Taschen nach Wechselgeld. Der Zögel-Schmied stand auf, schwankte ein bissel rauschig, doch dann schob er sich rasch zur Tür hinaus. Es dauerte eine ganze Weile, bis der Wirt genug Kleingeld gefunden und dem Andreas auf den Tisch gezählt hatte. „Fehlen noch zwei Markl", sagte er und ging an die Schank, wo er eine Geldlade aufspringen ließ. Als er sah, daß der Sommer die Geduld verlor und weggehen wollte, rief er ihm nach: „Du kriegst noch ..."

Aber der war schon draußen. Fort von hier – das war alles, was er wollte. Niemanden sehen, mit niemandem reden müssen! Lohnte sich ohnehin nicht! Eine Weile stand er vor der „Fischerhütte" und atmete die frische Luft ein, dann ging er den Wiesenweg hinauf. Heimgehen? Am liebsten hätte er sich irgendwo ins Heu geworfen und geschlafen. Denken? „Was soll ich noch denken?" murmelte er. „Ich komm' auf keinen grünen Zweig mehr. Wozu also?"

Er hielt an. Von irgendwoher war ein Schrei gekommen, wie von einem verendenden Tier. Oder einem Menschen in Verzweiflung. Gerade wollte der Andreas weitergehen, da hörte er es wieder. Also kehrte er um. Bergab kam er ohnehin schneller weiter, und das letzte Stück rannte er. Einmal hielt er, denn nun hörte er nichts mehr. Die Dori? Hatte sie nicht gesagt, sie wollte aus dem Schuppen eine Kiste Limonade holen? Und nachher war der Zögel aus der Gaststube weggegangen ...

„Dori!" schrie der Andreas plötzlich heraus. Mit ein paar Sprüngen war er am Schuppen, dessen Tor offenstand. Im schwachen Schein der Lampe sah er im letzten

Winkel zwei Gestalten, die eng umschlungen waren. Ein Keuchen und Stöhnen wie damals im Bootshaus, als er die Traude und seinen Freund Robert im Boot gesehen hatte!

„Laß mich, oder ich bring dich um!“ würgte das Dirndl heraus.

„Eiserne Jungfrau!“ höhnte der Zögel. „Die richtige Freud' für einen Schmied!“

Sie schlug ihm beide Fäuste ins Gesicht. Für einen Augenblick mußte er von ihr lassen, und da flüchtete sie an die Hüttenwand. Der Kerl erholte sich rasch und ging auf sie zu. Langsam, um ihr Entsetzen richtig auszukosten. Dann konnte er es nicht fassen, daß sich einer vor die Dori stellte und ihm drohte: „Schlag zu, Zögel, aber ich bin auch grad' kein Schwächling, und die Dori kann ohnehin davonrennen. Wozu also? Ich ...“

Der Andreas erstickte beinahe von dem mächtigen Schlag in sein Gesicht. Benommen taumelte er zurück, fiel gegen die Wand und konnte kaum mehr schützend die Fäuste heben. Plötzlich erfing sich die Dori von ihrem Entsetzen, warf sich zwischen die beiden Männer und schrie den Zögel an: „Bist ganz spinnert 'worden, Franz? Oder soll ich nach dem Gendarmen telefonieren?“

Langsam wurde der Schmied nüchtern. Er warf noch einen Blick auf den Sommer-Bauern und bat: „Gelt, nix für ungut. Wenn ich halt rauschig geworden bin ... von der Dori.“

Die Tür zum Wirtshaus ging auf, drei Männer kamen heraus, allen voran der Steindl. Der schrie: „Dori! Hat's was? Bist du's gewesen, die so geschrien hat? Bei dem Lärm in der Wirtsstube ...“

„Nichts ist geschehen", beruhigte sie ihn. Dabei schob sie den Zögel aus dem Schuppen und drängte ihn zu ihrem Vater hin. „Kümmer dich ein bissel um ihn! Vorhin ist ihm schlecht geworden. Er hat mir nichts getan, aber wie ich ihn plötzlich gesehen hab', bin ich halt erschrocken und hab' geschrien."

Ganz glaubte der Wirt offensichtlich ohnehin nicht an die Harmlosigkeit des Schmieds. Darum packte er ihn recht entschlossen am Arm und zog ihn wieder in die Gaststube. „Kommst, Dori?"

Damit weder der Vater noch sonst jemand zum Schuppen herkommen sollte, sagte sie schnell: „In zehn Minuten. Länger wird's nicht dauern, bis ich mich von meinem Schrecken erholt hab'. Mach dir keine Sorge um mich, Vater, es ist überhaupt nichts von Bedeutung."

Erst als sich die Tür zum Wirtshaus wieder geschlossen hatte, kam sie in den Schuppen zurück. Der Andreas trat ihr entgegen. Er hielt sich ein Taschentuch an die ziemlich stark blutenden Lippen. Erst jetzt merkte sie, daß er verletzt war. „Mein Gott, Andreas, komm ins Haus! Ich muß dich verbinden!"

Er machte einen Schritt zur Seite, als wollte er ihr ausweichen, aber er sagte: „Ich geh' doch nicht so durch die Gaststube! Außerdem hast du's vorhin deinem Vater schon richtig gesagt: Es ist nichts von Bedeutung geschehen, und auch nach dem heutigen Tag komm' ich noch als Lebender auf den Hof zurück."

Noch einmal nickte er ihr zu, dann wollte er gehen. Sie aber verstellte ihm mit einem raschen Schritt den Weg. „Ich werd' noch ‚dankschön' sagen dürfen? Ohne deine Hilfe wär's für mich arg geworden. Dank' dir, Andreas!"

Jetzt blieb er doch stehen, schaute auf sie und spöttelte: „Ausgerechnet mit dem Zögel Franz? Und ich . . ."

Als er nicht weiterredete, half sie ihm: „Warum bist du von deiner lustigen Gesellschaft im ‚Adler' weggegangen und akkurat zu uns gekommen?"

Damit machte sie ihn schon wieder zornig, aber gar so losschimpfen konnte er auch wieder nicht, denn die aufgeschlagenen Lippen begannen jetzt richtig weh zu tun. Also gestand er es gleich: „Erst hab' ich noch ein paar Worte mit dir reden wollen, aber wie ich g'sehen hab', daß du wirklich mit dem Zögel . . ."

„Was hast du Depp gesehen?" fuhr sie ihn ohnmächtig wütend an. „Glaubst du noch allerweil . . . Andreas, nach dem, was du hier im Schuppen miterlebt hast?"

„Eigentlich nicht. Aber auf meinem Hof haben sie es mir oft genug gesagt, daß du und der Schmied . . ."

Sie verteidigte sich erst gar nicht mehr, sondern vergewisserte sich: „Und dir hätt' das weh getan? Wenn du doch mit der Gerti die sauberste Dirn von ganz Laab auf deinem Hof hast? Du und die Schauer Gerti . . ."

„Zwischen mir und der Gerti ist nichts und nie was gewesen. Aber vielleicht fall' ich noch auf sie herein, wenn doch du und der Zögel Franz so schnell zusammengekommen seid!"

Dieser Vorwurf traf sie hart, meinte er, denn tatsächlich blieb sie eine ganze Weile stumm. Es dauerte halt, bis sie ihre Gedanken und Gefühle wieder in Ordnung gebracht hatte. Dafür konnte sie dann ehrlich sagen: „Zwischen dem Zögel und mir ist nie auch nur ein bissel Vertrautheit oder gar Liebe gewesen. Früher nicht und jetzt erst recht nicht! Wenn ich doch allerweil nur dich liebgehabt hab'!"

„Und noch allerweil?" fragte er. Die Stimme zitterte dem Andreas vor Aufregung, denn plötzlich war ihm, als hätte auch er schon allerweil nur die Dori Steindl liebgehabt. Und jetzt erst recht!

„Erste große Liebe", flüsterte sie. „Wie sehr, das kann ich dir gar nicht sagen. Höchstens zeigen."

„Dori!" Das Herz ging ihm über vor Glück. „Wenn du noch immer meine Frau werden willst . . ."

„Gib mir erst ein Bussel!" bat sie sich aus. Das war eigentlich schon jene Antwort, die der Andreas hatte hören wollen.

Aber im nächsten Augenblick stieß er einen Schrei aus. Nicht vor Glück, sondern einen Schmerzensschrei. Wenn ihm doch das Bussel auf den wundgeschlagenen Lippen so höllisch weh tat!

„Sechs Monate Verlobungszeit!" hatte der kleine Steindl-Vater energisch verlangt. „Ihr unvernünftige Fohlen müßt erst draufkommen, ob ihr miteinander im Ehegeschirr gehen und dabei glücklich sein könnt!"

Den ganzen Winter über litten sie unter der Trennung, denn da, sagte der Steindl, brauche kein Bauer um diese Jahreszeit eine zusätzliche Hilfe. Jeden Tag konnte der Andreas auch nicht in die „Fischerhütte" kommen, also sahen die Dori und er einander fast nur an den Wochenenden und über die Feiertage. Das war eine harte Zeit der

Probe. Nicht einmal die lockenden Blicke der Gerti beantwortete der Andreas.

Erst im März blühte die Dori auf wie ringsum die Blumen. Gar kein unscheinbares Veilchen mehr!

Inzwischen hatte der Andreas viel übers Schöntun und Zärtlichsein dazulernen müssen, aber dafür kränkte sich die Dori nicht gleich, wenn er ihr sagte, was ihm an ihr nicht paßte. Bei der ersten Wanderung zur Almhütte hinauf bat er sich aus: „Laß dir die Haar' länger wachsen, daß sie dir nicht wie Igelstacheln vom Kopf abstehen!"

Schon das war eine arge Übertreibung, aber aus Liebe zu ihm mußte sie sich umstellen. Als Schuldirndl hatte sie ihre Zöpfe im Winter unter einer Pudelhaube, im Sommer mit einem Kopftüchel versteckt. Zu der Zeit waren sie noch heller gewesen, fast leuchtend rot, und die Dorfbuben aus Laab hatten ihr oft genug nachgeschrien: „Rotschädlerte, versteck die Haar, denn die Feuerwehr kommt!" Mit den Jahren waren sie nachgedunkelt, aber der verhaßte rote Farbstich war ihnen geblieben. Jetzt sagte ihr akkurat der eine, den sie liebhatte, wie aufregend schön er ihren Kastanienschimmer fand. Nach drei Monaten zeigten sich bei ihr die ersten Naturwellen.

„Bist *du* schön, Dori", sagte der Andreas und streichelte ihr durchs Haar.

„Aber meine Sommersprossen werd' ich nicht so leicht wegkriegen", jammerte sie. „Ich kauf' mir in der Stadt eine Creme, die sie wenigstens ausbleicht."

„Untersteh dich!" Man konnte meinen, er sei wirklich zornig geworden. „Jede von ihnen brauch' ich als Wegweiser, damit ich seh', wohin ich dich busseln muß: auf die

Stirn, von dort auf die Wangen. Drei Sommersprossen auf deinem Nasenspitzel weisen mich geradewegs zu deinem Mund, und akkurat dorthin hab' ich kommen wollen."

„Du bist so lieb", flüsterte sie gerührt. Beinahe kriegte sie vor Glück und Rührung Tränen in den Augen.

Dafür tuschte er sie unwillig zusammen: „Öha, das taugt mir am allerwenigsten: wegen allem gleich flennen!"

„Weint ein Mann überhaupt nicht?" fragte sie enttäuscht. „Nachher weiß er gar nicht, was ein starkes Gefühl ist!"

Von dieser Stunde an wünschte sie sich heimlich, er sollte ihretwegen ein paar Tränen herausdrücken. Ohnehin nur aus Sehnsucht nach ihr. Sie stellte sich halt vor, das Trösten müßte wunderschön sein.

Mitte März wurde es nahe unter den Felswänden tagsüber schon recht warm. Da mußte die Dori auf den Sommer-Hof kommen, damit sie die Bauernarbeit von Grund auf lernte. Je näher der Hochzeitstermin rückte, desto herrischer spielte die Berta noch ihre Rolle als Altbäuerin. Gegen ihre Anordnungen und Entscheidungen duldete sie keinen Muckser Widerspruch. Vor allem die Schauer Gerti hörte wenigstens zehnmal am Tag, wer jetzt und in alle Zukunft hier das Sagen hatte: nicht der Bauer, schon gar nicht seine Sennerin!

Dem Andreas befahl die Mahm: „Holst von der Dresselhütte einen Schlitten Heu herunter. Das Vieh soll nicht akkurat vor Frühlingsanfang verreckt ausschauen!"

„Ich geh' gleich los", versprach er, denn er fand, sie habe recht.

Aber nachher bestimmte sie noch: „Die Dori nimmst auch mit!"

„Nein!“ widersetzte er sich ehrlich erschrocken. „Du weißt genau, daß eine schwere Heufuhr auf dem nassen Gras gefährlich werden kann. Da tuscht es manchmal wilder herunter als auf Schnee. Wenn man nicht eingespielt ist . . .“

Die Alte blieb unerbittlich. „In der Ehe kann's auch grübig werden,wenn zwei nicht richtig zusammenspielen. Bis zur Hochzeit muß die Dori jede Bauernarbeit beherrschen wie keine andere. Hast mich, Andreas?“

Wenn sie ihn streng und mit „Andreas“ anredete, warnte ihn das. Also redete er nur noch schwach dagegen: „Die Dori weiß schon so viel. Du sagst ihr alles genau.“

Dafür tippte sie an ihre Stirn. „Wie deppert ihr Mannsbilder manchmal seid! Bei der Bauernarbeit ist es wie bei der Liebe: Sagen, wie's geht, kann ich ihr grad' noch, aber das Praktische mußt schon du ihr beibringen!“

Dazu lachte sie so schamlos, daß er sich empörte: „Mahm, so alt du bist, redest du manchmal noch unanständig wie ein Knechtl!“

Also mußte die Dori mit ihm zur Heuhütte unterhalb der Dresselwand steigen. Vom Glück und von der Freiheit hier heroben rauschig, wäre sie am liebsten bergan gelaufen. Sie hatte viel Kraft, und beim Beladen des Heuschlittens schaffte sie bald mehr als er. Das kam aber auch davon, daß er zuviel auf sie schaute. Dafür jammerte sie: „Mein Gott, krieg' ich einen faulen Mann! Woran denkst du die ganze Zeit?“

Er zog sie in die Arme, busselte sie lieb, zärtlich und immer leidenschaftlicher. Bis sie ihn plötzlich von sich wegdrängte und losschimpfte: „Jetzt kann ich's mir schon vorstellen, was du mit den Dirndln da im Heu getrieben hast!“

Es gelang ihr, sich ganz ernsthaft in Eifersucht zu reden. Er brachte sie nur damit auf andere Gedanken, daß er den schwer beladenen Schlitten besonders wild über die vom Schmelzwasser nassen Wiesen hinuntersausen ließ. Sie quietschte und schrie vor Angst, aber sie bewunderte ihn für seine Schneid, wie er immer erst im letzten Augenblick lenkte oder bremste.

Beim Abendessen hockten sie mit den Dienstleuten am Tisch. Die Gerti trug das Essen auf. Nur flüchtig dachte die Dori daran, daß ihr die Dirn vom Hof eines Tages Rattengift in die Suppe schütten könnte. Verständlich wäre es, überlegte sie, denn einen zweiten Mann wie den Andreas konnte es auf der ganzen Welt nicht geben.

Recht wohlgefällig schaute ihr der Toni beim Essen zu und lobte sie: „Sakra, Teufel noch mal, Dori, du haust beinahe besser ein als ich! Darin bist du schon eine richtige Bäuerin!“

„Hoffentlich nicht nur beim Essen“, gab sie lächelnd zurück, bis sie merkte, daß sich die Miene des Andreas etwas umwölkte. Ihm taugte es halt nicht, daß sie bei jeder nicht zu frechen Gaudi mitspielte und so wenig die zukünftige Herrin vom Sommer-Hof herauskehrte.

Um seine Verärgerung zu überwinden, redete er besonders freundlich mit der Burga, der Birgit und der Gerti. Darüber lief dann die Dori grün an und warf ihm später, als die Dienstleut' schon weg waren, vor: „Mir hast du lang genug vorgespielt, du könntest das Süßholzraspeln gar nicht. Und wie du mit der Gerti schöntust!“

„Grad' nur über die Arbeit haben wir geredet!„ Heimlich freute er sich, daß jetzt einmal sie eiferte.

„Über die Arbeit geredet? Daß ich nicht lach'!" Sie steigerte sich immer mehr in Zorn. „Noch allerweil macht der Ton die Musik!"

Darauf schnappte wieder er zornig los: „Dir taugt's schon, wenn ein Knechtl sagt, daß du sauber ausschaust!"

Das stritt die Dori nicht einmal ab, sondern gestand mit einem geradezu verträumten Lächeln: „Eigentlich hast recht! Früher hat mich nie einer hübsch gefunden. Da ist höchstens in der ‚Fischerhütte' ein Rauschiger frech geworden, aber dem hab' ich gezeigt, wo der Zimmermann die Tür gemacht hat. Auf dem Tanzboden bin ich meistens als Mauerblümchen herumgehängt. Andreas, auch dafür hab' ich dich lieb: Seit du mir gesagt hast, daß du mich magst und ich dir gefall', leb' ich auf. Und dieses Leben macht mir viel Freud'."

Er schaute sie noch einmal ganz genau von oben bis unten an. Eckig und schlaksig war sie längst nicht mehr, sondern an allen richtigen Stellen rund geworden. Er schloß seine Betrachtungen: „Höchste Zeit, daß wir zwei heiraten! Am End' kommt noch einer daher und schnappt dich mir weg!"

Sogar der Andi ging auf Nummer Sicher. Eine Dirn war vorlaut gewesen und hatte ihm vorgesagt, die Dori, die Mutter, würde mit ihm spielen. Von der Stunde an rief er jauchzend, sobald er sie nur sah: „Mutter, spielen!"

Ganz deutlich konnte er das noch nicht aussprechen, aber die Mahm verstand ihn und kriegte Glasaugen. Aus

Kränkung und Enttäuschung, vielleicht aber auch aus Freude über die gute Schicksalsfügung rief sie den Andreas in die Kindskammer. Das Büberl schlief schon, und so mußte sie leise reden. Licht machte sie ohnehin keines, denn im Finstern ließ sich manches leichter sagen. „Anderl", begann sie geradezu feierlich, „hock dich zu mir. Red mir jetzt nicht dagegen, sonst verlier' ich den Faden und weiß nicht weiter. Erinner dich: Von allem Anfang an hab' ich gesagt, die paßt nicht zu dir, die sollst du nicht heiraten, aus der wird nie eine Bergbäuerin für die Einschicht!"

„Mahm!" Der Andreas war fassungslos. „Auf einmal redest du wieder so?"

Dafür fuhr sie ihn zornig an: „Du sollst eine alte Frau nicht unterbrechen, sondern ausreden lassen! Siehst, jetzt weiß ich nicht mehr weiter ... Ach so, da bin ich gewesen: Heirat die Traude nicht, hab' ich dir gesagt, aber du hast es dir in den Dickschädel gesetzt und bist in dein Unglück gerannt."

„Ich hab' mein Lehrgeld gezahlt", murmelte er.

Die Alte war als Schattenriß gegen das hellere Fenster zu erkennen, nickte, aber sie blieb unfreundlich. „Einen Schmarrn hast du gelernt! Meinst, ich hätt' nicht gesehen, wie du beim Almabtrieb die Gerti angeglotzt hast? Genauso deppert wie alle anderen. Wenn sich eine aufmascherlt und den Köder aushängt, beißt bestimmt jeder Depp an!"

„Ich hab' halt nicht verstanden, warum die Dori bei Nacht und Nebel davongerannt ist", versuchte er, die Berta-Mahm milder zu stimmen. „Gekränkt hab' ich mich, und da wär's kein Wunder, wenn man zum Trost ..."

„Ausreden!“ keifte sie plötzlich so wild los, daß sich sogar der Andi in seinem Bett umdrehte. Eine Weile wartete sie zu, dann sagte sie endlich, worauf der Andreas so sehnsüchtig gewartet hatte: „Nur mit der Dori kannst du auf die Dauer glücklich bleiben. Schon jetzt hängt sie am Andi, und der freut sich, 'bald er sie sieht.“

„Ich bin mit ihr glücklich, Mahm“, sagte er, denn er meinte, er wär' beim Heiraten auch eine recht wichtige Person.

Sie jedoch war mit ihren Gedanken schon wieder anderswo. „Anderl“, redete sie ihm drein, „hast du dir den Andi in der letzten Zeit genauer angeschaut?“

„Jeden Tag, daß weißt du doch.“

Sie schnaufte ungeduldig. „*Richtig* angeschaut, mein' ich. Nachher müßtest du es gesehen haben: Der kriegt jetzt genauso strohige Haar' wie du und hat in den blauen Äugerln deine grünen Punkte. Alsdann bin ich mir ganz sicher: Der Andi ist *dein* Bub!“

Er wurde sehr ernst. Geradezu feierlich antwortete er: „Brauch' ich dich dazu? Daß er das Büberl der Traude war, hab' ich an ihrem Leiden miterlebt. Nachher ist für mich nur noch wichtig gewesen,was sie mir kurz vor dem Sterben gesagt hat: Vater wird einer erst, wenn er für sein Kind lebt und ihm auch alles opfern tät'. Inzwischen hab' ich um den Andi schon fast soviel gelitten wie die Traude, und darum ist er auf jeden Fall mein Bub geworden.“

Am liebsten wär' ihm die Alte für solche Worte um den Hals gefallen, aber sie war listig genug, die gute Stunde weiterhin zu nützen. Also fragte sie flüsternd: „Wenn's um die Sorge und die Liebe geht – hab' auch ich mir ein Stückl von ihm verdient?"

Er umarmte sie. „Mahm, das ist *unser* Andi! Gehören wird er nie jemandem, denn er ist ein kleiner Mensch für sich, aber helfen dürfen wir ihm alle, damit er glücklich heranwachsen kann. Später, 'bald er ein g'standener Bauer ist, muß er sich selbst durchs Leben beißen, aber der packt es! Unser Andi ist ein großartiger Bub, und ich bin dem Herrgott für ihn dankbar ... so der so."

Daraufhin busselte ihn die alte Berta-Mahm gerührt ab.

Ende Mai war es dann soweit. Ein sonnengoldener Tag wie aus dem Bilderbüchl.

Auch bei dieser Hochzeit des Andreas spielte der Robert, sein bester Freund, wieder eine wichtige Rolle. Der kam schon am frühen Morgen mit dem festlich geschmückten Geländeauto auf den Sommer-Hof herüber. Gut schaut er aus im neuen Bauernanzug mit der grünen Weste und der Silberkette bis zum Uhrentaschel. Der laue Frühlingswind wehte ihm eine seiner blauschwarzen Locken in die Stirn. Mit Kennerblick musterte er den Bräutigam und merkte gleich, wo's bei dem noch fehlte. „So willst du heiraten?" putzte er den Andreas zusammen. „Sollen die Leut' in Laab über dich reden? Am Ende überlegt sich's deine Braut noch und kehrt an der Kirchentür um! Alsdann, schau nicht so unglücklich drein, das kriegen wir hin! Der Anzug sitzt noch nicht richtig, dein Halstüchl verrutscht, und eine Dirn soll dir die

Hemdsärmel ein Stückl hinaufnähen. Wenn ich die Dori wär', tät' ich nicht dich, sondern den Robert Pirker heiraten!"

Mühselig lachend, erwiderte der Andreas: „Wenn du die Dori wärst, tät' ich überhaupt nicht heiraten! So, und jetzt laß mich gescheit herrichten, damit ich wenigstens beim Heiraten gut ausschau'!"

Eine Weile überwachte der Robert Pirker die Bemühungen der Burga, aber dann kam die Schauer Gerti in die Stube. Sogar an deren Äußerem hatte er etwas auszusetzen. Er zog ihr eine Nadel aus dem Haar und kämmte es weicher auf. Beim Busentüchl nestelte er so lang herum, bis die Burga zu ihm hin schimpfte: „Robert, grad' gschamig bist du nicht!"

Damit brachte sie ihn keineswegs aus der Ruhe, sondern er stellte sich vor den Andreas und sagte übertrieben feierlich: „Sommer-Bauer, du bist Zeuge, daß ich soeben deine Magd und Sennerin Gertrud Schauer ins Gerede gebracht hab'. Wenn heute bei der Nacht noch mehr geschieht, werde ich sie heiraten!"

Weiter kam er mit seinem Reden zwischen Ernst und Übermut nicht, denn plötzlich packte ihn die Gerti und busselte ihn so wild, daß er sich nicht mehr zur Wehr setzen konnte. Von der Tür her greinte die Berta-Mahm giftig: „Schon wieder *der!* Anderl, schmeiß ihn rechtzeitig hinaus, oder feiert am End' heute er auf deinem Hof die Hochzeitsnacht?"

Mitten in den Wirbel schrie es fröhlich aus der Kindskammer herüber: „Mutter spielen, Mutter!"

„Bist ein g'scheites Büberl!" lobte nachher der Andreas

den Andi. „Gelt, du siehst auch, daß die Gerti für mich wieder die falsche Braut gewesen wär'!"

Ein bissel später fragte er den Robert, ob auch der Andi mit ihnen im Auto fahren dürfe. Der sagte gleich zu: „Versteht sich! Immerhin geht's heute für den Buben um nicht weniger als für dich. Du kriegst eine Frau, er aber eine Mutter!"

So unbeschwert hatte der Robert in all der Zeit nie mehr auf dem Sommer-Hof gescherzt. Darum schaute ihm die Mahm gleich noch einmal so feindselig nach und murmelte: „Der Lotter schämt sich gar nicht mehr!"

Vom Auto her rief der Pirker: „Wo bleibst du, Berta-Mahm? Soll der Andi ohne dich heiraten fahren? Für dich hab' ich noch allerweil Platz!"

Die Alte taumelte, die Freude hätte sie beinahe umgerissen. Schnell schaute sie noch in den Spiegel, fuhr sich mit ihrem Steckkamm durchs weiße Haar und zupfte die Bluse im Festdirndl zurecht. Daß sie im Auto zwischen ihrem Anderl und ihrem Andi sitzen durfte, war ihr das größte Glück. Soviel Liebe hatte sie ihr Lebtag schon verschenkt, aber jetzt belohnte sie das Schicksal reichlich. Sie durfte einen solchen Ehrentag mitfeiern, ganz nahe bei denen, die für sie die beiden liebsten Menschen im Leben waren.

Die Braut kam recht bleich aus der „Fischerhütte". Ihr Vater geleitete sie zu einem Pferdewagen, denn er würde ihr auch den Brautführer machen. Hintennach lief, schon jetzt weinend, die Steindl-Mutter.

„Nicht hinschauen!" rief die Berta-Mahm entsetzt auf. „Anderl, dreh dich nicht nach der Dori um! Die Braut darfst du erst bei der Kirch' sehen, sonst tragt ihr das Unglück in eure Ehe!"

Zu beiden Seiten der Hauptstraße von Laab am Berg hatten sich beinahe unübersehbar viele Leute aufgestellt. Sie winkten. Wie König und Königin fuhren Andreas und Dori dahin, beide blaß und befangen. Nur der Robert genoß seine Rolle. Auch der Andi winkte jauchzend, doch als der Knirps einem Dirndl ein Bussel schickte, ging das der Mahm über die Hutschnur. „Ein Lotter wie sein Vater!" greinte sie.

Vor der Kirche hatte sich eine noch größere Menschenmenge eingefunden, die jeden Ankommenden mit übermütigem Geschrei begrüßte. Der Andreas und die Dori hörten das wie von weit her, denn die Welt rings um sie erschien ihnen kaum wirklich. Feierlich wie im Märchen zogen sie duch den Mittelgang in die kleine Dorfkirche ein. Der Lois Steindl führte seine Tochter stolz und stocksteif dahin, und auch sie getraute sich weder links noch rechts zu schauen. Eigentlich mußte sie ihren Vater mehr stützen, als der sie geleiten konnte. Um seinen besten Freund und Nachbarn nicht zu kränken, hatte der Andreas sogar zugestimmt, den Pirker als Trauzeugen zu nehmen. Nur noch ein paar ganz arge Ratschweiber tuschelten einander sogar in der Kirche Boshaftigkeiten zu, darunter die Bergler, die Scholz und die Zögel. „Akkurat den Robert!"

Das Büberl saß brav und mit glänzenden Augen auf dem Schoß der Mahm, die es fest und sicher hielt. Ihm nur ja keine Möglichkeit zum Ausreißen geben!

Hochwürden Jakob Schweikart predigte dem Brautpaar recht feierlich, bis der Andi in der ersten Betbank unruhig wurde. Als der geistliche Herr die Gefahr von Störungen ahnte, sprach er nur noch schnell ein paar ermutigende Worte für die Braut und ermahnende für den Bräutigam. Zuletzt erklärte er sie zu Mann und Frau. Damit das besiegelt sei, forderte er den Andreas auf, die Braut zu küssen.

Kaum, daß der ihre Lippen mit den seinen berührte, denn in der Kirche, vor so vieler Augen, war die Dori richtig gschamig. Bis ein helles Stimmerl lustig schrie: „Bussi, Mutter!“

Somit war die feierliche Stimmung zwar dahin, aber die Leute lachten beifällig, heiter, wie erlöst. Sogar der Hochwürden schaute schmunzelnd zum Andi hin. In der Sakristei sagte er nachher: „Das ist in meiner Kirch' die fröhlichste Trauung gewesen!“

Nachher stellten sich die Dorfleut' in einer langen Reihe an. Alle gönnten dem jungen Paar von ganzem Herzen das Glück. Sogar die Schauer Gerti drückte der Dori ein Bussel auf die Wange und bat: „Bäuerin, eh klar, daß du zu meiner Hochzeit mit dem Robert kommen wirst?“

„Ihr wollt heiraten?“ fragte die Dori recht erstaunt.

Dafür fand die Gerti nur ein Lächeln und erklärte: „Ich will ihn heiraten, und wenn ich ein Mannsbild kriegen will, krieg' ich jedes! Also?“

Der Dori hatte es einen kleinen Stich gegeben, aber sie versprach: „Zu deiner Hochzeit mit dem Robert? Gern.“

Zuletzt pappte die Berta-Mahm ihrem Anderl auf jede Wange einen herzhaften Kuß. Dabei sagte sie: „Gelt, auch wenn du grad' kein besonders Schneidiger bist, laß dir mit dem nächsten Kind nicht recht viel Zeit. Das muß nämlich noch ich erziehen! Ihr zwei verwöhnt es mir sonst! Halt dich eben ordentlich ran, Anderl, und der Dori taugt das bestimmt auch!"

„Mahm!" empörte er sich. „So redest du in einer Kirch'?"

„Eh klar!" Sie lachte ohne Reue zur Dori hin. „Gelt, da ist jetzt gar nichts Sündiges mehr dabei. Ab heute darfst du nicht nur, sondern du mußt!"

Das Glück machte die Berta halt übermütig und beinahe noch frecher als ein junges Dirndl.

Das Festessen fand im „Adler" statt, wie's in Laab am Berg der Brauch war. Da konnte der Bürgermeister von seinem Hof her auch in späterer Stunde seiner Frau davonteufeln und bei der Gaudi mitmachen. Der Hochwürden wurde nach reichlichem Essen und gutem Wein meistens so müde, daß er sich bald zum Brevierlesen auf den Pfarrhof zurückzog. Dorthin hatte er auch nicht weit. Somit stand der eher ausgelassenen Fröhlichkeit beim Hochzeitstanz nichts mehr im Weg.

Die Dori Sommer war eine wunderschöne Braut, vielleicht ein bissel still. Nur die alte Mahm beobachtete die kleinen Funken Leidenschaft in ihren Augen und sagte zur Kramerin: „Mußt dir auf meinen Anderl gar keine Hoffnungen mehr machen. Ich durchschau' die Dori! Die wird erst richtig munter, 'bald sie mit ihrem Mann allein ist! Eifersüchtig, wie die ist, laßt sie ihm keinen Schnaufer, damit er auch nur einmal danebenhupfen könnt'!"

Bald nach dem Essen brach die Berta zur Heimkehr auf. Sie nahm gleich den Andi mit. Als der sich dagegen mit

Zappeln und Jammern wehrte, versprach sie ihm: „Wenn du jetzt brav bist und dich mit mir vom Pirker auf den Hof heimfahren laßt, darfst du im Februar wieder mitfeiern. Bei der Tauf' von deinem Geschwisterl. Wie deine Eltern schon allerweil ungeduldig auf die Uhr schauen . . . Ich denk' mir was!"

Ganz so schnell ging für das junge Paar die Tür ins Paradies auch nicht auf. Am späten Abend zog die ganze Hochzeitsgesellschaft noch zur „Fischerhütte" hinunter Auch dort spielte Musik. Die ersten drei Tänze gehörten dem Andreas mit seiner Frau, und er merkte, daß ihm das Tanzen seit neuestem sogar Freude bereitete. Nach der Dori holte er ihre Mutter und noch ein paar wichtige Frauen, die schon geradezu beleidigt darauf gewartet hatten. Schwerarbeit war es für ihn, die dicke Hebamme Zeling im Kreis zu drehen. Den größten Beifall erntete er, als er mit der Burga, seiner alternden Magd, einen besonders schneidigen G'stampften hinlegte. Nach einem Doppler Rotwein war sie noch lang nicht rauschig, aber sie hatte glühendrote Wangen, und ihrem Bauern flüsterte sie übermütig zu: „Kannst du dich daran erinnern, was ich dir einmal gesagt hab'? Eine alte Henne tanzt auch noch ganz gut!" Aber nach einer weiteren Polka erinnerte sie ihn recht ernst: „Geh zu deiner jungen Frau! Laß sie nie zuviel allein, denn irgendwo lauert allerweil der Fuchs . . . Und der ist hinter jedem jungen, knusprigen Henderl her!"

Nur noch eine Weile schaute der Andreas dem ausgelassenen Treiben zu. Das meiste G'riß war ohnehin um die Dori, die längst nicht mehr wie ein Mauerblümchen wirkte. Sogar noch viel aufregender als die Schauer Gerti!

Als er sie einmal an der Hand erwischte, hielt er sie fest und bestimmte: „Jetzt langt's! Ich mag mich gar nicht mehr verabschieden. Verschwinden wir einfach, das haben wir uns heut schon verdient! Soll ich's dem Robert sagen, daß er uns auf den Hof bringt?"

„Nein, Andreas, nicht den Robert!" bat die Dori. „Ein Rauschiger darf nicht Auto fahren. Und der ist heut nicht nur vom Wein narrisch. Vorhin hab' ich ihn mit der Gerti hinübergehen gesehen."

„Zum Bootshaus?" Wie wenn das wichtig gewesen wäre.

Die Dori verstand ihn und sagte mit einem leisen Lacher: „Nein, zu einem offenen Heustadel. Gönn's ihnen! Vielleicht hält auch bei ihnen das Glück lang genug an. Der Gerti trau' ich es zu, daß sie den Robert zähmen könnt'. Das wär für sie ... aber auch für ihn das beste."

Als sie über den Wiesenweg in Richtung zum Christophorus-Marterl hinaufgingen, sagte der Andreas: „So glücklich wie wir zwei kann heut niemand sein! Und so soll es allerweil bleiben."

Zu Fuß brauchten sie bis zum Sommer-Hof länger als eine Stunde, denn sie mußten oft eine Rast einlegen. Erst das letzte Stück hinauf rannten sie. Durchs Tor, durchs Vorhaus und bis in die Brautkammer.

„Andreas, mein Mann", flüsterte sie.

„Dori, meine liebe, liebe Frau!"

Sie drängte ihn zum Fenster hin und bat: „Schau mit mir noch zum Himmel hinauf. Siehst du die drei Sterndl über der Dresselwand? Die mach' ich dir zum Geschenk. Aber 'bald du mich nicht mehr lieb hast, fallen sie vom Himmel!"

„Das kann ich den Menschen nicht antun. Es gibt zwar viele Sterne am Himmel, aber die drei dort sind für uns: für dich, für mich und unser Büberl!" Er busselte sie sanft und zärtlich. „Und für jedes weitere Kind holen wir uns mit der Zeit noch ein Sterndl dazu."

„Ja", flüsterte sie sehnsüchtig.

Da blieben seine Bussel nicht mehr nur sanft und zärtlich.